マックス
KEN
JN094225
コニー
フォール

ファルコ
プティラ
KEN
「翼のある子達も良い感じに増えてきたな。
何て呼ぶかな。
空挺団、翼部隊……あ、お空部隊！
よし、呼び名はこれでいこう！」

メイプル
KEN
KEN
ブランシュ

ニニ
ガーナ
タロン
ソレイユ

ローザ
KEN

「ふわぉう〜@#$%&*〜〜〜〜!」
もふもふが大好きすぎて、
意味不明な悲鳴を上げたガーナさんに
俺は堪えきれずに吹き出す。
ケン
シャムエル

もふもふとむくむくと異世界漂流生活

しまねこ
Shimaneko
Illust. れんた

Mofumofu to Mukumuku to
Isekai hyouryuseikatsu

CONTENTS

Mofumofu to Mukumuku to Isekai hyouryuseikatsu

CHARACTERS

ニニ

ケンの愛猫。
一緒に異世界転生を果たし、魔獣のレッドリンクスになった。

マックス

ケンの愛犬。
一緒に異世界転生を果たし、魔獣のヘルハウンドになった。

シャムエル
(シャムエルディライティア)

ケンたちを転生させた大雑把な創造主。
リスもどきの姿は仮の姿。

ケン

元サラリーマンのお人好しな青年。
面倒見がよく従魔たちに慕われているが、ヘタレな所もある。

グレイ
(グレイリーダスティン)

水の神様。
人の姿を作ってやってくる。

シルヴァ
(シルヴァスワイヤー)

風の神様。
人の姿を作ってやってくる。

ギイ
(ギーベルトアンティス)

天秤と調停の神様の化身。
普段はハスフェルに似た見た目だが様々な姿に変化できる。

ハスフェル
(ハスフェルダイルキッシュ)

闘神の化身。
この世界の警備担当。
身長2メートル近くある超マッチョなイケオジ。

クーヘン

クライン族の青年。
ケンに弟子入りして魔獣使いになった。

シュレム

怒りの神様。
小人の姿をとっている。
怒らせなければ無害な存在。

オンハルト
(オンハルトロッシェ)

装飾と鍛冶の神様。
人の姿を作ってやってくる。

エリゴール
(エリゴールバイソン)

炎の神様。
人の姿を作ってやってくる。

レオ
(レオナルドエンゲッティ)

大地の神様。
人の姿を作ってやってくる。

アヴィ
（アヴィオン）

ケンにテイムされたモモンガ。
普段はケンの腕やマックスの首輪周りにしがみついている。

ラパン

ケンにテイムされたブラウンホーンラビット。ふわふわな毛並みを持つ。

セルパン

ケンにテイムされたグリーンビッグパイソン。毒持ちの蛇の最上位種。

ファルコ

ケンにテイムされたオオタカ。背中に乗ることもできる。

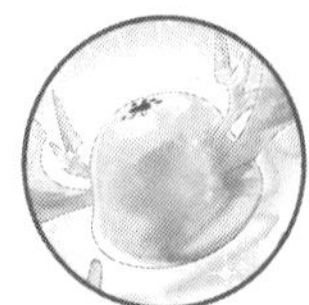

アクアゴールド

アクアやサクラ、スライムたちが金色合成した姿。いつでも分離可能。

ヒルシュ

ケンがテイムしたエルク（鹿）。アルビノで立派な角を持つ。

フォール

ケンにテイムされたレッドクロージャガー。最強目覚まし係。

ソレイユ

ケンにテイムされたレッドグラスサーバル。最強目覚まし係。

コニー

ケンにテイムされたレッドダブルホーンラビット。
垂れ耳のウサギ。

プティラ

ケンにテイムされたブラックミニラプトル。羽毛のある恐竜。

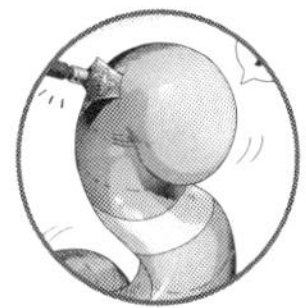

ウェルミス

イケボな巨大ミミズ。大地の神レオの眷属。

フランマ

カーバンクルの幻獣。最強の炎の魔法の使い手。

ベリー

ケンタウロス。
賢者の精霊と呼ばれており、様々な魔法が使える。

タロン

ケット・シーの幻獣。普段は猫のふりをして過ごしている。

クロッシェ

ケンがテイムした超レアスライム。国の懸賞金がかかっている。

STORY

カルーシュの街で、散策中にいきなりファルコとタロンがさらわれてしまった。
すぐに戻ってきたが、誘拐は公爵家のくだらない事情によるもので、しかも飼っている
ウサギが暴力を受けている場面を見て、怒ったケンはきっちり仕返しすることに。
誘拐犯を従魔たち総出でこらしめつつ、公爵のスキャンダルを暴いて、
正式な謝罪と動物を無下に扱わないよう誓わせた。
事件の発端となった坊ちゃんのクリスには、生き物を飼うとはどういうことかを説き、
心根の良さを感じたケンはウサギを返して、魔獣使いとして色々な話をしてあげたのだった。
事件解決を祝う大宴会をした後、ケンたちは珍しいジェムモンスターのいる閉鎖空間
〝飛び地〟へと向かう。

レアなジェム、素材、そして大きさも甘さも段違いなリンゴとブドウを集め順風満帆

と思いきや、飛び地に閉じ込められる罠にかかってしまう。

神様でも冷や汗レベルの罠だったが、

なんとか脱出しシャムエルによって新たな飛び地が設定されたのだった。

調査も兼ねて新たな飛び地に向かうと、

引き続き超レアな素材を集めたり、

懸賞金がかかっているスライム、

クロッシェをテイムできたりで、

飛び地の冒険は大満足に終わった。

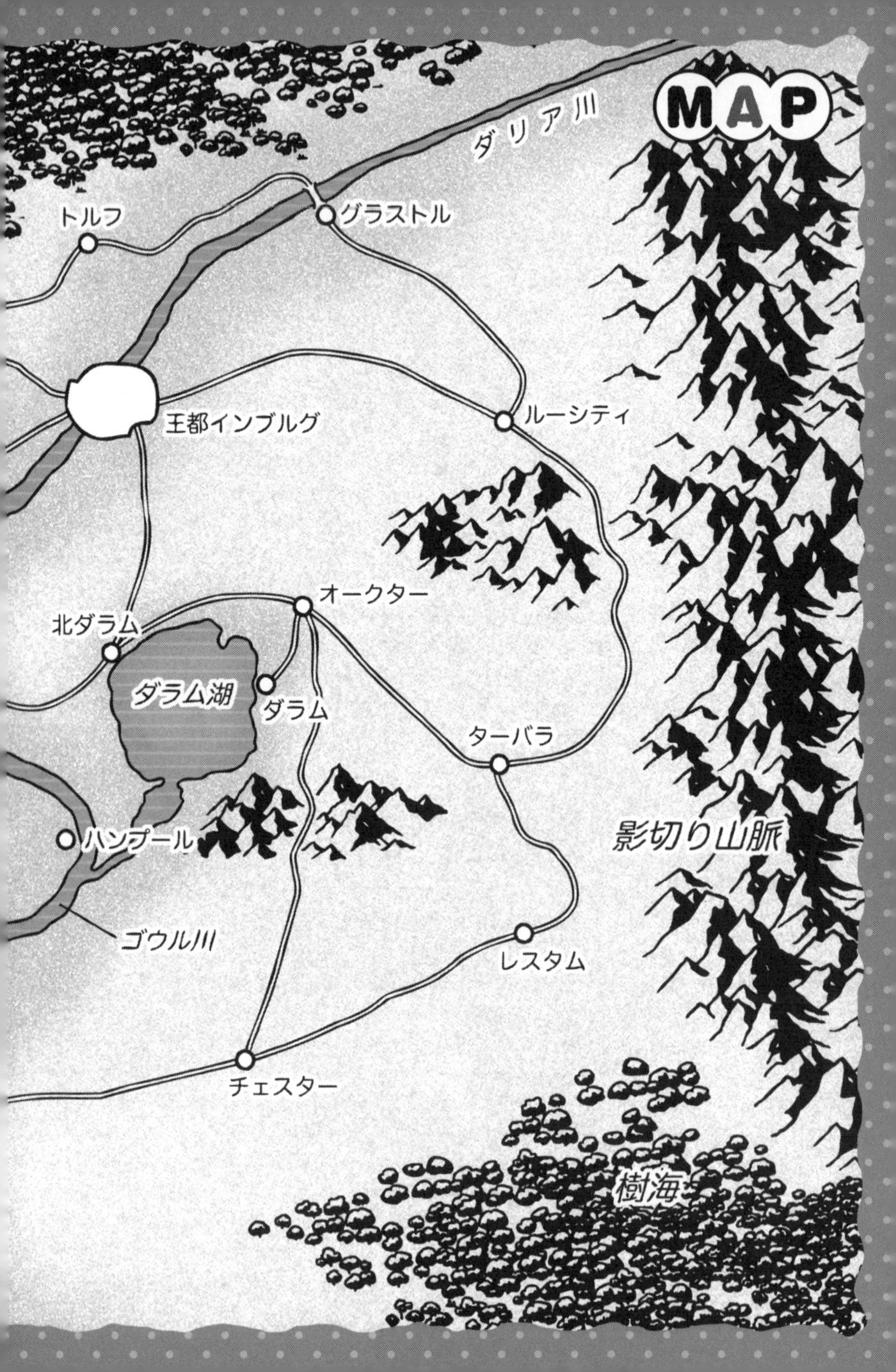
MAP
ダリア川
トルフ
グラストル
王都インブルグ
ルーシティ
オークター
北ダラム
ダラム湖
ダラム
ターバラ
ハンプール
影切り山脈
ゴウル川
レスタム
チェスター
樹海

バイゼン
セントリム
グラス
ルーステラ
ウォルス
ホーマ
リーワーフ
北アクスヒル
イスラ
北オウマ
南オウマ
南アクスヒル
北グラスダル
南グラスダル
カルーシュ
カデリー
西アポン
東アポン
ハンウィック
ターポート

第62話　天罰とカデリーの街

カルーシュの街に到着した俺達は、ギルドへ行って未納分と追加の宿泊費を支払い、新しい従魔の登録をしてから、オンハルトの爺さんの連れていた馬を買い取ってもらった。

「本当にお前さんはよく走ってくれた。次も良い人に飼ってもらえるように祈っておるぞ」

別れ際、オンハルトの爺さんがそう言ってそっと馬の顔を抱きしめて額にキスを贈ると、額が一瞬光った。何かの祝福を授けたみたいだ。

偶然の縁(えにし)とは言え、現世に実体を伴って現れた神様を背中に乗せて旅をして、突然襲って来た天変地異を共に乗り越えて来たんだ。祝福くらい当然だよな。

俺達も、交互に撫でてやり別れを惜しんだ。

手続きを終えて宿に戻って夕食を食べ、明日は昼までゆっくり休む事にして解散した。

「ああ、屋根がある所で寝られるって良いなあ……」

ベッドに寝転がるニニの腹毛に潜り込みながら、ため息を吐(つ)いてそう呟く。

いそいそとマックスが定位置につきウサギコンビは俺の背中側に、タロンがスルリと俺の腕の中に潜り込んで来た。

「それではおやすみなさい。お疲れでしょうからゆっくり休んでくださいね」

ベリーの言葉に、小さく笑って頷いたが、返事が出来たかどうかの記憶はない。

もふもふの腹毛に顔を埋めて目を閉じた瞬間、気持ちよく眠りの国に墜落して行ったからね。

・・

「ふああ〜〜あれ……?」

何故(なぜ)か不意に目を覚ました俺は、まだ薄暗い部屋の天井を見上げて大きな欠伸(あくび)をした。

「なんだ、まだ夜明け前かよ……」

そう呟いた時、突然、顔の横に何かが落ちてきて飛び上がった。

「うわっ！　ええ、何だ?」

ニニの腹の上で熟睡していたシャムエル様が、俺が動いた拍子にずり落ちてきたらしい。

「おお、これは……触り放題だ〜〜！」

手を当てて止めた俺は、にんまりと笑ってそう呟き、横になったまま顔全体にシャムエル様の体を乗せた。

「ああ……何この、もふもふ満喫パラダイス状態は……」

鼻の下にシャムエル様の尻尾が潜り込んできた。鼻から口元、顎のあたりがもふもふに埋まり、尻尾の先がくるんと曲がって俺の口元にくっ付いて止まる。

幸せ状態を満喫していたが、俺の意識はその辺りでプッツリと途切れている。

そりゃあ、これだけのもふもふに埋まって寝るなって方が無理だよ……うん、俺は間違ってないよな。

ぺしぺしぺし……。

ふみふみふみ……。

カリカリカリ……。

つんつんつん……。

「うん……」

何とか返事をしたものの、当然俺の目は覚めない。

俺の胸元にタロンとフランマの二匹が並んで潜り込んで来た。そして、鼻から口元にあたるもふもふの小さな毛玉は、間違いなくシャムエル様だ。

何となく変な感じはしたんだが、そのまま気持ちよく二度寝、いや三度寝の海に垂直ダイブして行ったのだった。


ぺしぺしぺしぺし……。

ふみふみふみふみ……。

カリカリカリカリ……。

つんつんつんつん……。

「うん、はいはい……」

また起こされた俺は、生返事をしながら考えた。

この鼻先に当たるもふもふは、多分シャムエル様だ。どうしてこんな所にいるんだ？

「シャムエル様。どうしたんだ？」

「やっと離したね。もう、本当に何て事してくれたんだよ！」

目を開けると何故か激おこなシャムエル様。

しかし一瞬で移動したシャムエル様を見て、起き上がった俺は堪える間もなく吹き出した。

だって、ご自慢のもふもふ尻尾の毛が、何故か何本もの棒状になって固まっていたのだ。

「あはは、何だよその尻尾！」

その瞬間、俺は空気にぶん殴られて仰向けに吹っ飛ばされた。

「何するんだよ！」

しかし起き上がった直後に、もう一度空気に殴られてまた仰向けに吹っ飛ばされる。

「八つ当たりはやめてくれよ！」

また起き上がって文句を言ったら、もう一回吹っ飛ばされそうになって咄嗟に横に転がった。

「だから、八つ当たりはやめて、だあ！」

今度は宿の備品のペン立てが吹っ飛んで来て、俺は慌てて両手でキャッチした。

「危ねえ。こんなの顔面にヒットしたら鼻血ものだぞ」

そう言い返すと、半泣きになった涙目のシャムエル様が、ホウキみたいになった尻尾を抱えて俺の右肩に現れた。

「この尻尾は！　君のよだれでこんな事になったの！　無駄な抵抗はやめて大人しく天罰を受けなさい！」

その瞬間、額に何かがクリーンヒットしてまたしても吹っ飛ばされ、俺はそのまま呆気なく意識を手放したのだった。

ぺしぺしぺしぺし……。

ふみふみふみふみ……。

カリカリカリカリ……。

つんつんつんつん……。

「うん、はいはい……」

もふもふのニニの腹毛に埋もれて返事をしながら、ぼんやりと目を開く。

「あれ？　ええと……？」

起き上がって辺りを見回すと、笑いを堪えた顔でこっちを見ているベリーと目が合った。

「やっとお目覚めですね。もうお昼過ぎですよ」

「あはは、そりゃあ寝過ぎだな」

誤魔化すようにそう言って起き上がり、顔を洗いに行く。

「あれ？　何だか額が痛痒いけど、虫にでも刺されたか？」

首を傾げつつサクラに綺麗にしてもらい、跳ね飛んで来たスライム達をいつものように水槽に放り込んでやってから、部屋に戻って装備を整えた。

タイミングよくハスフェルから念話が届き、まずは飯を食いに行く事にした。

戻って来たサクラに、ベリーと草食の子達用に果物の箱を出してもらう。

「いってらっしゃい。ニニちゃん達の面倒も見ておきますね」

屋台のある場所は通路が狭いので従魔達は連れて行けない。

果物を手にしたベリーがそう言ってくれたので、シャムエル様を右肩に乗せてアクアゴールドの入った鞄を背負った。

「なあ、さっきのあれって……夢じゃないんだよな？」

「さっきのあれって？」

シャムエル様にそう言われて、俺は首を傾げつつ扉を開けた。

「ええと、あの騒ぎって……どこまでが夢で、どこから現実だったんだ？」

小さな声で呟いたが、シャムエル様は知らん顔だ。


「おはよう、それじゃあ行くか……」

丁度三人も廊下へ出て来たところだったんだけど、何故か俺の顔を見るなり三人が同時に吹き出した。

「お前、何やったんだ、その顔！」

笑ったオンハルトの爺さんが貸してくれたメタルミラーを見た俺は、思わず声を上げた。

「ええ、何だよこれ！」

思わず前髪をかき上げて、メタルミラーをもう一度覗き込む。

だって額のど真ん中に、くっきりと真っ赤な丸印が刻印されていたんだからさ！

膝から崩れ落ちた俺を見て、またハスフェル達が一斉に笑う。

「私の大事な尻尾に噛み付いたまま爆睡して！　尻尾をよだれだらけにした罰！　今日一日それでいなさい！」

真顔のシャムエル様にそう言われて、咄嗟に土下座をする。

「も、申し訳ありませんでした！」

「知らない！　今日は一日それでいなさい」

「申し訳ありませんでした～！」

「知らない！」

「お願いします！　何卒お慈悲を～！」

土下座して叫ぶ俺と、笑いくずれる三人。途中から俺も何だかおかしくなってきて、誰もいない廊下で全員揃って笑い転げていた。

「仕方がないなあ。そこまで謝られて許さなかったら、私が意地悪しているみたいじゃない」

ため息を吐いたシャムエル様に言われて、土下座した俺は頭の上で両手を合わせた。

「じゃあ、これで妥協してあげよう。顔を上げていいよ」

そう言われて恐る恐る顔を上げると、目の前にドヤ顔のシャムエル様が現れて額を叩かれた。

額に手をやった俺は吹き出したよ。大きなばつ印になった白いシートが、額にべったりと貼り付けられていたのだから。

これは、この世界の粘着力のある薬剤で作った絆創膏みたいなもので、冒険者がよく使っているので俺も何度か見た事がある。

額にこれは違う意味で思いっきり恥ずかしいけど……。

諦めて立ち上がると、妙に嬉しそうなシャムエル様が右肩に戻った。

「まあ、それなら……」

必死で笑いを堪えるハスフェルにそう言われてもう一度揃って大笑いになったのだった。

それから、すっかり遅くなったけど広場へ行って屋台で食事をした。

その際、どの屋台の店主も俺の額を見て笑った後に、頭の怪我は怖いぞ、大丈夫かと、口々に心配してくれた。

高価な万能薬のおかげでいつも怪我が即座に治る俺は、久し振りに他人から怪我の心配をされて、妙にくすぐったい思いをしたのだった。

一旦宿へ戻って従魔達と合流し、ギルドに鍵を返してから転移の扉がある場所まで地上をそれぞれの従魔に乗って移動する。

転移の扉で目的地へ移動した俺達は、ハスフェルとギイの案内で深い森の中を進んで行った。

「きっとケンは、この先の光景は好きだと思うぞ」

前を進むハスフェルに何故か笑顔でそう言われて、俺は首を傾げた。

「ええ、俺が喜ぶってどんな景色だ？」

そんな風に言われると逆に気になってきて、思わずマックスを急(せ)かせて駆け足になる。

マックスは嬉しそうにワンと鳴いた後、そのまま先頭に出て走り出した。

森を抜けた先に広がっていたのは、遥か先まで綺麗に区画整理された見事な田園風景だった。

歓声を上げてマックスの背から飛び降り、転がる様にして田んぼに駆け寄る。果てが見えないほどに遠くまで広がる田んぼには、細くて綺麗な緑色の稲が風に揺らいでいた。

何故だか涙があふれてきた。

「田んぼだ……まだ小さいけど稲穂が実ってる……」

都会育ちの俺でも、それは不思議と懐かしくも郷愁を誘う風景だった。

「凄い……稲作がこんな見事に展開されているんだ……」

カデリー平原とはよく言ったもので、確かに遥か先まで見事に平らだ。そしてあちこちに細い川や水路も見えるので、稲作に必要な水が豊富にある事もよく分かる。

「この辺りは気候も穏やかでな。今のこれは二回目の稲だ」

オンハルトの爺さんの言葉に驚く。確かに今は夏の終わり頃。俺の感覚ではもっと稲穂は大きく育ってないといけない。

「へえ、二期作なんだ。そりゃあ凄い」

感心した様にそう呟き、手を伸ばして稲に触れる。

「確かに、俺の好きな風景だな」

感極まって泣くなんて柄じゃない。不意に恥ずかしくなって誤魔化す様にそう呟き、マックスの背に駆け上がった俺は、ゆっくりと周りの景色を眺めながら進んで行った。

🐾

田んぼの間に作られた細い道を進み、ようやく街道に突き当たった。

横道の農道から街道に入るとどよめきと悲鳴があちこちから上がり、一気に俺達の周りから人がいなくなった。

　ここまであからさまに怖がられたら逆に遠慮する気が失せてしまい、顔を見合わせた俺達は、それぞれの従魔に乗ったまま堂々と一列になって進んで行ったのだった。

　左右に延々と田んぼが広がる風景の中、一段高くなった街道を進んでいると前方に城壁が見えて来た。

「あれがカデリーの街か。へえ、かなり大きな街みたいだな」

　期待に胸を膨らませて、マックスの上で伸び上がる様にしてまだ遠い街の様子を見ようとした。

「子供か、お前は」

　笑ったギイにそう言われて、誤魔化す様に笑って肩を竦めた。

「だって初めての街で、しかも俺の故郷の味を探しに行くんだぞ。そりゃあ期待もするって」

「ああ、確かにそうだったな。それじゃあ、好きなだけ泊まって買い出しと料理をしておくれ。俺達はまたその間に、従魔達を外に連れ出してやるよ」

「そうだな、よろしく頼むよ」

　思いっきり走りたいと思うのは本能らしいから、従魔達の定期的な狩りは必須だ。

　以前マックスから聞いた話だと特に肉食の従魔達は、我慢は出来るんだけどずっと家の中にいると、窮屈で息が詰まる感じがするらしい。

　室内生活があまり長くなると、かなりのストレスになるだろう。

「それじゃあ、その予定で行くか。買い出しと料理四人分……一週間くらいあれば大丈夫かな？」

そう呟いた俺は、相変わらずガラ空きの辺りを見回して小さなため息を吐いたのだった。

無事にカデリーの街には入れたんだけど、今は夕方の人が多い時間帯。俺達の従魔を見て、道にいた人達がいっせいに後ろに下がった。中には走って逃げる人までいる。

「こんなに可愛いのになあ」

そう言ってニニの首に抱きついてやると、周りからどよめきが沸き起こった。

「すっげえ、あれをテイムしたのかよ」

「待て、あの後ろにいるのは、恐竜か？」

「うわあ、なあ……あれってハウンドだよな。どれも有り得ねえだろう。あんなのどうやってテイムしたんだよ」

冒険者らしき人達が、従魔達を見てドン引きしている。

「まあ、気にするな。行こう」

彼らの言葉に苦笑いするハスフェルに頷き、マックスの首輪を掴んで歩く。ニニはマックスの後ろを大人しくついて来ている。

街中の大注目を集めつつ、俺達は冒険者ギルドの建物に向かった。

「へえ、なんて言うか……今までで一番違和感を覚える街かも」

辺りを見回しながら思わずそう呟いた。

まず、メイン通りらしき道沿いに建つ石造りの建物が、妙に昭和モダンの建物っぽい。だけど時々、無機質で飾りも何も無い四角い石造りのビルっぽい建物もある。

交差点は円形だが、今までの街よりも店舗の種類もそれほどきっちりと分かれておらず、全体に街が雑然としている。店の横に屋台が出ていたりして、これも全体に妙にアジアンチックだ。

それに、もう一つ特徴的なのが街の人の顔立ち。

今まではハスフェルやギイの様な、いわゆる彫りの深い白人系の顔立ちの人が多かった。だけど、この街では圧倒的に黒髪に茶色の目の人が多い。そして顔が妙に平らだ。

その、妙に見覚えのある懐かしい街並みと同族感満載な顔の人達。

そこに革の胸当てなどの防具を身に着け腰には剣を装備して、有り得ない大きさの従魔達や、モデルか芸能人でないとおかしい様な容姿の仲間達と一緒にいる俺……これは違和感を覚えない方がおかしいよ。

もう俺は、歩きながら笑いを堪えるのに必死だった。

間違いなくこの街でなら俺が欲しい物は全部手に入るって、何故かそう確信出来た。

ようやく到着した冒険者ギルドの建物の中に従魔達と一緒に入ると、もの凄いどよめきと同時に、そこにいた冒険者全員が武器を手に身構える。
「ああもう！　毎回毎回いい加減にしてくれ！」
思わず叫んでマックスの大きな頭に縋り付く。背後からニニが頬擦りしてくれるのが分かり、顔を上げてニニにも抱きついた。

「はい注目！」

ハスフェルが一度だけ力一杯手を打ち大きな声で叫ぶ。

「この場で紹介しておく。彼はケン。ご覧の通り、超一流の魔獣使いだ。ここにいるのは全員彼がテイムした従魔達だぞ！」

その言葉に全員が驚いた様にハスフェルを見て、従魔達の紋章を見てから俺を見る。

苦笑いした俺が一礼すると、全員納得したのか武器をしまってくれた。

「ほら、さっさと登録して来い」

笑ったギイに背中を叩かれて、俺とオンハルトの爺さんは、急いで新規登録受付の席に座った。

それから全員分の宿泊所の部屋をお願いしたんだけど、ここの宿泊所は、庭付きの部屋が二部屋しかないらしい。

相談の結果、ギイとオンハルトの爺さんは一人部屋に、俺とハスフェルが庭付きの部屋を借りて、ギイのデネブとオンハルトの爺さんのエラフィ、それから俺のヒルシュは宿の厩舎にいてもらう事になった。蹄のある子は、部屋より厩舎の方が良いみたいだからね。

手続きが終わったところで、ギルドマスターがすっ飛んで来た。

ハスフェル達とは顔馴染みらしく、いかにも元冒険者って感じの大柄な年配の男性で右頬に傷跡がある渋いイケオジだ。

「ようこそカデリーへ。アンディだ、ここのギルドマスターをやってる。よろしくな」

「ケンです、どうぞよろしく」

差し出された手を握って自己紹介すると、手を離した後アンディさんは満面の笑みで身を乗り出して来た。

「相当数のジェムと素材を持っているそうじゃないか。何でも買い取るぞ。最近ようやくジェムが出回り出したんだが、この辺りはジェムモンスターの狩り場が遠い事もあって、ジェムの確保と安定供給は緊急の課題なんだよ」

真顔のアンディさんの言葉に、俺は笑って頷いた。

「何でも出しますよ。実を言うと、無いジェムを探す方が早いような状況なんです」

最後は小さな声でそう言ってやると、絶句したアンディさんはハスフェル達を振り返り、彼らが頷くのを見てもう一度満面の笑みになった。

「それなら奥へ行こう。ケンが良いと思うだけ出してくれ」

そんな事をしたら、確実にギルドが破産するぞ。

頭の中でそう突っ込みながら、ギルドマスターの後に続いて奥の部屋に向かった。


奥の部屋には、いかにも元冒険者って感じの爺さん達が待ち構えていた。多分、この人達が副ギルドマスターなんだろう。

「しかし、とんでもない従魔達だな。実際にこの目で見ても、何の冗談だって叫びたくなるぞ」

苦笑いしてそう言っているが、視線はニニに釘付けだ。

「もしかして、レッドリンクスに何か思い出でも？」

アンディさんは、ニニを見たまま小さく頷いた。

「昔、依頼を終えて仲間達と帰還途中、森の中でグリーンリンクスに出くわした事がある」

・・

当時を思い出すかのように、目を閉じて小さく首を振る。

「俺達は五人。幸い小さな個体だったので何とか戦えたが、誰も死ななかったのが奇跡な程の悪夢のような戦いだったよ。手持ちの万能薬を全部使い尽くして何とか撃退したものの、三人が酷い怪我で動けない状態だった。ここで他の魔獣に襲われたら一巻の終わりだ。本気で死を覚悟したんだがな……」

「ええ、どうなったんですか？」

思わずそう聞くと、アンディさんはチラリとハスフェルを見た。

「まさかとは思うけど、助けたの？」

「酷い血の匂いだった。徒歩だったが大急ぎで駆けつけた。地面に倒れている彼らを発見した時は、間に合わなかったのかと思ったが、幸いまだ息があったので手持ちの万能薬で回復させてやったんだ」

「そりゃあ良かった。まさしく神の助けだな」

思わずそう言うと、アンディさんは小さく吹き出した。

「確かにそうだな。暮れ始めた森からたった一人で出てきた彼を見た時、意識が朦朧としていた俺は、迎えに来てくれた戦神だと本気で思ったんだからな」

その認識めっちゃ正解だよ！　って脳内で突っ込んで、笑っている二人を見た。

「俺に手を差し出すから慌てて駆け寄ったら、いきなり懺悔を始められて本気で驚いたんだからな」

「懺悔は街へ戻ってからやれ。悪いがそっちは担当外だって、確かそう言われたんだよな」

アンディさんの言葉に今度は二人揃って吹き出し、また大笑いしていた。

「何から出すべきだと思う？」

話が一段落したところでハスフェル達を振り返ってそう言うと、彼も少し考えてからアンディさんを見た。

「ジェムは、まだ不足気味か？」

「さっきケンにも言ったんだが、ギリギリってところだな。元々うちの冒険者達は、大型のジェムモンスター退治よりも、田畑を荒らす害虫と害獣駆除が主な仕事だからなあ」

苦笑いするアンディさんの言葉に、ハスフェルは頷いた。

「それなら高価な装飾用のジェムよりも、昆虫や小動物系の単価の低いジェムを中心に出してやれ」

その言葉に俺は、鞄を取り出して考える振りをした。

「ええと、それなら……ウサギ系各色、ビッグラット各色、クロコダイル各色、ハードロック各色、ピルバグ、バタフライの成虫と幼虫、キラーマンティス各色……後は何が良いかな？」

鞄に向かって次々とジェムの種類を口にする俺を前に、アンディさん達は、目をまん丸にして固まってしまった。これでも一応、遠慮して出しているんだけど。

「待て待て。そんなに有るのか？」

「だから言いましたよね。現状、無いジェムを探す方が早いって」

苦笑いした俺は、先ほど言ったジェムを一つずつ取り出して並べた。

・・

「幾つ要りますか？　どれも万単位余裕でありますから、遠慮なくどうぞ」

「ま、万単位？」

「あ、これも好きなだけどうぞ」

ブラウングラスホッパーと亜種のジェムも出しておく。

「こんなに沢山、一体どうやって……」

言葉が続かないアンディさんに、俺は笑ってハスフェルの腕を突っついた。

「ハスフェルの友人達が、色々と大張り切りしてくれましてね。おかげでとんでもない数のジェムと素材が集まっているんです。ご希望のジェムがあれば探しますよ」

「いや、グラスホッパーのジェムがあれば……ちなみに、装飾用のジェムって何があるんだ？」

奥で爺さん達が相談を始めたのを見て、アンディさんが振り返る。

「ええと、主に地下洞窟で集めた恐竜のジェムですね」

その言葉に、もの凄い勢いで全員が振り返った。何そのシンクロ率。

「ええと、まずはブラックトライロバイト、亜種もあります。素材は角ですね」

身を乗り出す全員に見えるように、机の上に見本のジェムと角を置く。

「相当ありますのでお好きなだけどうぞ。それ以外なら……ブラックカラーの、イグアノドン、ラプトル、ステゴザウルス……ですね」

念話で、ハスフェルからそこまでにしておけとストップがかかった。

揃って唸ったアンディさんと爺さん達が顔を見合わせる。

「悪い、ちょっと待ってくれるか」

うん、相談するんですよね。主に予算的な部分で。

「ええ、もちろんです。どうぞ」

俺はそう言って、後ろに下がる。

一礼したアンディさんと爺さん達が顔を突き合わせて真剣な顔で相談を始めた。しかし、いつまで待っても終わりそうにない。

「あの、ちょっといいですか」

俺の声にまた全員同時に振り返る。だから怖いって、そのシンクロ率。

「恐竜のジェムは大量にありますので、まず一般向けのジェムを優先される事をお勧めします。一週間程度はこの街にいる予定ですので、追加はいつでも言って下さい」

俺の言葉に、真顔のアンディさんが頷く。

相談の結果、数万個単位で大量に渡したジェムの預かり明細を貰（もら）った。鑑定には時間がかかるから、口座への入金は後日になるらしい。

アンディさんと握手を交わし、ギルドをあとにしたのだった。

宿泊所の部屋はワンルームになった広い部屋で、ベッドもかなり大きめだし、キッチンには二段になった水場と大きめの机もある。これなら料理をするのにも良さそうだ。

「飯食いに行くぞ」

「ええ、お留守番しているから行って来てよ」

眠そうなニニの言葉に、笑って鼻先を撫でてやる。

「この街の人達に、ニニ達がどれだけ可愛くて良い子なのかを教えてやらないとさ。だから協力してくれるか」

目を瞬いたニニとマックスは揃って嬉しそうに頷いて起き上がった。

「分かったわ。それは協力しないとね」

「もちろんです。ちゃんと良い子にしていますよ」

そう言ってくれたニニとマックスを、笑って抱きしめてやる。

それから全員揃って、食事の為に部屋を出て行った。

ハスフェルの案内で到着したのは、まんま屋台村だった。

従魔達を端の方で待たせておき、俺は嬉々として店を見に行った。

「ああ、焼きそばがある！　よし、まずはここにしよう」

懐かしい焦げ茶色の焼きそばを買い、別の店でおにぎりと具沢山な味噌汁も買ってくる。

「麺とご飯って炭水化物オンリーだな。まあいいや」

だって、本場のお米をまずは確認したかったんだ。それにソースも探していたんだから、今夜のメニューは下調べを兼ねているんです！

と、脳内の誰かに向かって言い訳を並べ立てて、渡されたお箸を手にした俺はしっかりと手を合わせてから食べ始めた。

「ああ、間違いなくこれは俺の知る焼きそばだ。美味しい！」

懐かしいスパイシーなソースの味に、一口食べて思わず叫んだ。

子供の頃、母さんが作ってくれた焼きそばはもう少し甘かった気がするけど、これはこれで美味しい！　半分ぐらいを一気に食べてしまい、我に返っておにぎり屋で貰った緑茶を一口飲む。

「もう、どうして全然気付いてくれないいんだよ！」

突然、頬を叩かれて驚いて横を見ると、お皿を手に激おこなシャムエル様が、俺の右肩に立って頬を力一杯叩いていた。

焼きそばに夢中だった俺は、どうやらいつもの味見ダンスに気付かなかったらしい。

「ああ、失礼しました。今更だけど……食べますか？」

「ンン！」

シャムエル様は口をへの字に曲げて、水平に差し出したお皿を力一杯押し付けてきた。

俺の頬にめり込むお皿……あの、それ地味に痛いからやめてください。

シャムエル様からお皿を受け取り、焼きそばと箸で千切った塩むすびを並べ、差し出されたお椀には具沢山な味噌汁を入れてやる。

「大変お待たせしました。どうぞお召し上がりください」

深々と頭を下げて、小さなお皿とお椀を差し出す。

腕を伝って机に降りて来たシャムエル様は、俺が置いたお皿を見てふんぞり返って頷いた。

「まあ、よしとしてあげよう。だけど今日のはまた、ずいぶんと地味な色だね」

声はツンツンだが視線は焼きそばに釘付けだし、尻尾は膨れてブンブンと振り回されている。

・・

犬と一緒で、尻尾は嘘付かないんだよな。

「それでは、いただきま～す！」

そう叫んだシャムエル様は、焼きそばに顔面から飛び込んで行った。

「美味しい！　ケン、これ美味しいね！」

目を輝かせて、摑んだ焼きそばを頬張るシャムエル様。

「これは絶対に、買い置きメニューに加えてもらわないとね」

麺をもぐもぐと食べながらそんな事を言われて、もちろんその気だった俺も笑って頷いたのだった。

「さて、おにぎりはどうかな？」

まずは、シンプル塩むすびに大きな口を開けてかぶりつく。

一口食べて目を見開き、そのあとはもう夢中で食べたよ。

「ううん、これぞご飯って感じだ。美味(うま)い」

思わずそう呟いて、最後の一口分を口に入れた。

美味しいご飯、最高。やっぱり米は俺の主食なんだと実感するよ。

「よし、ここのおにぎりは絶対大量買いするぞ。自分で炊くより絶対美味しい」

何度も頷きながらそう呟き、具沢山な味噌汁と一緒に、残りを味わった。

大満足で食事を終えた俺は、まずはおにぎり屋に向かった。

「いらっしゃい。おや、さっき買ってくれたお兄さんだね」

店番をしていた年配の女性にそう言われて、一礼した俺は並んでいるおにぎりを見た。

「美味しかったです。あの、まとめて買わせてもらっても構いませんか？」

俺の言葉に目を瞬いたその女性は、嬉しそうな笑顔になった。

「もちろんだよ。何なら全部持っていくかい？」

冗談なんだろうけど、それを聞いた俺は真顔で頷いた。

「マジでお願いしたいんですけど、いいですか？」

本気だって事を見せる為に、持っていた金貨が入った巾着を見せる。

店主さんは、その金貨のぎっしり詰まった袋を見て無言になる。

「嬉しいんだけど……全部持って行かれたら……今夜、うちの店に来てくれるお客さんのご飯が無くなっちまうね……」

まあそうだよな。いかにも常連の多そうな店だし。

「ええと、それなら急がないので、追加で炊いていただけますか？」

そう言って背後で湯気を立てている並んだお釜を見る。今、絶賛炊飯中のあのお釜は多分、二升炊き。つまり大体四十人前。

相談の結果、前金を払って宿泊所に明日から六日間、お釜二つ分のご飯とお釜一つ分のおにぎりをまとめて配達してもらう事にした。よし、これでご飯は炊かなくて済むぞ。

それから具沢山味噌汁のお店にも大鍋を預けて、宿泊所へ配達を頼んだ。最後にあの焼きそばも、お願いして大量購入。

しかも、焼いてもらっている間にソースを売っている店を紹介してもらった。

業務用だから大きなサイズしかないらしいけど、行けば誰でも買えるらしい。

大満足の夕食を終え、ついでに食料確保もした俺達は、相変わらずの大注目の中を開き直ってそれぞれの従魔達に乗りゆっくりと進んで行った。

宿泊所へ戻ると、冒険者ギルドのアンディさんから伝言が届いていて、明日の午後から改めてギルドで商談をしたいんだってさ。

何となく全員が俺の部屋に集まったので、とりあえず緑茶を淹れてやる。

「なあ、さっきジェムを出していて思ったんだけど、ちょっと質問してもいいか」

カップを受け取りながら、ハスフェルが俺を見る。

「改まって何事だ？」

「アクア、ジャンパーのジェムを各色一個ずつ出してくれるか」

「一個ずつで良いの？　はい、どうぞ」

ジェムを受け取り、机の上に並べる。

「このジェムって、色で性能は変わらないんだよな？」

「ああ、色は生息地の違いで、同じ種類ならジェム自体に優劣は無い」

「だったらジェムの注文をする時に、全部で幾つって言わないのは何故？」

「ジェムの保管や整理の際には、まず種類と色別で管理するからな」

「いや、だからその色ってどうやって見分けているんだ？　ジェムになったら元の色なんて分からないだろう？」

　机に並んだジェムを示してそう聞くと、三人が揃ってもの凄いため息を吐いた。三人とも見事な肺活量だな。

「全く……シャムエルから聞いてないのか？」

「うん、全く」

　断言して右肩を見ると、シャムエル様がいつの間にかいなくなっている。

「こら、逃げるな！」

　笑ったハスフェルの言葉に、机の上にシャムエル様が現れる。

「……てへ」

　四人分の無言の視線を集めたシャムエル様が、誤魔化すように頬をぷっくら膨らませて、尻尾をくるんと体に巻きつけて上目遣いに俺を見た。いやいや、そんな可愛い仕草で誤魔化そうなんて……もふもふ尻尾を指で突っついて笑った俺は、ハスフェルを振り返った。

「詳しく教えてくれるか？」

　ハスフェルも笑って、シャムエル様の尻尾を突っついてから口を開いた。

「まず、ジェムの種類だが、偽物かどうかも含めて調べる為の鑑定の道具がある」

　その言葉に、俺は机に並んだジェムを手に取った。

「へえ、そんなのがあるんだ」

「まあ、鑑定の道具は高額だから、持っているのは各ギルドや商人、一部の貴族ぐらいだな。一般の人にとっては、世話になっているが一度も見た事がない道具の代表だな」

ハスフェルも机に置いたジェムを一つ取る。

「色はここを見る」

そう言ってジェムの先の平たくなった部分を指差しながら、ランタンの光にかざしたジェムをクルクルと動かして見せてくれる。

「本当だ。色が見えた！」

俺も一つ取って光にかざしてみる。

「これはレッドか。へえ、こうすれば見えるんだ」

感心したようにそう呟き、ふと思いつく。

「色の種類って、全部で幾つあるんだ？　金や銀も含まれるのか？」

「ああ、それもか」

苦笑いしたギイが、机の上に座っているシャムエル様の尻尾を突っつく。

「まずゴールド、シルバー、ブラック。ゴールドは全ての種の最上位種に付く。シルバーとブラックは、例外もあるが基本的には地下洞窟のみ。通常カラーはレッド、オレンジ、イエロー、グリーン、ブルー、ネイビーブルー、パープル。それ以外に、主な色でホワイト、ブラウン、ピンクがあるな。これが一番多い色で基本の十色と呼ばれている。それに付随する、いわば別の似た色が山ほどある。ちなみに、クリアーがあるのはスライムだけだ」

「成る程、黄色と緑が混ざった色が黄緑って事か。全部でどれくらいあるんだ？」

ジェムを見ながら質問すると、三人揃って無言になる。

「まあ、地域差があるから……悪いが俺も全部は知らんな」

苦笑いしたハスフェルの言葉に、俺も笑って首を振った。

「じゃあ基本の十色に付随する色と、金銀黒か?」

「まあ、そう思っていればいい。特別な地域にいるカメレオンカラーやオーロラカラーなんてのもある。この辺りはもう経験で覚えるしかないよ」

納得した俺は、ジェムを集めてアクアに返した。

「ありがとう。よく分かったよ。また何かあれば教えてくれよな」

「ああ、いつでも聞いてくれ」

笑ってそう言ってくれてちょっと安心した。

「それにしても、お前は適当にも程があるぞ。こんなのは真っ先に説明するべき常識だろうが」

シャムエル様の尻尾を突っついて文句を言っているが、ハスフェルの顔は笑っている。

残りの緑茶を飲み干した俺もさり気なく近寄り、もふもふ尻尾を満喫していたんだけど、我慢の限界を超えたシャムエル様に吹っ飛ばされて椅子ごとひっくり返り、揃って大爆笑になったのだった。

「はあ、笑った笑った。それで明日はどうする?」

ようやく笑いが収まりそれぞれの椅子を起こして座り直した俺達は、ギイとオンハルトの爺さんを振り返った。

「ここの中央広場も屋台が出ているから朝はそこへ行こう。そのあと、従魔達を連れて狩りに行けば良いだろうからな」

オンハルトの爺さんの提案に、俺も頷く。

「いいね、じゃあそれで行こう」

って事でもう解散すると思ったら、ハスフェルが机の上のシャムエル様を見て、それから俺を振り返った。

「何？　どうしたんだ？」

「なあ、忘れているみたいだけど、あれ、もうそろそろ外してやれよ」

苦笑いしたハスフェルは、もう一度シャムエル様の尻尾を突っついてから自分の額を指差した。

「ああ！　忘れてた！　うわあ。俺、初めて来る街にこの顔で来たのかよ！」

額を押さえて叫ぶ俺と、揃って吹き出す三人。

「お願いします！　もう剝がしてください！」

また土下座する俺の目の前にシャムエル様が現れる。

「もうしない？」

「しません！　お許しを〜！」

「それじゃあ、外しても良いよ」

「ありがとうございます！」

もう一度土下座した俺は、起き上がって椅子に座り、額の絆創膏をゆっくりと剝がした。

触ってみたが、特に違いはないみたいだ。

「なあ、消えてる？」

振り返ってそう尋ねると、笑ったオンハルトの爺さんが、朝も見せてくれたメタルミラーを取り出してくれた。

　前髪を上げて、ミラーを覗き込む。

「あれ、赤い粒が……」

　額にポツンと、できものみたいな赤い粒がある。こんなの俺の額には無かったぞ？

「それはあの赤い印の元。明日の朝には消えるから気にしないで」

「もう大丈夫なようだな。それじゃあ俺達はもう戻るよ。お疲れさん」

　ハスフェルの言葉に、ギイとオンハルトの爺さんも揃って部屋に戻って行った。

第63話　大量の食材と料理とお疲れの帰還

翌朝、いつもの従魔達総出のモーニングコールに起こされた俺は、眠い目をこすりつつハスフェル達と一緒にそれぞれの従魔達を連れて中央広場へ向かった。

到着した広場には屋台がいくつもあり、見つけた蕎麦屋さんで食べてみたらとても美味しかったので、お願いして一式まとめて購入した。故郷の味、一つ発見！

食事を終えたら、ハスフェルにマックス達を預けて狩りに出て行く一行を見送り、スライムの入った鞄を背負い直した俺は、まずは朝市をやっていると聞いた通りへ向かった。

到着した朝市の通りは、活気で大いに賑わっていた。

新鮮な野菜、山盛りに積み上げられた果物、合間には屋台もある。

一応、まとめ買いしても良いか確認してから買っているんだけど、何処も大喜びで協力してくれるもんだから、気が付いたら朝市中の大注目を集めるお客になっていたよ。

次々に掛かる声に遠慮なく買いまくった結果、ほぼ全ての店で大量の買い物をしたよ。

途中に見つけた店で各種お肉を大量買いして、そこで使っている冷蔵庫を売っているお店を教えてもらった。

お礼を言ってメモを受け取り、店を後にする。

「あれ？　これって、教えてもらった業務用の店の近くだ」

書いてもらった住所と地図を見比べて頷く。

「へえ、同じ通りだ。じゃあこれは明日にでも行ってみるか」

メモをアクアに預け、次に見つけた牧場直営の店で牛乳やチーズ各種を大量に買い込み、帰る際にそこでお勧めの豆腐屋を教えてもらう。

元営業マンのコミュニケーション能力舐めるなよ。ふっ。

だけどその店は老夫婦がやっている小さなお店らしく、大量に買うならこっちが良いと、もう一軒教えてもらった。

まずその老夫婦がやっている店に行ってみる。確かに小さな店だけど置いてある水槽は大きい。見ていると、皆、鍋やお皿を持って買いに来ている。いかにも、地元に密着した常連さん中心のお店って感じだ。

「いらっしゃい。おや、初めて見る顔だね」

優しそうな笑顔のおばあさんが、俺に気付いて少し曲がった腰を伸ばしてそう言ってくれた。

「冒険者なので、この街にいるのは期間限定ですよ」

笑ってそう言うと、おばあさんは感心したように俺の腰の剣を見た。

「おや、そうなのかい。あんた達が体を張ってジェムモンスターを倒してくれるおかげで、私らが暮らしていけるんだからね。無理はいけないけど頑張っとくれ」

そんな事を言われたのは初めてだったので、本気で驚いたよ。

何となく、冒険者って街に住む人とは違うって思われているんだと思っていた。

「沢山、ジェムをギルドに渡しましたので、多分近いうちに流通しますよ。楽しみにしていてください」

笑ってそう言うと、おばあさんは満面の笑みになった。

「ありがたい事だね。ジェムの道具が無いと、私らは水の浄化だってろくに出来やしないんだから」

水槽を叩いてそう言う。

「ああ、ごめんよ。何にするね？」

誤魔化すように笑って、壁に貼られたお品書きを示してくれる、
そこには、木綿豆腐、絹ごし豆腐、厚揚げ、薄揚げ、がんもどき、おから。とあった。

「ぜ、全部ください……」

思わずそう言い、おばあさんを見る。

「全部？　幾つずつだい？」

「ええと……では、全種類二十ずつで」

「何か入れる物はあるかい？」

今なら空の鍋は大量にある。まずは木綿と絹ごし豆腐をそれぞれ分けて鍋に入れてもらう。厚揚げと薄揚げ、がんもどきはお椀に、おからもまとめて鍋に山盛り入れてもらった。

よし。おからがあればヘルシーメニューが作れるぞ。

もう一軒の店は、広い店先に幾つもの大きな水槽が並んでいて、中には大量の豆腐が浮かんでいた。

ここでも大量購入。

実費で器を用意してくれると言われたのでお願いしたら、陶器の平べったい器の中に豆腐が十二の二段に並べたのを見せてくれた。主に、店舗用に用意している入れ物らしい。予算は潤沢にあるので、全部この器に入れてもらったよ。

満面の笑みの店員さん達に見送られて、店を後にした。

「よし、取り敢えず欲しいものは手に入ったから一旦戻るか。昼は買った豆腐の食べ比べだ。ああ、こうなるとツナ缶とか欲しいよな。あれがあれば、おからでサラダが作れるのに」

レシピを考えながら絶対この街なら有りそうだと思い、慌ててさっきの店に戻って聞いたら有ったよ。売っているお店を教えてもらい、瓶詰めのツナの油漬けと水煮も大量購入した。

やったぜ、これでまたメニューが増える。

予想以上の成果に、俺はご機嫌で宿泊所へ戻ったのだった。

宿に戻った俺は、まず昼飯の前に一軒目の豆腐をお椀に出して、サクラに預けなおした。鍋は空けておかないとな。

それから買った豆腐をそれぞれお皿に取り出し、醤油と鰹節、マイ箸を用意して席に着いた。

「あ、じ、み！　あ、じ、み！　あ〜〜〜っじみ！　ジャジャン！」

ご機嫌に味見ダンスを踊るシャムエル様にも参加してもらい、昼食を兼ねた豆腐食べ比べを楽しんだよ。

一軒目の豆腐は、木綿も絹ごしも豆の味がしっかりしていて最高に美味しかった。

二軒目のお店の豆腐は、スーパーで売っているちょっと高めの豆腐って感じ。こっちの方が食べなれた味っぽい。

「お豆腐、美味しいねえ。これが豆から出来ているの？」

ご機嫌なシャムエル様は豆腐が気に入ったらしい。不思議そうにそんな事を言うので、もふもふ尻尾を突っついてやりながら説明する。

「まず、水に浸した大豆をすり潰して煮て、布で濾（こ）すんだよ。つまり、搾（しぼ）りかすと豆の液体になる」

ウンウンと頷くシャムエル様を見て、俺は木綿豆腐を見る。

「豆腐の元になるのは、その豆の液体、これは豆乳とも言う」

「豆の乳、確かにそうだね」

納得するように、またウンウンと頷いている。

「この豆乳に、海水から作るニガリっていう薬品を入れると固まるんだ。それをそのまま固めたのが、最初に食べた柔らかい絹ごし豆腐。絹みたいな滑らかな舌触りって意味で付けられた名前……らしい」

「へえ、絹は関係ないんだね」

「その固まった豆腐を穴の開いた箱に入れて重石を乗せて水切りしたものが、木綿豆腐。まあ、俺も聞き齧(かじ)った知識だから正確にどうなのかはよく知らないよ」

最後は誤魔化すようにそう言うと、拍手の音がしてベリーが姿を現した。

「素晴らしい。豆腐の作り方は、今のケンの説明でほぼ正解です。よくご存知でしたね」

「あはは。俺の同僚に妙にこういうのに詳しい奴がいてさ、宴会のたびに延々と聞かされたんだよ。俺、逃げるのが下手でさあ……」

不意に、あの賑やかな宴会の情景を思い出してしまい言葉が詰まる。

「……ま、そんな感じ」

誤魔化すようにそう言って、残りの木綿豆腐を口に放り込んだ。

何となく部屋に気遣うような沈黙が満ちる。

「ううん、もうちょい食えるな。よし、厚揚げも焼いてみよう」

気分を変えるように大きな声でそう言うと、フライパンとコンロを取り出し、買って来た厚揚げを一つフライパンに入れて火に掛ける。

「揚げたものを、また焼くの？」

シャムエル様が不思議そうに覗き込んでくる。

「そうさ、表面がカリカリになって美味いんだぞ」

しっかり全面に焦げ目が付いたところで、熱々の厚揚げをお皿に取り生姜をたっぷりと刻みネギをのせて、醤油をまわしかける。

湯気を立てる厚揚げを見て、目を輝かせるシャムエル様のお皿に先に取り分けてやる。

「熱いから気を付けて……あ、顔からいった」

注意する間もなく顔面ダイブしたシャムエル様は、厚揚げをもぐもぐやったあとに目を輝かせて生姜まみれになった顔を上げた。

「うん。さっきのと全然違うね。これも美味しい！」

「厚揚げはいろいろ使えるんだよな。このままタレを絡めて甘辛くしても良いし、たっぷりのお出汁で煮含めたのも美味いんだよな。ああ、思い出したら食いたくなった、よし、これも作ろう」

よく賄い（まかな）で世話になった定食屋のサイドメニューを思い出して、俺はまたちょっとだけ涙目になった。

懐かしい故郷の味は、どうやら記憶の蓋も一緒に開いてくれたみたいだ。

何となく、懐かしくも寂しい不思議な感覚に浸りながら、俺は鼻をすすって残りの厚揚げを平らげたのだった。

「さて、それじゃあギルドへ行ってくるか」

そう呟き、足元で寛いでいたラパンとコニーを撫でてやる。

モモンガのアヴィは、定位置の俺の左腕にしがみ付いている。

「ベリー、フランマ、留守番よろしくな」

日向ぼっこしているベリー達に声を掛けて立ち上がった俺は、アクアゴールドの入った鞄を持ってギルドへ向かった。

「すみません。ええと、ギルドマスターは……」

ギルドの建物の中に入ってカウンターに声を掛けた瞬間、受付の人は満面の笑みになった。

「はい、どうぞこちらへ！」

いそいそと言った感じで奥に案内される。

しかし、マックス達を連れていなかったら誰も俺に反応しない。ああ、モブの幸せ……。

「おお、ケンさん。まあ座ってくれ」

部屋にはアンディさんともう一人、やや痩せ型で目つきの鋭い、いかにもやり手の商人って感じの男性がいた。

「はじめまして、エルケントと申します。お噂はかねがね伺っておりました。早駆け祭りの英雄殿」

笑顔のエルケントさんと握手をした俺は、鞄を手に勧められた椅子に座った。

「ええと、恐竜のジェムをご希望なんですよね？」

鞄の口を開きながらそう聞くと、エルケントさんは満面の笑みになった。

「他にも、凄い数のジェムをお持ちなのだとか」

「ええ、良いですよ。何が要ります？」

正直言って、少しでも減らしてもらえるのならありがたい。

「冒険者ギルドにも相当な数のジェムを融通して頂けたとの事。あれらは街の住民達が日常生活で使うジェムになります。こちらとしては、稼動機械の燃料用のジェムをお願いしたい」

「それなら強力なのが良いですよね。この辺りかな？」

取り出したのは、ブラウングラスホッパーとキラーマンティス、ダークグリーンオオサンショウウオの、結晶化していない普通のジェムだ。

だけど、取り出したそれらを見たエルケントさんとアンディさんは、二人揃って絶句したまま固まってしまった。

見開かれた目が、今にも転がり落ちそうだ。

「こ……これは素晴らしい。数はどれくらい有りますか？」

ようやく復活したエルケントさんが身を乗り出してそう尋ねる。

「万単位で幾つでもどうぞ。現状、無いジェムを探す方が早いくらいなんですよね」

俺の言葉に、エルケントさんは考え込んでしまった。

相談の結果、ブラウングラスホッパーとキラーマンティス各一万個に始まり、それぞれ数千個単位で、恐竜のジェムと素材も数百個単位で買い取ってもらった。

そして俺はエルケントさんに、この街のお勧めの食材や、良い店なんかを色々と教えてもらった。

最後に満面の笑みで握手を交わして、俺はギルドを後にしたのだった。

「さてと、ハスフェル達が戻るまで時間がありそうだし、料理でもするか」
宿泊所に戻った俺は、鞄から飛び出したスライム達が床を転がるのを眺めながら、そう呟いて装

備を解いて身軽になる。

最初に大量にあった葉物の野菜を洗ってサラダを作り、次に、絹ごし豆腐と合い挽きミンチを取り出してもらう。

「作るなら、やっぱり豆腐ハンバーグだよな」

頭の中で作る順序を考えつつ、絹ごし豆腐を大きなお椀に取り、軽く水を切ってからサクラにすり潰してもらう。

その間に俺は、フライパンでみじん切りの玉ねぎをあめ色になるまで炒めておく。

ハンバーグ用に使っている一番大きなお椀に、合い挽き肉と冷ました玉ねぎを入れ、溶き卵、配合スパイスと黒胡椒、すり潰した豆腐、パン粉と干し肉で取った肉汁も少し入れて混ぜる。

スライム達がせっせと捏ねて形成するのを見ながら、焼く準備をしておく。

大きめのハンバーグが出来たところで、火にかけたフライパンに並べて一気に焼いていく。しかもスライム達は焼きあがりを見ながら、空いた皿と次のハンバーグを渡してくれるという徹底ぶり。

何、この状況を見て仕事が出来る素晴らしい子達は。

最初はそのまま焼き、二度目は大根おろしと和風ソース、三回目は照り焼きソース、最後は定番のケチャップソースで味付けしておく。

出来上がった大量の豆腐ハンバーグは、サクラが数えながらせっせと飲み込んでくれた。

片付けをしていると、ご飯屋さんが本日分の炊き立てご飯とおにぎりを届けに来てくれて、入れ違いにハスフェル達が戻って来たので、炊き立てご飯と豆腐ハンバーグで夕食にした。

大好評だったのは、言うまでもない。

「明日はどうするんだ？　俺は、また午前中は買い出しの予定だけど」

夕食の後、のんびりと一杯やりながら明日の予定を確認する。

「どうもあちこちでネズミのジェムモンスターが湧いているらしく、ギルドに討伐依頼が殺到している。明日以降も俺達は毎日出掛けて見て回る事にしたよ」

どうやら神様的にはちょっと見過ごせない状況らしく、警戒しているみたいだ。ならばと、三人にはサンドイッチ各種を大量に作って渡しておいた。

「ハスフェル達は毎日狩りに行く。俺は買い出しと料理の仕込みだな」

「たまには付き合えよ。腕が鈍るぞ」

からかうようにギイにそう言われて、苦笑いして頷く。

「一通りの買い出しと仕込みが終わったら参加させてもらうよ」

腕と言うか、実戦の勘は確かに鈍るような気がするので、素直に俺も参加を表明しておく。

でも優先順位は買い出しと料理だからな。

翌朝、いつもの従魔達総出のモーニングコールに起こされた俺は、また従魔達を引き連れてハスフェル達と一緒に朝食を食べに屋台の出ている広場へ向かった。

今朝は分厚いオムレツを丸ごと挟んだタマゴサンドと、刻んだキャベツを大量に挟んだサンドイッチを買ってみた。それからマイカップにコーヒーを入れてもらう。

「へえ、刻んだキャベツがこんなに入っているのは初めてだな。パンの倍くらい分厚いぞ。中身はマヨキャベツとチーズとベーコンに、茹で卵の輪切り。彩りも綺麗で美味しいぞ」

中身を考えながらもぐもぐ食べていると、シャムエル様が手を伸ばして俺の頬を叩いた。

「はいはい、タマゴサンドだな」

しかし、シャムエル様は目を輝かせてキャベツサンドを見ている。


「ひっとくっち！　ひっとくっち！　食っべたっいよ〜〜！」


これまた妙なリズムで踊り出したのは、なんと新作、一口食べたいダンス！

吹き出した俺は、そのまま食べていたキャベツサンドを差し出してやった。

「はい好きなだけどうぞ。これは切ったらバラバラに崩壊しそうだからさ」

丁度、今の断面は、真ん中近い部分でキャベツとチーズがたっぷり入った場所だ。

「ありがとう、それじゃあ貰うね！」

そう言うと顔面からキャベツサンドに突っ込み、まるでトウモロコシを一気食いする時みたいに右から左にモシャモシャと食べ始めた。見事に全面1センチくらい減って、俺は堪えきれずに吹き出したのだった。

「うん、これは美味しいね。これも買い置きよろしく！」

キャベツまみれになった顔を綺麗にしながら、シャムエル様がそう言って笑う。

「確かにそうだな。あるだけ後で買って帰ろう」

残りを食べながらそう言い、さっき買った屋台を振り返った。

最後のコーヒーを飲み干して大きく伸びをする。

「さてと、それじゃお前達は、またハスフェル達と一緒にジェムモンスター狩りだな」

「はい、任せてください！　沢山ジェムを集めて来ます！」

「ジェムは山程あるから、無茶はしなくていいんだぞ」

マックスの言葉に笑った俺は、腕を伸ばしてむくむくの首に横から抱きついた。

今回は、小動物系のジェムモンスター相手だと聞き、ラパンとコニーも参加するらしい。

擦り寄ってくるニニも抱きしめてやり、ハスフェル達に従魔達を預けた。非戦闘員のアヴィはスライム達と一緒に留守番だ。

手を振って出発した彼らを見送った俺は、一つため息を吐いて鞄を持ち直した。


「いらっしゃいませ。ああ、さっき買ってくれた魔獣使いのお兄さんだね。大きな従魔達はどうしたんだい？」

店番をしていた小柄なおばさんが、笑顔で手を振ってくれた。

「従魔達は、仲間が狩りに連れて行ってくれましたよ。俺は留守番なんです」

「おや、怪我でもしたのかい？」

「至って元気ですよ。今日の俺は食料の買い出し担当なんです」

俺の言葉に、おばさんは満面の笑みになる。

「ああ、そうなんだね。しっかり美味しいもの買って行っておくれ」

「ありがとうございます。あの、そこでちょっと相談なんですが……」

相談の結果、在庫を全部まとめて購入させてもらった。

ついでに、あのキャベツサンドイッチのレシピを教えてもらえないか頼んでみたら、何と、簡単に教えてくれた。

聞けばもうご高齢なので、近々店をたたむ事を考えているらしい。しかも自分には子供がいないから、レシピを継承してくれるなら嬉しいとまで言われてしまった。

もちろん喜んで継承させていただきます！　うちには食いしん坊の神様達が揃っていますからね！

その後、詳しい作り方と、アレンジの仕方もいろいろ教えてもらった。

よし、あまり野菜を食わないハスフェル達にもガンガン作って食わせてやろう。

「ええと、確かこの通りだったよな」
今の俺は、教えてもらった業務用の店を目指して通りを歩いている。
「店の名前はミンク商会……あ、ここだな」
名前を書いた、大きな木彫りの看板の前で立ち止まる。店先にはワゴンが並んでいて、業務用の大きな鍋やコンロが置いてあった。

「いらっしゃいませ。中へどうぞ」

ワゴンを見ていると笑顔の店員さんが来てくれたので、一緒に店に入る。

入った右側は、いかにも業務用のサイズの鍋や調理器具なんかが文字通り山積みになっている。

そして、店の左側には棚が並んでいて、そこには様々な食材や調味料が並んでいた。生野菜以外は全部ありそうだ。奥には冷蔵庫も並んでいる。

「おお、すげえ。ちょっとテンション上がるぞ。これはまさしく業務用スーパーだ」

先程の店員さんが、背後で控えて満面の笑みで俺を見ている。成る程、ここはセルフじゃないのか。

「ここは初めてなんですけど、買うのに登録が必要ですか？」

一般人でも売ってくれるとは聞いたけど、一応確認しておかないとな。

「この街に店舗をお持ちならギルドカードでご登録をお願いいたしますが、そうでなければ特に必要ありません」

「成る程。商人ギルドに登録している場合は、カードで店舗の登録をするのか」

「もしやご商売をお考えですか？」

身を乗り出すその男性に、苦笑いした俺は首を振った。

「俺はご覧の通り冒険者ですよ。今日は食料の買い出しなんです」

「ああ、それは失礼しました。私はガーナと申します。よろしくお願いいたします」

「ケンです、よろしく」

握手を交わして、店を見回す。

まずは、一番欲しかった焼きそばソースをお願いすると、ガーナさんは、巨大な冷蔵庫が並ぶ一角に案内してくれた。

そこにはウスターソース、濃厚ソース、中濃ソース等が大量に並んでいた。ガーナさんお勧めのソースを一通り買ってみる。良かったら、また改めて追加を買いに来よう。

それから業務用サイズのツナの油漬けや水煮の瓶、乾燥パスタも巨大な袋で種類別に大量購入。ガーナさんお勧めの肉料理用と一番人気の配合スパイス、ピンク色の岩塩もそれぞれミルと一緒に大瓶で購入した。

他にも大袋に入った乾燥豆や小麦粉、砂糖など、ほとんどの材料がここで買えたよ。

仕込み用の金属製の大きなバットやボウル、泡立て器なんかも見つけたので寸胴鍋と一緒にまとめて購入。これで大量の仕込みが楽になるよ。

まとめると凄い量になったけど、鞄に入ったサクラがサクッと収納してくれたよ。

代金は、ギルドの口座からの引き落としも出来ると言われたので、ギルドカードを渡してお願いした。

「ええ、上級冒険者？　し、失礼いたしました！」

手続きをしていたガーナさんは、俺のギルドカードの裏書きに気付いて慌てている。まあそうだよな。従魔達を連れていないと、俺って完全にモブキャラだし。

「カードをお返しします。あの、もしかして……噂の魔獣使いと一緒におられた方ですか？」

その言葉に苦笑いした俺は、左腕にしがみつくアヴィを指差した。

「俺がその魔獣使いですよ。従魔達は、仲間が狩りの為に外に連れて行きました。今日の俺は買い出し担当なんです」

そして、目を輝かせるガーナさんにアヴィを触らせてやった。

「うわあ可愛い！　可愛い！　ちょっとこれは堪らないです！」

延々とそう呟きながら、モモンガのアヴィを撫でては悶絶している。

ガーナさんも、もふもふが好きだった模様。これはラパンやコニーを見せたら大変な事になりそうだ。

ちょっとドヤ顔のアヴィを受け取り、腕に戻してやる。

「ありがとうございました！　またのお越しをお待ちしております！」

満面の笑みのガーナさんに手を振って、俺は店を後にしたのだった。

「さてと、次は冷蔵庫だな」

教えてもらった店を探しながら通りを歩く。

「ユーロン商会。へえ、ここも大きな店だ」

見つけた店の開いた扉から中を見ると、ジェムを使う道具が色々並んでいる。

開けっ放しの扉から中に入る。奥で鈴みたいな音がしたから、ちゃんと誰か来たら分かるようになっているらしい。

「あ、これが良い！」

突き当たり奥に並ぶ小さめの冷蔵庫を見つけて駆け寄ったら、背後から声が掛けられた。

「なんだい兄さん、そんな小さいので良いのか？」

振り返ると、小柄なドワーフらしき男性が、俺を見てから小さな冷蔵庫を見た。

「俺は冒険者なんでね。そんな大きいのは要らないんだよ」

「冒険者だと？　冷蔵庫なんぞ買ってどうする気だ。担いで歩くのか？」

多分、俺の事を冷やかしだと思ったんだろう。対応が若干迷惑そうだ。

「大丈夫だよ。俺は収納の能力持ちなんでね」

「そ、そりゃあ凄えな、失礼した」

慌てたドワーフのおっさんは、俺を見て謝ると冷蔵庫を開けて見せてくれた。

だけど、冷蔵用の大きな氷を入れる場所が必要なので、思ったよりも容量が小さい。

「ううん、案外入らないんだな」

困って考えていると、おっさんがニンマリ笑って俺を見た。

「なあ、ちょっと聞くが、予算は幾らまで出せる？」

その質問の意味するところは一つだよな。

「幾らでも出すよ、本当に良いと思ったらね」

そう言って、金貨がぎっしり詰まった巾着を鞄から取り出して見せた。

すると、満足そうに頷いたおっさんが無言で手招きして奥へ向かったので、俺は黙って後をついて行った。

そこには、厳重に梱包された木箱が置いてあった。

だが木箱の上に置いてあるのは、どう見てもファミリーサイズの大きなクーラーボックスだ。

氷の中に突っ込むのなら、ラップもビニール袋もないこの世界では、瓶に入ったものくらいしか冷やせない。

これは駄目だと考えていると、おっさんが驚くべき説明を始めた。

「こっちは見本だよ。この冷蔵庫の氷はこれだけで良い」

そう言って見本のクーラーボックスを縦向きに置き直して、扉になった蓋の部分を指差した。

扉の内側が更に開くようになっていて、2リットルくらいの水入れが入っている。

「ここに氷を入れるだけで？　それで中を冷やすのは、ちょっと無理があると思うけど？」

思わずそう言ったが、おっさんは笑って何故だかドヤ顔になった。

「これは最新式なんだよ。うちもこれ一つしか仕入れられなかった」

そう言って、今度は扉を閉めて本体部分の横を開いた。

そこには電池入れのような、やや大きめの空間がある。

「ここにジェムを入れてもらえば、氷の冷やす力がぐっと上がる。凄いぞ。ただし、ジェムはそれなりのものを入れないと効かないけどな」

「買います！」

値段も聞かずに叫ぶ俺を見て、おっさんは驚いていた。

その場で中身を確認してもらって代金を払い、受け取った冷蔵庫を鞄に収納した。

そのあとパン屋にも立ち寄り、ここでもお願いして大量購入。それから明日と明後日の二日間、閉店後に宿泊所に焼き立てパンを色々まとめて配達してもらうようにお願いした。焼きたてパン最高！

満面の笑みの店員さんに見送られてパン屋を後にした。

「ええと、これで買いたい物は全部かな？」

何を買ったか指を折って数えながら歩き、途中で見つけた酒屋で瓶入りの白と黒のビールをまとめ買いした。これは帰ったら冷蔵庫で冷やす分だ。

他にも肉屋を見つけて、ロースハムやベーコンの塊、ソーセージ各種も大量購入。

それから、商人ギルドマスターのエルケントさんお勧めの米屋にも寄った。

炊いたご飯は、あの美味しいご飯屋さんから大量に届けてもらう予定だけど、やっぱり本場の米は買っておかないと。

一番美味しいのだという店員さんお勧めの銘柄二種類を、小分けしてもらって大量購入。これは精米をお願いして宿泊所に配達をお願いした。

近くにあった広場の屋台で昼食の後、見つけたコーヒーのお店で深煎りの豆とお勧めのブレンドの豆をこれも大量購入。

しかもその隣がお茶の専門店で、ここで念願の麦茶を発見した！

当然、お願いしてこれも大量購入すると、煮出す時用の麻の小袋を分けてくれた。即席の麦茶パックだ。有り難く頂戴して、店を後に宿泊所へ戻った。

先にギルドに立ち寄って、アンディさんからジェムの買い取り金の振り込み明細を全部まとめて受け取る。

ううん、口座の金額がとんでもない事になって来たよ。まあ、口座に入れておけばギルドが運用してくれるん……だよな？

若干不安になりつつ宿泊所に戻った。

「さて、やっぱりまずはこれだよな」

にんまりと笑って買ったばかりの冷蔵庫を出して、まずはブラウングラスホッパーのジェムを指定の場所に入れる。蓋を開けて金属製の水入れを取り出し、水場の上の水槽から流れる水を入れた。

「ええと、ロックアイス凍れ！」

一瞬で凍ったので、それを蓋の内側部分にセットする。

教えてもらった箇所にあるスイッチを押すと、小さな駆動音がして驚いた。

「ええ、どういう仕組みなんだ？」

改めて考えてみたら、どうにも不思議だ。ジェムの駆動機械ってどういう仕組みなんだ？

ドワーフなら、俺が知っているような精密な機械を作れるんだろうか？

「ううん、よく分からないなあ」

まあ、これはどれだけ考えても答えが出るわけじゃないので、疑問はまとめて明後日の方向にぶん投げておく事にした。


買ってきた瓶ビールを何本か入れていったん冷えるまで蓋を閉めて置いておく。

やっぱりちゃんと冷えるかどうか確認しておかないといけないもんな！

🐾

「さてと、やっぱりまずはおからサラダだな」

サクラに材料を出してもらい、買ったばかりの大きなボウルを取り出す。もちろん綺麗に洗浄してくれてあるよ。

まずは、おからをボウルに取り分け、箸を使ってツナの塊を潰しながら混ぜていく。ここにスライスした玉ねぎと茹でた豆を入れ、マヨネーズで和えて塩胡椒、最後に黒胡椒を多めに振りかけて混ぜ合わせれば完成だ。少し手に取って味見をしてみる。

「美味い。これはおからの味がダイレクトに出るんだよなあ」

満足して、大きめのお椀に出来上がったおからサラダを入れて、サクラに預ける。

次は、定食屋のサイドメニューでいつも作っていた、卯の花。これ、好きなんだよ。

以前購入していたおでんの竹輪と蒟蒻(こんにゃく)を取り出し、サクラとアクアに細かく刻んでもらう。

それからニンジンのみじん切りとシイタケもどきの千切り、薄揚げも細かく刻んでもらう。

材料を切るのは、優秀なアシスタントのアクアとサクラがほぼ全部やってくれる。本当に最高だよ、お前ら。

「味付けは、二番出汁と酒、砂糖と醤油とみりん、塩少々」

取り出した調味料を小さめのボウルに量って入れ、混ぜ合わせておく。

「大きめのフライパンに油を引いて、まずは野菜を炒める。火が通ったら竹輪と蒟蒻を入れてまたひと炒め。薄揚げも加えて更に炒める」

覚えているレシピを復唱しながら、せっせと炒めていく。

「ここにおからを投入、っと」

どっさりおからを入れて焦がさないように軽く炒め、おからがバラけたらさっき作っておいた調味料を回し入れる。そのまま強火で炒めて軽く水気を飛ばせば完成だ。

「おお、なかなか上手く出来たな」

久々に、店で作っていたくらいの量を仕込んだよ。

これも大きめのお椀に盛り付けて、サクラに預けておく。

汚れた道具は、待ち構えていたスライム達があっという間に綺麗にしてくれたよ。

「ありがとうな」

順番に撫でてやり机の上を見ると、目を輝かせたシャムエル様が、お皿を片手にいつもの味見ダンスを踊っていた。

「あ、じ、み！　あ、じ、み！　あ〜〜〜〜〜〜〜〜〜っじみ！　ジャジャ〜ン！」

今日のポーズは片手に持ったお皿を突き出し、尻尾でバランスを取りつつ片足でポーズを決めている。

ちょっと面白かったので、サクラに出してもらったおからサラダと卯の花の入ったお椀を持って黙って眺めていた。

「は、早くちょうだい……もう、駄目……」

足がプルプルと震えて、そのままバッタリと机に倒れる。

「せめてひとくち〜！」

倒れたまま、お皿を差し出してジタバタしている。

「はいはい、どうぞ。まずはこっちがおからのサラダだよ」

焦らしたお詫びに山盛り入れてやる。

「おからって何？」

お皿に盛られた、山盛りのおからサラダを見て首を傾げる。

「ええと、この前豆腐の作り方を説明しただろう？」

うんうんと頷くシャムエル様に、俺は取り出したおからを見せる。

「水につけてすり潰した大豆から、豆乳を搾った残りの事だよ」

「へえ、それも食べるんだ」

感心したようなその言葉に、笑って頷く。

「豆腐作りの副産物だな。栄養は豊富なのにヘルシーでしかも安い！　俺もよく食べていたよ」

家の近くの寂れた商店街にあった、老夫婦が経営していた豆腐屋を不意に思い出した。

このおからは、あの店と同じ味がする。俺もおからサラダを口にして嬉しくなった。

これは大事に食べよう。そして、ここにいる間は毎日買いに行こう。

おからで他に何が作れるか考えながら、改めて出した料理とおからをサクラに預けた。


それからもう一品、揚げ出し豆腐を作っておく。使うのは、最初に買った木綿豆腐だ。

試しに、サクラに豆腐の水切りを説明してお願いすると、少し考えただけですぐに完璧な水切りをしてくれたよ。

「これが水切りだね」

豆腐を飲み込んだサクラがそう言って同じく豆腐を飲み込んだアクアにくっ付き、一緒にもぐもぐやり出した。

呆然と見ていると、すぐにそれぞれ綺麗に水切りされた豆腐を吐き出してくれた。

「ええと、今、何やったの？」

思わずそう尋ねると、二匹は得意気に伸び上がって教えてくれた。

「サクラが分かった事は、くっつけばアクアに教えてあげられるの」

「アクアも同じようにサクラに教えてあげられるよ。だけどまだアルファ達とはそこまで上手くいかないの」

思わぬ答えに目を瞬いた俺は、机の上に並んでこっちを見ているレインボースライム達を振り返った。

全員揃ってなんだか悔しそうにプルプルと震えている。

「そっか、仲間になった時期に差があるからまだ出来ないんだな。もうちょっと頑張ったらきっと出来るようになるよ」

　そう言って撫でてやりながらシャムエル様を見ると、笑顔で頷いてくれた。


　定食屋で作っていたのを思い出しつつ、揚げ出し豆腐のお出汁を作る。それから、レインボースライム達が用意してくれた、片栗粉をまぶした豆腐を油で揚げていく。

　朝市で青ネギを見つけたので、これもたっぷり刻んでおいてもらう。

　じっくり揚げたお豆腐がパチパチ音を立て始めた。

「そろそろかな？」

　綺麗に色づいて揚がった豆腐は、軽く油を切ってからお椀に入れる。さっきのお出汁をたっぷり入れて、山盛りの大根おろしとネギを散らせば完成だ。

　出来上がった揚げ出し豆腐は、お椀ごとサクラに預けておく。

「さあ、どんどん作るぞ」

　お出汁も弱火に掛けて温めながら、豆腐を揚げていく。

　机の上では、シャムエル様も目を輝かせて、出来上がった揚げ出し豆腐を見つめている。

「ちょっと食べるか？」

　そう尋ねた瞬間に、大きなお椀が差し出された。

「あ、じ、み！　あ、じ、み！　あ〜〜〜〜〜〜〜〜〜〜〜〜っじみ！　ジャジャン！」

定番の味見ダンスを踊ってクルッと一回転。

「はいはい、格好良いぞ」

笑ってもふもふの尻尾を突っついてから、受け取ったお椀に揚げ出し豆腐とトッピングを入れてやる。

「はいどうぞ。揚げ出し豆腐だよ。お出汁が熱いから気を付けてな」

「はあい、美味しそう！」

シャムエル様は嬉しそうにそう言うと、顔面から揚げ出し豆腐にダイブしていった。

「おお、また豪快にいったたな」

笑いながら俺も残った半分を一口食べてみる。

「我ながら上出来。今回は木綿豆腐だったけど、絹でも良さそうだな」

お出汁まで残らず完食して片付けると、残りの豆腐も揚げていった。

最後の豆腐で、お出汁がぴったり無くなったよ。よし！

自分の仕事っぷりに大満足で、最後の一皿をサクラに飲み込んでもらった。


「あとは、明日の弁当用にソースカツサンドでも作るか。サクラ、三斤分の食パンを全部八枚切りで切ってくれるか。それとキャベツの千切りもお願い」

「はあい、了解です」

八枚切りにした食パンと、綺麗に千切りにされたキャベツがお椀いっぱいに取り出される。

それから、今日買った各種ソースを取り出して確認していく。

とんかつソース（濃厚ソース）、中濃ソース、ウスターソースは、まずはガーナさん一番のお勧めをそれぞれ使ってみる事にした。

大きめの鍋に、まずは三種類のソースをたっぷりと入れ、軽くかき混ぜてから中火にかける。

そこに砂糖と蜂蜜、ケチャップと水を少々。黒胡椒を入れて、スプーンでかき混ぜながら味見をする。

「もうちょい砂糖かな」

追加の砂糖を入れてもう一度味見。一煮立ちすれば完成だ。

食パンにバターとマヨネーズ、マスタードを塗って千切りのキャベツを敷き詰め、作り置きのトンカツをさっきのソースに絡め、キャベツの上にのせてパンで挟めば完成だ。

「あいつらなら……三つは余裕だろう。三斤分で足りるかな？」

足りなかったら困るので、念の為もう三斤分作っておく。


大きめの皿に、カツサンドを半分に切ったものを三セットずつ並べていく。

「じゃあこれにトマトと……おからサラダで足りるかな？」

あいつらの胃袋の容量が未だに摑めない。別のお皿に、タマゴサンドと屋台で買ってきたキャベツサンドも並べる。

「これだけあれば、いくらなんでも足りるだろう」

そう呟いた時、ノックの音がしてご飯の配達が来た。おお、もうそんな時間なんだ。

今日からのおにぎりとご飯は、専用の木箱に入ったまま貰う。もちろん木箱の代金も含めて多めに払っているよ。

「あの、賄いで申し訳ないんですが、どうぞ」

そう言って大きな包みを渡してくれた香ばしい醤油の香りに、受け取って笑顔になる。

「焼きおにぎりだ！　ありがとうございます！」

まだ温かいそれを手に、もう一度お礼を言った。

笑顔で帰って行くご飯屋さんを見送り、姿を現したベリー達を振り返る。

「おまけ貰っちゃったよ」

「良かったですね」

笑って頷きながら、包みごとサクラに預けておく。

その後、お味噌汁とお米の配達と入れ違いのタイミングでハスフェル達も帰ってきた。

「おかえり……って、どうしたんだ？」
ただいまの言葉もなく、開けたままだった扉から無言で部屋に入ったハスフェルとギイが、二人揃ってソファーに倒れ込んだ。
マッチョ二人が倒れ込んだお陰で、座る場所がなくなったオンハルトの爺さんは、何とそのまま床に無言で転がったよ。
そして全員が突っ伏したまま動かなくなった。一体何事だ？

「おいおい、どうしたんだよ。大丈夫か？」

何やら疲れ切っている様子の三人を見ながら、側に来たニニとマックスをとにかく撫でてやると、いつもの猫サイズになった猫族軍団がもの凄い勢いで喉を鳴らしながら甘え始め、小さくなったウサギコンビが俺の腕の中へ飛び込んできた。

ファルコとプティラは俺の肩に留まって、こちらも甘えるように頭をこすりつけ始めた。

だけど従魔達の動きも、いつもと違って妙に緩慢だ。

「なあ、全員揃って疲れ切っているみたいに見えるんだけど、マジでどうしたんだ？」

俺の言葉に、三人が揃って呻くような声で返事をした。

「おう、みたいじゃなくて、その通りだ。頼むから、何か食わせてくれ。出来れば、元気の出るやつを、頼む……」

ソファーに転がったままのハスフェルの言葉を聞いて、俺は大急ぎで、グラスランドブラウンブルの分厚いステーキを焼き、おからサラダと作ったばかりの揚げ出し豆腐も出してやる。それから、残った油に切り落とし肉をたっぷり追加して、肉だけ炒飯も山盛りに作ってやった。

全員揃って、美味しい美味しいと何度も言いながら、かけらも残さず完食してくれたよ。

何となく一緒に食べるタイミングを逸してしまった俺は、まずは給仕に徹してから自分の分を用意した。

揚げ出し豆腐と作り置きのから揚げ、付け合わせは適当だ。ご飯は、貰った賄いおにぎりだよ。

「何だか気を使わせたみたいで悪かったたな、飲むか？」

俺が自分の夕食を用意したのを見たギイが、飲んでいた赤ワインを見せる。

「いや、俺は冷えたビールを飲むから良いよ」

ワクワクしながら冷蔵庫から一本取り出し、ビール用の大きめのジョッキに注ぐ。

即席の祭壇に、いつものようにシルヴァ達用に俺の分を並べて置いて、横にジョッキも並べる。

それから目を閉じて手を合わせた。

いつもの収めの手が、俺の頭を撫でてから料理を撫でて消えていった。

「じゃあ、俺も食おうっと」

祭壇から机へ持ってきて、まずは冷えたビールを口にした。

「おお、やっぱり冷えたビールはいいねえ」

一口飲んで嬉しくなった俺は、シャムエル様が差し出すお皿に自分の分のから揚げ定食を分けてやり、冷えたビールと一緒に楽しんだ。

ううん、揚げ物と冷えたビール。最高だね。


大満足の食事を終え、もう一本ビールを取り出しながらハスフェル達を振り返った。

「それで、一体何があったんだ？」

俺の言葉に三人が無言で顔を見合わせる。

「昨夜、ネズミのジェムモンスターが湧きだしているって話をしたが、昨日とは比較にならん程の、とんでもない数のパープルバルーンラットが出てな。もう、大騒ぎだったんだ」

「とにかく数がとんでもなくて。本当に酷い目にあったよ」

ギイも、心底嫌そうに天井を向いてそんな事を言う。床に座ったオンハルトの爺さんは、無言で何度も頷いているだけだ。

「ええと、それってもしかして……大繁殖ってやつ？」

恐る恐る尋ねると、三人は揃って頷いた。

「最悪な事に出現場所が街に近かったから、討伐依頼を受けた冒険者達が大勢いてな。そのせいで、俺達だけならもっと簡単に駆逐出来たのに、そいつらと一緒に普通に戦う羽目になったんだ」

「しかも、相手が下位のジェムモンスターであるバルーンラットだからと、初心者の冒険者が大勢いてな。とにかく、誰も死なせないようにするのが大変だったんだ」

これも無言でうんうんと頷いているオンハルトの爺さんを見て、俺は虚無の目になった。

ハスフェル達だけでなく従魔達全員までが、疲れ切っていたのはそういう事か。

「うわあ、それはお疲れ様。ってか、俺は行かなくて良かったと本気で思ったよ。ごめん」

俺の言葉に、三人が苦笑いしている。

「いや、本音を言えば来なくて正解だったよ」

「そうだな。ケンではあれを相手にするのは無理がある。従魔を護衛につけたとしても、万能薬が確実に何度も出動しただろうさ」

「今回は万能薬を相当使って手持ちがかなり少なくなった。オレンジヒカリゴケを採取に行きたい」

ハスフェルの言葉にギイも頷いている。

「サクラ、アクア、万能薬の在庫はどうだ?」

「まだまだあるよ」

その言葉に頷いてハスフェル達を振り返った。

「俺の手持ちは余裕があるから、渡そうか?」

「すまんが頼むよ。どうも最近、大繁殖の頻度が上がっているような気がする。まあ、これも地脈が整ったからこそなんだがな」

真顔のハスフェルの言葉に、ギイとオンハルトの爺さんも頷いている。

相談の結果、俺の手元に念の為に何本か残して、あとは全部ハスフェルとギイに渡した。だが、それでも不安な量みたいだ。ええ、どうするんだ?


「それじゃあ、とにかくゆっくり休んでくれよな」

俺の言葉に、立ち上がった三人は苦笑いしながら肩を竦めた。

「明日は休みにするよ。さすがにちょっと疲れた」

「お疲れさん。じゃあ明日はゆっくり休んでくれ。俺はもう少し買い物をして、また料理の仕込みだな」

「悪いがそっちは任せるよ。それじゃあおやすみ」

「おう、任せろ」

笑って部屋に戻る三人を見送った。

第64話　もふもふ総攻撃と新作おやつ

翌日、俺は一晩休んで完全復活したマックス達を引き連れて買い出しに出かけた。

「あ、そうそうミンク商会だった」

大きな木彫りの看板を見てようやく業務用スーパーの店の名前を思い出した俺は、小さく笑って店の前で立ち止まった。

狭くて店には入れないので、マックスとニニを店の前に座らせる。ファルコもマックスの背中の鞍に移動させてやり俺は店の中へ入って行った。

当然だけど、シャムエル様は俺の右肩の定位置に座っているよ。

「いらっしゃいませ！」

俺に気付いたガーナさんが満面の笑みで来てくれて、豆板醤（トウバンジャン）と甜麺醤（テンメンジャン）を見つけて大量購入。

カレーはこの世界ではカリーと呼ばれていてルウではなくカレー粉が定番らしい。一番人気の中辛と辛さ控えめを購入。俺はカレーにそれ程辛さは求めないので、これで充分だよ。

今回は即金で支払いをして大量の瓶を全部収納したところで、またガーナさんにアヴィを撫でさせてやった。

「ああ、可愛い！　やっぱり可愛すぎる！」

ガーナさん、アヴィを触る度にちょっと引くレベルで悶絶している。

「他の従魔達も見ますか？　今なら全員揃っていますよ」

ようやくアヴィから手を引いてくれたガーナさんに、そう言って外を指さす。

「ふえ？　あの、従魔って……噂のハウンドやリンクス達ですか？　お願いしますから会わせて下さ〜い！」

両手を握りしめて嬉々としてついて来るガーナさんと一緒に、俺は外に出た。

「……何、これ」

そう言って立ち止まる。店のすぐ前の道路いっぱいに人があふれていたのだ。しかも、その全員がマックス達に釘付けだ。

一応、1メートルくらいは離れているが、逆に言えば、俺がいない状況でこんな事になった従魔達のストレスは相当だったろう。

ため息を吐いた俺は、大きく手を一度だけ打って全員の注目を集めた。

「皆様、聞いて下さい！　魔獣使いです」

ざわめきがピタリと止まり、俺に視線が集中する。

「この子達は見せ物ではありません！　従魔達もこの状況を嫌がっています。このままでは危険ですので、どうかお引き取りを！」

　やや強めの口調でそう言ってやると、蜘蛛の子を散らすように人がいなくなった。

　安堵のため息を吐いた俺は、マックスとニニを順番に撫でてやった。

「ごめんよ。まさか、あんな状況になるなんて思っていなかった。偉いぞ、よく我慢したな」

「出て来てくださって助かりました。もう、毛を毟られる寸前でしたよ」

　その言葉にもう一度謝った俺は、大きなマックスの頭をシッカリと抱きしめてやった。

「申し訳ありませんでした。先に従魔の存在を確認すべきでした。あの……店の裏庭があるので、従魔の方々はどうぞそちらに」

　背後にいたガーナさんが改まって真剣な様子でそう言い、深々と頭を下げて店の敷地にある門を示した。

　これは要するに、他の人に見えない場所でマックス達をモフりたいので、是非是非こちらに来て下さい！　……って俺には聞こえたよ。

　苦笑いした俺は、ガーナさんの後についてマックス達と一緒に誰もいない裏庭へ回った。

「あの！　もう、後ろを向いてもよろしいでしょうか！」

「はあ？　いいですよ」

　俺が返事をした瞬間、ガーナさんはもの凄い勢いで振り返った。

「ああ凄い！　凄すぎます！」

　拳を握りしめてそんな力一杯叫ばれても……予想以上のもの凄い反応にドン引きしている俺を置いて、ガーナさんはキラッキラに目を輝かせてマックスを見上げた。

「この子が噂のハウンドですね！」

「え、ええ、ヘルハウンドの亜種で、マックスです」

「それであの！　触らせて頂いてもよろしいでしょうか！」

今ここで断ったら、そのままショック死しそうな勢いだ。

「ええ、良いですよ。毛や耳を引っ張ったり、目の辺りを触るのはやめてくださいね」

念の為マックスの首輪を掴んでそう言ってやると、何度も頷いたガーナさんは震える手を伸ばしてそっとマックスの首の横辺りを触った。それはもう、赤ん坊に触るくらいの丁寧な触り方だ。

「おお、これは素晴らしい……ハウンドに触っているなんて夢のようです……」

マックスを撫でながら、感動のあまりプルプル震えている。

その時、少し下がって面白そうに見ていたニニが動いた。

ガーナさんの背後から、背中に額を擦り付けるようにして頭突きしたのだ。

「うひょ！」

何とも奇妙な声を上げた彼は、自分の背後にニニがいた事に気付いて目を見開いた。

そして、これまたもの凄い勢いで俺を振り返る。

「あの！　この子も、この子も触らせて頂いてよろしいでしょうか！」

「ええ、良いですよ。注意はさっきと同じです。嫌がるようならやめてくださいね」

そう言って、マックスの首輪を離してニニの側へ行く。

「この子はレッドリンクスの亜種で、名前はニニ」

首輪を掴むと、ガーナさんはそれを見てからこれ以上ないくらいに優しくニニの頬の辺りを触った。

あ、そこは腹毛と並んで、ニニのもふもふ度最高値の場所だぞ。

内心そう呟いて見ていると、あまりの柔らかさにガーナさんの目が、こぼれ落ちんばかりに見開かれる。

「あの……この子、まさかと思いますが……中身が無いですよ？」

それを聞いた瞬間、俺とシャムエル様は揃って吹き出した。

「そこはニニの毛の中でも最高にもふもふな場所なんですよ。大丈夫ですからゆっくり手を突っ込んでみてください」

笑ってそう言い、ニニの首に向かって手を垂直にして指先でそっと触ってやる。

頷いたガーナさんの手が、指先からニニの頬毛に埋もれていく。

「あ、当たった」

その時には、ガーナさんの手首までニニの頬毛に埋もれていた。

「これは最高ですね……どうしてこんなにも柔らかいんでしょうか……」

夢見心地といった様子でそう呟きながら、ニニの首回りをうっとりと撫でている。

「どうぞ。この子も、もふもふですよ」

次に、中型犬サイズのラパンとコニーを見せてやる。

「ふぉお！　これはまた素晴らしい！　あの、よろしいのですか？」

またしても奇声を発したガーナさんは、俺が差し出したラパンを震える両手で受け止めた。

「ああ、最高すぎる。もうこのまま昇天しても良いです……」

そう呟いて、ラパンの背中に顔を埋めた。

……沈黙。


「あの、ガーナさん？　大丈夫ですか？」

ラパンを抱きしめたまま全く動かなくなったガーナさんに、思わず声を掛ける。

「大丈夫です。今、自分史上最高の幸せを噛み締めております」

どうやら嬉しすぎて動けなかったらしい。

しかもガーナさんは、どの子に触る時も必ず俺の許可を取ってくれるし、あの丁寧な触り方を見れば、ちゃんと従魔達にも敬意を払ってくれているのが分かる。めっちゃ良い人だよ。

そう思ったのは俺だけではなかったようで、ようやく大きな深呼吸をして顔を上げ、ラパンを下ろしたガーナさんに、今度は大型犬よりも大きなサイズになったコニーが飛びついて行った。

「ふわぉう～＠＃＄％＆＊～～～～！」

後半は全く聞き取れない奇声になり巨大コニーに抱きついた直後、ニニとマックスが両側から優しく頭突きをして、更にソレイユとフォールとタロンが三匹揃って猫サイズのまま、ガーナさんに飛び掛かってそのまま押し倒した。全員が完全に面白がって飛び掛かっていく。

あっという間に、もふもふの中にガーナさんが沈没して見えなくなる。

「あぁ～ＱｒＰｃ＠＃＄％＆＊～～～～！」

先程よりも更に意味不明な悲鳴を上げたガーナさんに、俺は堪えきれずに吹き出す。

「ああ最高です！　私、今ここで死んでも悔いはありません！」

もふもふの中から聞こえたその歓喜の叫びに、俺は膝から崩れ落ちたのだった。

「大丈夫ですか？　気をしっかり持ってくださいよ」

ようやく笑いが収まった俺は、まだ従魔達に取り囲まれて埋もれているガーナさんの救出に向かった。彼的にはここで昇天しても本望かもしれないけど、それは俺が困る。

もふもふの海に分け入り、ラパンとコニーの隙間から突き出ていた右腕を摑んで引き起こしてやる。

起き上がったガーナさんは、それは大変な状態になっていた。

綺麗にセットしてあったやや長めの髪の毛は、見るも無残にぐちゃぐちゃだし、頰は興奮のあまり真っ赤になっている。そしてかなりのよだれが……。

それにシャツの前ボタンが半分以上開いて、タプタプお腹が見えている。

「ああ、ありがとうございました……ちょっと本気で昇天するかと思いましたよ」

ハンカチで汚れた口元を拭いながら、笑ったガーナさんはマックス達を見上げたあと、角があるのでもふもふ攻撃には参加しなかったヒルシュをうっとりと見た。

だけど、今度は何故か手を触れようとはしない。鹿は怖いのかな？

ひとつ深呼吸をしてから満面の笑みで振り返ったガーナさんは、俺に向かって深々と頭を下げた。

「大切な従魔達を触らせてくださって、本当にありがとうございました。人生最高の時間を過ごさせて頂きました」

丁寧なお礼の言葉に、俺も笑顔で一礼した。

「楽しんでいただけたようでよかったです。それより、大丈夫ですか？」

笑った俺の言葉に、ようやくガーナさんは自分の姿に気が付いたらしい。気づくの遅っ。

慌てたように前髪をかき上げて俺に背を向け、シャツのボタンを閉めて身支度を整える。

堪えきれずに笑っていると、乱れた髪以外は何とか元通りになったガーナさんが振り返り、顔を見合わせて同時に吹き出した。


そろそろ行こうかと思って鞄を持ち直すと、中からソフトボールサイズのアクアが出て来た。

「あれ、まだいたんですか？」

目敏くそれに気付いたガーナさんの視線は、出て来たアクアに釘付けだ。

「それは……スライムですか？」

「ええ、そうですよ。普段は鞄の中にいます」

笑った俺は、アクアを手に乗せてガーナさんに見せてやる。

「触ってもよろしいですか？」

「ええ、大丈夫ですよ」

差し出された掌に、そっとアクアを乗せてやる。

「おお、これまた何とも不思議な感触ですね。可愛い。硬いゼリーみたいだ」

左手でアクアの頭を撫でながら、これまた嬉しそうに笑っている。

しばらくガーナさんに撫でられていたアクアは、手の上からポヨンと飛び跳ねてそのまま地面に飛び降り、もう一度飛び跳ねて俺の腕に戻って来た。

「ああ、戻っちゃいましたね」

残念そうにそう言って笑ったガーナさんは、改めてもう一度深々と頭を下げた。

「本日はご来店頂き、誠にありがとうございました。またのお越しをお待ちしております」

「こちらこそありがとうございました。まだしばらくはこの街にいる予定なので、また来ますね」

笑顔で見送ってくれたガーナさんに手を振って、俺達は裏庭を後にした。

「ああ、面白かった。しかし、お前達も大騒ぎだったな」

飛びついて来たタロンを抱き上げてやり、小さな頭を撫でながら元来た道を通って老夫婦が経営している豆腐屋へ向かった。

「いらっしゃいませ……」

「ああ、冒険者のお兄さん……」

丁度水槽の中に新しい豆腐を入れていた二人が、俺に気付いて笑顔で顔を上げ、背後にいる巨大なマックスとニニを見てそのまま固まってしまった。

「あの、豆腐が欲しいんですけど！」

爺さんの耳元で大声を出すと、見事なまでに二人はその言葉に反応した。

「ああ、申し訳ありません」

二人揃って我に返って慌てて頭を下げる。

「いや、こちらこそ驚かせたみたいで申し訳ありませんでした。皆俺の従魔ですから、大丈夫ですよ。いきなり毛を毟りでもしない限りね」

最後は、許可なく近寄ってニニの毛を摑もうとしていたおばさんに向かって言ってやる。走って逃げるのをお二人までが呆れたように眺めていた。

「気持ちは分かるが、人の飼っている動物を許可もなく勝手に触っちゃならんだろうが」

真顔のおじいさんの言葉に、おばあさんも真顔で頷いている。

「皆がそう思ってくれていると嬉しいんですけどねえ」

苦笑いした俺の言葉に、二人は揃って頷いていたよ。

豆腐各種は前回の倍量で買い、おからも大量に鍋に入れてもらった。

それから豆乳もあったので、空いた牛乳瓶に十本分詰めてもらった。

「ありがとうございました。また来ますね」

手を振って店をあとにした俺は、もう一軒の豆腐屋にも立ち寄り、こちらでも各種豆腐を改めて大量購入した。

それからここでも量り売りしていたので、豆乳を瓶ごと大量購入。

よしよし、これでしばらく豆乳オーレが楽しめるぞ。

頭の中で何から作るか考えながら、のんびりと宿泊所へ戻ったのだった。

「さてと、ちょっと小腹が減っているんだけど……ああ、あれを作ろう！」

宿泊所に戻り装備を脱いで身軽になった俺は、お腹をさすりながら小さくそう呟いた。

「はあい、何を作るの？」

ぽ〜んと跳ね飛んでキッチンの机の上に上がって来たサクラは、やる気満々だ。

まずは調理道具を一通り出してもらい、備え付けの大きな机に並べて行く。

「小麦粉と三温糖。それからおからA、豆乳A、オリーブオイルとバターも頼むよ」

「はあい、順番に出しま〜す」

ご機嫌で答えるサクラから、取り出してくれた食材を受け取り並べていく。

ちなみに、あの老夫婦の店で買ったのにA、量販店で買ったのをBと付けて、別名でサクラに管理してもらっている。特に意味はない。単なる記号だ。

金属製のボウルに、マグカップ一杯分の小麦粉とおからを入れて、そこに三温糖をマグカップ三分の一くらい入れる。

ボウルに入れた材料を泡立て器で軽く混ぜ、マグカップ一杯分の豆乳を少しずつ入れて混ぜ、なめらかになったら準備完了。

弱火にかけたフライパンにオリーブオイルを入れて全体になじませ、おたまでたっぷりすくってフライパンに落とす。

火は弱めの中火で、蓋をして待つ事しばし。

「おお、良い感じになった」

そっと蓋を開けると、表面に大きな穴がプツプツと空いていてタイミングバッチリ！

金属製のフライ返しでひっくり返す。

「おお、我ながら完璧な焼き色。美味そう」

綺麗な薄茶色に付いた焼き色に、笑顔になる。

「サクラ、蜂蜜と平たいお皿を二枚出してくれるか」

「はあい、ここで良い？」

取り出したお皿は、蜂蜜の瓶の隣に置いてくれる。

「一枚こっちにくれるか。後はそこで良いよ」

「はいどうぞ」

サクラの触手がニュルンと伸びて、コンロの横にお皿を置いてくれる。

「さて、そろそろかな……おお、完璧」

綺麗に焼き上がったそれをもう一度フライ返しでひっくり返す。

真ん中を軽く押さえ、火が完全に通っている事を確認してからそのままお皿にのせてバターを一欠片。これで完成だ。

「これは、絶対に好きそうだな」

コンロの火を消し、持ったままのお皿を見て小さく呟いた俺は、いつもの祭壇を用意してもらい、敷布の上にパンケーキのお皿を置いた。カトラリーと蜂蜜の瓶も一緒に置く。

「こうなると飲み物も欲しいな。サクラ、片手鍋とマイカップ、豆乳Aとホットコーヒーを出してくれるか」

渡された片手鍋に豆乳とコーヒーを同量で注ぎ、火にかけて軽く温まったらマイカップに注いで祭壇のお皿の横に置く。

　そっと手を合わせて目を閉じた。

「新作の、おからパンケーキと豆乳オーレです。これは食事って言うよりおやつか軽食だけど、きっと気に入ってもらえると思うよ」

　そう呟いてから目を開くと、いつもの半透明な手がパンケーキを何度も撫で、横に置いた蜂蜜の瓶とマイカップも撫でてから消えていった。

「さて、それじゃあ俺もいただこう」

　収めの手を見送ってから、お皿を持ってきて座る。

「あ、じ、み！　あ、じ、み！　あ〜〜〜〜〜〜〜〜〜〜っじみ！　ジャジャジャジャン！」

　いつもよりも、やや激しい味見ダンスのシャムエル様が、お皿を振り回して飛び跳ねている。

「は、や、く！　は、や、く！　は〜〜〜〜〜〜〜〜〜〜っやく!!」

　右肩にワープしたシャムエル様が、お皿を俺の頬に水平に押し付けてまた踊り出した。

「だからそれ、地味に痛いからやめてくれって。分かったから落ち着け。ちゃんとあげるよ」

　笑ってお皿を受け取り横に置くと、おからパンケーキを半分に切ってバターが染みた真ん中の部分を大きく切ってやる。

　蜂蜜をたっぷりかけてから、待ち構えているシャムエル様の前に置いてやった。いつもの盃には豆乳オーレだ。

「はい、お待たせ。新作のおからパンケーキと豆乳オーレだよ」

「うわあ、美味しそう！」

目を輝かせたシャムエル様は、おからパンケーキに顔面から飛び込んでいった。

「後で綺麗にしておけよ」

あっという間に蜂蜜まみれになったその顔を見て小さく笑った俺は、自分の分には蜂蜜を少しだけ回し掛けてから食べ始めた。

「我ながら完璧な焼き具合だな」

大満足でそう呟く。時折、豆乳オーレも飲みながら半分くらい平らげた時、いきなり頭の中に三人の声が響いた。

『おおい、何一人で美味そうなもの食ってるんだよ！　シルヴァ達から自慢されたぞ！』

それを聞いた瞬間思わず吹き出す俺。シルヴァ達、何してるんだよ。

『いきなり驚かせるなよ。ちょっと小腹が空いたから、簡単なおやつを作って食べているんだよ』

『俺も小腹が減ったからそれを焼いてください！　お願いします！』

これまた三人同時の叫びに、もう笑いを堪えられない。

『じゃあ、焼いてやるから来いよ』

『お願いします！』

これまた仲良く叫ぶ声が聞こえて、プッツリと気配が消える。

「じゃあ、焼いてやるか」

笑ってカトラリーを置いた俺は、食べかけのパンケーキはそのままにして、サクラに頼んであと二組、コンロとフライパンを出してもらった。

「今、焼いているからもうちょい待ってくれ。豆乳オーレも飲むか？」

「お願いします！」

部屋に来た三人の返事が見事にハモる。

フライパンの様子を見つつ、片手鍋に三人分の豆乳Aとコーヒーを入れて火にかけるとギイが来てくれたので、豆乳オーレは任せておく。

鼻歌まじりに鍋をゆする彼を横目で見つつ、良い感じに焼けたパンケーキを順番にひっくり返した。

「ギイ、残った豆乳オーレは俺のカップに入れておいてくれよな」

「了解。じゃあ入れておくよ」

そう言って、半分ほど残っていた俺の皿を見る。

「悪かったな。まだ食ってる途中だったのか」

「気にしなくて良いよ。これ、冷めても美味しいんだ」

もう一度ひっくり返してから、順番にお皿に並べてやった。


新作の、混ぜて焼くだけおからパンケーキは、シャムエル様と三人から大絶賛を受けた。

ただ、三人には普通サイズのパンケーキ一枚は物足りなかったみたいだ。

「じゃあ今度から二枚にしてやるよ。俺は、もうちょい小さくして薄めに焼いたのを、段々に積み上げたのが好きだったんだけどなあ。それに蜂蜜をかけると、間に染みて美味しかったんだよ」

定食屋の賄い担当だった時に、半分冗談で、直径10センチ位に焼いたのを何枚も重ねて出したら、店長と奥さんに大受け。後日、店の隠しメニューになったんだったっけ。

懐かしい記憶に小さく笑って残りを平らげていると、突然頭の中に声が聞こえて俺は飛び上がった。

『何それ素敵！　今度はそれをお願いします！』

俺だけじゃあなく、聞こえていたらしいハスフェル達までが揃って吹き出す。

「シルヴァ……何やってるんだよ」

笑いながらそう呟くと、三人も笑いながら揃って頷いている。

「まあ、あいつは特に甘いものが好きだからな。自分の知らないお菓子が出てきて喜んでいたぞ」

ギイがそう言ってまた笑っている。

「また焼くからお楽しみに」

空のままになっている祭壇を見ながらそう言うと、いきなりするりと収めの手が出て来て、俺に向かって親指と人差し指で丸を作って見せたのだ。いわゆるＯＫマーク。そしてそのまま消えてしまった。

それを見た俺だけじゃなく、シャムエル様を含めた全員が揃って大爆笑になった。

「神聖な収めの手に何をさせているんだ」

その言葉に何とか起き上がったシャムエル様は、俺の肩に一瞬でワープして来た。

「シルヴァ達はずっとケンの事を見ているよ。それにケンから貰うのは、それがたとえビスケット一枚でも本当に美味しいし嬉しいんだって、いつも言っているよ」

「確かにそうだな。ありがとうケン。あいつらの事を忘れないでくれて」

改まったハスフェルの言葉に、単なる自己満足のつもりだったこっちが慌てる。

あれだけよく食べていた彼女達がもう食べられないのは何だか寂しくて始めただけの事だ。それなのに、そんな風に無邪気に喜ばれたら……ちょっと張り切っちゃうだろうが！

「分かった、じゃあこれからもガンガンお供えさせてもらうよ。この後、また新メニューを作る予定だからな」

三人とシャムエル様が大喜びで拍手するのを見て、俺はちょっとドヤ顔になったよ。

第65話　カレー作りと大繁殖防止！

「次はやっぱりカレーだよな」

大きく頷き、サクラに材料を一通り出してもらう。

片付けの終わった三人も、部屋に帰る様子はなく興味津々で俺のする事を見ている。

ジャガイモとニンジンと玉ねぎは、スライム達に皮むきと乱切りを頼んでおく。

それから、フライパンにオリーブオイルと小麦粉を入れて弱火で炒めていく。

「何をしているんだ？」

不思議そうに、ギイがフライパンの中を覗き込んでいる。

「カレールウを作るんだよ。カレー粉を手に入れたからさ」

そう言って中辛のカレー粉を見せる。

だけど全く料理をしない彼らには、カレー粉は未知のものだったようだ。

「俺のいた世界では、これは一番人気のある料理だったな。俺はあんまり辛くない方が好きだから、これを買ったんだ」

焦がさないようにせっせと混ぜながら答えると、ハスフェル達は嬉しそうに顔を見合わせた。

「楽しみだな」

「おう。だけど好みはあるだろうから、口に合わない時は遠慮なく言ってくれよな」

その言葉に、三人が笑っている。

「今のところ、口に合わないものは一つも無いぞ」

「そりゃあ光栄だな。じゃあ今後もそうであるように願っているよ」

冗談めかしてそう言うと、笑った三人が揃ってサムズアップしてくれた。

俺もサムズアップで返してから笑って、すっかりなめらかになったルウをかき混ぜた。

手伝いに来てくれたギイには、焦がさないようにルウを全体が薄茶色になるまでひたすら混ぜてもらう。

カレールウ作りは意外に器用なギイに任せて、大鍋を取り出した。

グラスランドブラウンブルの角切り肉をハスフェルに炒めてもらい、大鍋に玉ねぎとニンジン、ジャガイモを入れ、炒めた肉を入れて塩胡椒。干し肉で取った出汁をたっぷりと加えて、適当ブーケガルニも入れる。

オンハルトの爺さんに、時々アクを取ってもらいながらそのまま弱火で煮込んでいく。

ギイが炒めているフライパンの中は綺麗な薄茶色になってきたので、そこに二種類のカレー粉を振り入れてまた混ぜる。それから、ケチャップと中濃ソース、蜂蜜とすりおろしたリンゴも加えてまた炒めて、全体に柔らかな塊になったらカレールウの完成だ。

これをさっきの鍋に入れてカレー味のとろみをつける。そのまま弱火でもう少し煮込めばビーフカレーの完成だ。

それから、合い挽きミンチとみじん切りのニンジンと玉ねぎで、簡単ドライカレーも作っておいた。

合間に来た配達を受け取り、片付けが終わったところで机の上で目を輝かせたシャムエル様と目が合った。

「あ、じ、み！　あ、じ、み！　あ〜〜〜〜〜〜〜〜〜〜つじみ！　ジャン！」

またしてもお皿を両手で持って見事なステップ、最後はお皿を差し出して片足立ちの決めポーズだ。

「お見事〜」

笑って拍手をしてからフライパンを見る。

「ドライカレーで良いか？　あっちはもう少し置いた方が美味しくなるからさ」

そう言って、ご飯の上にドライカレーを盛り付けてやる。

「はいどうぞ。ドライカレーだよ」

「良い香りだね、じゃあいただきます！」

そう言うと、やっぱり顔面からドライカレーの山に突っ込んでいった。

「おお、ピリッと辛くて美味しい！　これは初めて食べる味だね」

カレーまみれの顔を上げて、目を輝かせて嬉しそう。どうやらカレー味は気に入ってくれたみたいだ。

夕食はドライカレーのふわとろオムレツのせにした。これも大好評だったよ。よし！

「この間も思ったけど、ビールを冷やすのか」

ドライカレーと一緒に冷えたビールを飲む俺を見て、ハスフェルが不思議そうにしている。

「俺がいた世界では、ビールは冷やして飲むものだったんだ。せっかく冷蔵庫を買ったんだから冷やして飲みたい」

納得して笑って頷くと、手持ちのビールを色々と分けてくれた。よし、これは順番に冷やして収納しておこう。

カレーの鍋が冷めたところで、一旦冷蔵庫に入れておく。一晩おいた方がカレーは美味しくなるからな。

「この冷蔵庫、便利だなあ。出来ればもう一つ欲しいけど、どこへ行けば買えるかな？」

「もしかして、これか？」

ハスフェルが、大きな箱を取り出して俺の冷蔵庫の横に置いた。

「あれ？　ハスフェルも持っていたのか？」

「ああ、たまに米の酒を冷やしたくらいで、ほぼ使わないから進呈するよ」

これは縦型の、いわゆる普通のワンドアタイプの冷蔵庫型だ。俺のより大きい。

一応サクラに庫内を綺麗にしてもらい、ジェムと新しい氷を改めて入れ、ここにもビールをぎっしり詰め込んでおいた。

「うん、氷の能力って俺にぴったりの能力だよな。本当に有り難い」

小さく笑って、冷蔵庫の扉を閉めたのだった。

笑顔で部屋に戻る三人を見送った俺は、深呼吸を一つしてから静かになった部屋を見回した。

「ベリー、果物はいる？」

声をかけると、姿を現したベリーとフランマが揃って嬉しそうに頷いた。だけど二人とも、昨日のハスフェル達みたいに疲れているように感じた。

ベリーの動きがいつもより妙にゆっくりだし、フランマに至っては、ふわふわな毛が酷くボソボソになっている。これは由々しき事態だ。

「そういえば今日はずっといなかったよな？　何処へ行っていたんだ？」

すると、ベリーは小さく笑って肩を竦めた。

「昨日、ハスフェル達が妙な事を言っていたでしょう？」

「妙な事って、パープルバルーンラットの大繁殖？」

「ええ、さすがにこの大穀倉地帯で大繁殖が起こるのは洒落になりませんからね。フランマと手分けして発生源になりそうな地脈の吹き出し口を調整してきました」

なんでもない事のようにさらっと言われて聞き流しそうになったが、思わず振り返った。

「シャムエル様は、本当の非常事態以外は人の世界に基本的に干渉出来ません。ですが今回の大繁殖の場合、ここの穀倉地帯が甚大な被害を受ければ世界を揺るがしかねない大飢饉が起こる。万一にでもそんな事態になれば、とんでもない大惨事ですからね。それでフランマと相談して、私達が陰からお守りする事にしたんです」

「ええと、何をしたの？」

「地脈の吹き出し口を探して、そこを先回りして調整して来たんです」

その言葉の意味を考えて絶句する。もしもそんな事が本当に出来れば、世界を裏から牛耳る事だって可能だろう。まさに世界征服……。

恐る恐るベリーを見ると、彼は苦笑いして首を振った。

「ただし、出来るのは出過ぎている地脈をいわば出し尽くさせて普通の流れに戻す事だけです。逆は誰にも出来ません。地脈の吹き出しは、あくまでも自然現象ですよ」

まるで俺の考えを読んだかのような言い方に、俺は小さく笑って首を振った。

「つまり今出過ぎている、もしくは緩みそうになっている出口を閉める事は出来るけど、逆に出口を勝手に作って開ける事は出来ない、って意味？」

「上手い事言いますね。それでほぼ正解です」

「成る程ね。だけど、簡単に言うけど実際にはどうやるんだ？」

大きなヤカンに水を入れながら質問する。寝る前に、麦茶を沸かしておこうと思ったからだ。

「私やフランマには地脈の流れが見えるので、詳しく探れば今まさに大繁殖が起こりそうな箇所が分かるんです。それで、フランマと協力してマーカーを付けておき、そこが開いた瞬間に一気に攻撃して相殺させたんです。おかげでまたジェムが大量に収穫されています。アクアちゃんにまとめて渡していますから、後で確認しておいてくださいね」

「おおう。そっか、地脈が吹き出した時点でジェム化するんだ」

「まあ、少々違いますが、砕けば問題ないと思います」

「ん？　何処が違うか聞いて良い？」

何やらもの凄く嫌な予感がした俺は、恐る恐るそう質問する。

「貰ったのはこれだよ。他にもまだ色々あるよ、種類と数を言う？」

俺の言葉に、アクアが何やらとんでもないものをサラッと取り出す。

「はあ、ちょっと待て！　何だよこれ！」

叫んだ俺は、悪くないと思う……多分。


アクアが差し出したそれは、直径が2メートルは余裕である、巨大な透明の塊だった。

しかし、よく見るとその表面は妙に歪な形をしていて、大量のジェムを半溶かしにして無理矢理固めたみたいな感じだ。

「これは本来なら絶対に見られない、いわばジェムの卵です。これが地脈の影響を受けてどんどん巨大化して、ある状態を超えると一気に分割してその瞬間に実体化、つまりジェムモンスターになります。このバルーンラットならすぐに成体になりますね。これは大繁殖の兆候のあった場所から採取したものですから、特に数も多いし密度も濃い。これ一つで約一万個分。今回は、これが全部で三十万個程あったと思いますね」

衝撃の爆弾発言に本気で気が遠くなった俺は、頭を抱えて念話で三人に助けを求めた。

『頼むから大至急部屋まで戻って来てくれ！』

慌てたような返事のあと、装備を解いたままの三人は本当にすぐに駆けつけて来てくれた。

「ベリー……さっきの説明をもう一度お願いします」

そう言ってソファーに倒れる俺。

立ったままだった三人の視線が、アクアが持っている巨大な塊に釘付けになる。

「おい、何だそれは」

真顔のハスフェルはマジで怖い。ギイとオンハルトの爺さんも真顔になった。

「ご心配なく。もう大繁殖の心配はありません。これはいわば、その副産物です」

これまた平然と答えるベリーに俺はもう完全に虚無の顔になり、ぐつぐつ煮えたぎるヤカンを呆然と眺めていた。


出来上がった麦茶を飲みながら、俺は横目でハスフェル達を見た。

先程からずっと、全員揃って真剣な顔で話をしている。

どうなる事かと内心ハラハラしていたんだが、振り返ったハスフェルが満面の笑みでさっきのジェムの塊を指さした。

「ケン、このジェムの卵、一つ貰ってもいいか?」

嬉々としたその言葉に、安堵のため息を吐いた俺は大きく頷いた。

「好きなだけ持っていってくれ、ジェムコレクター。そんな物騒なジェム、俺は持っているだけでも怖いよ」

「もうこれは固定化しているから大丈夫だよ。それこそ長期間、地脈の吹き出し口に放置しない限りジェムモンスター化する事はないって」

笑ったシャムエル様の言葉に、皆も笑っている。

まあ、あいつらが平常に戻ったって事は、もう本当に心配はないのだろう。

「なあ、ちょっと聞いていいか？」

さっきのシャムエル様の言葉にちょっと引っ掛かりを感じて、尻尾のお手入れを始めたシャムエル様を見た。

「どうしたの、改まって？」

まだ出しっぱなしになっていた、巨大なジェムの塊を見る。

「例えばだけど、冒険者が自分の鞄に大きなジェムを入れて、地脈の吹き出し口でテントを張って長期間そこに留まっていたら……その鞄の中のジェムは、地脈の影響を受けて実体化する？」

俺の質問にシャムエル様は目を瞬き、ハスフェル達を振り返った。

「そう言えば、これも説明していなかったね」

吹き出したハスフェルが、置いたままになっていた巨大なジェムの横に来た。

「地脈の吹き出し口にジェムを置くと、再度ジェムモンスター化する。これは分かるな？」

頷く俺に、ハスフェルは小さなジェムを一つ取り出した。

「例えばこれは、普通のパープルバルーンラットのジェム。つまり、このジェムの成長後の姿だな。仮にその冒険者が死んで何十年も放置されるような事態になれば、鞄の中のジェムもいつかは実体化する可能性はあるだろうな」

ハスフェルの説明は、何とも回りくどい言い方だ。

「ええとつまり、数ヶ月程度なら鞄の中のジェムは実体化しない？」

「実体化するには、時間ではなく地面に直接ジェムが触れている必要がある」

「ああ成る程。地面に接している部分から、地脈の影響を受ける訳か」

納得した俺は、巨大なジェムの塊を見る。

「つまり、こいつを故意に地脈の吹き出し口近辺の地面に放置しておけば実体化する。だけどアクアの中にあったり、まあ物理的に無理があるけど、俺がこれを背負って持っていたりしたら関係ないって事だよな？」

俺の言葉に、一緒に聞いていたシャムエル様がうんうんと頷く。

「ちなみにスライム達の中は、外とは完全に切り離されている収納空間だから、地面にいても関係ないよ」

「大繁殖を駆逐した後、大量のジェムを絶対に集めておかないと駄目だってのは、それか！」

納得する俺を見て、ベリーが苦笑いしている。

「そうなんですよね、ジェムの回収が本当に大変なんですよね。スライムがいる貴方達が羨ましいですよ。まあ今回は塊で手に入りましたから、回収は楽でしたけれどね」

隣でフランマも頷いているのを見て、俺は出したままの巨大なジェムの塊に触れた。

「まあ何であれ、危機が去って良かったよ。感謝するよ、ベリー、フランマ」

アクアに出していたジェムを片付けてもらい、座ろうとして何か言いたげなサクラと目が合った。

「ん？　どうした……ああ！　ベリーとフランマに果物出してやるって言っていたな！　ごめんよ、疲れているのに悪かった。どうぞしっかり食べてください！　お疲れ様でした！」

サクラが取り出してくれた木箱を渡しながら謝る。

「これは大事な事ですからね。情報共有は必要です」

そう言いつつも、ベリーが嬉しそうに木箱を開ける。

「おや、これはあの飛び地で見つけた果物ですね。これならすぐに元気になりますよ。ありがとうございます」

嬉しそうなベリーの言葉に笑った俺は、サクラが出してくれた飛び地のリンゴの皮を手早く剝いて切り分けてやった。

「じゃあ、夜食を食ったら解散な。遅くに呼び出したりして悪かったな」

リンゴの並んだお皿を渡してやると、三人は笑って首を振った。

「今回はベリーとフランマが頑張ってくれたが、これは本来なら俺達の務めだからな。呼んでくれてよかったよ」

おお、やっぱりこういう対応をいつも裏でしてくれていたんだ。

「こっちこそ感謝だよ。世界を守ってくれてありがとうございます」

少し改まってそう言うと、三人は笑顔になった。

🐾

今度こそ本当に解散したあと、俺はお疲れだったフランマの全身を濡れた布と乾いた布で拭いてやった。ふかふかフランマ復活だ。

しかし、さあ寝ようと思ったら、従魔達全員が目をキラッキラに輝かせて良い子座りで並んでいたのだ。

この期待に満ち満ちた視線を無視出来る奴を俺は知らない。

結局、従魔達全員の体を順番に拭いてやり、手持ちの大きなブラシで毛のある子達には少しだけブラッシングもしてあげた。

どれだけ毛が抜けたかは……うん、たまにはブラッシングも必要って事だね。

最後に、布を洗って抜け毛だらけになった水槽にスライム達を一匹ずつおにぎりにしてから放り込んでやった。こうしておけばスライム達が全部綺麗にしてくれるからな。

「はあ、これだけ一気にやるとさすがに疲れたよ」

大きな欠伸をして靴と靴下を脱ぎ、跳ね飛んで戻って来てくれたサクラに全部まとめて綺麗にしてもらった。

「では、綺麗になったもふもふパラダイスに入らせていただきます！」

笑顔でそう言い、ニニとマックスの間に飛び込んだ。

巨大化したラパンとコニーが俺の背中側に、フランマがもの凄い勢いで突っ込んできて俺の腕の中をキープ。出遅れたタロンは俺の腕の上に張り付いた。ソレイユとフォールは俺の顔の横で丸くなり、ファルコとプティラは定位置の椅子の背中に、小さなアヴィはマックスの頭の上で丸くなった。どうやら最近はここが寝る時の定位置らしい。

「じゃあ消すね」

アクアの声がして、ランプが消される。

「うん、おやすみ……」

もふもふの海に撃沈した俺は、あっという間に眠りの国へ旅立って行ったのだった。


「楽しそうでしたね」

「いいなあ、私もして欲しかったなあ」

真っ暗な中、小さく呟かれたベリーとシャムエル様の言葉は、残念ながらあっという間に寝てしまった俺の耳には届かなかったのだった。

第66話　買い出しと料理ともふもふ総攻撃再び！

翌朝、俺はいつものようにご機嫌な従魔達総出で起こされた。ソレイユとフォールの最終目覚ましコンビは、マジで超強力だよ。

それからハスフェル達と一緒に、心なしかつやピカになった従魔達を引き連れていつもの広場へ向かった。

それぞれ好きな朝食を食べた後、ハスフェル達はもう一日休むらしいので別れ、俺は買い出しだ。

新鮮野菜や果物をしっかり買い込み、油の専門店で胡麻油を発見したので全種類大量購入！

それからヨーグルトも見つけて大量購入したよ。ううん、時間停止の収納万歳！

宿に戻り買い置きで昼食を済ませた後は、スライム達に手伝ってもらってヨーグルトを使ったタンドリーチキンの仕込みをしたり、胡麻油で大量のから揚げやチキンカツの仕込みをした。

揚げ物が一段落した後は、厚揚げやがんもどきの含め煮や筑前煮など、和食の煮物をそれぞれ大鍋で作った。大量の作り置きに定食屋でのバイト時代を思い出したよ。

今の俺がこんなに手際よく料理が出来るのは、料理の基礎を一からしっかり教えてくれた定食屋のご夫婦のおかげだ。

何しろ俺がバイトの面接に行った時、キュウリの皮むきの意味すら知らなかったんだからさ。

懐かしい記憶に、少しだけしんみりしたのは内緒だ。

煮物はサクラに鍋ごと預けておき、冷蔵庫から出したカレーの大鍋を温めなおす。サイドメニューは、温野菜とおからサラダとトマトとサラダ。

トンカツは一人二枚計算で七枚準備しておく。俺は一枚で充分だよ。

その時、廊下から何人もの声が聞こえて顔を上げる。

「開けて……あ、ご飯とパンの配達だ。クロッシェ戻れ！」

クロッシェがアクアにくっついて一瞬で消える。

アクアが扉の鍵を開けると配達の人達の声が聞こえて、俺は安堵のため息を吐いた。

🐾

「今夜は、カツカレーだよ」

「カツカレー？」

カレーの大鍋を見せた俺の言葉に、いつもの定位置に座った三人の声がハモる。

「おう、美味いぞ」

笑ってそう言い、お椀にご飯を入れてパカっとお皿に伏せる。型取りした山盛りのご飯を見て三人は大喜びだ。子供か！

ご飯に半分のるように一枚分のトンカツを並べ、温めたカレーをその上にたっぷりとかけてやる。

「おお、これは美味しそうだ」

「ご飯とカレーを混ぜながら食べるといいぞ」

そう言って渡してやると、三人は揃って笑顔になった。

自分の分はいつもの祭壇に並べた。冷えたビールとグラスもね。

「今日はカツカレーです。辛いから好みがあるかもです」

そう呟いて目を閉じて祭壇に手を合わせる。

いつもの撫でられる感覚の後に目を開けると、カレーを撫でた収めの手が消えていくところだった。

「よし、食うぞ」

席に戻り、待っていてくれた三人と一緒にもう一度手を合わせてから食べ始めた。

待ち構えていたように、小皿を持ったシャムエル様が踊り出す。

「あ、じ、み！　あ、じ、み！　あ〜〜〜〜〜〜〜〜〜〜〜っじみ！　ジャジャン！」

キレッキレダンスの後、最後に両足を前後に開いて体を半捻りにしたポーズで止まる。尻尾がバランスを取るかのように平たく伸びる。

「はいはい、今日も格好良いぞ」

差し出されたお皿に、ご飯とトンカツを一切れ、それからカレーもたっぷりとかけてやる。ご飯の横におからサラダとトマトも添えて、冷えたビールはショットグラスに入れてやる。

「はいどうぞ。カツカレーとサラダだよ」

「わあい、昨日から食べてみたかったんだ。いっただっきま〜す！」

　両手でお皿を持ったシャムエル様がお皿に顔面ダイブしていくのを見たハスフェル達が、揃って吹き出し咳き込む。

　カレー食ってむせたら、鼻の奥とか痛そうだな。

　他人事なので笑ってスルーして、自分の分を食べ始める。

「昨日のとは全く違うね。これも美味しい」

　嬉しそうなシャムエル様の声に、三人も笑顔で頷く。定番カレーライスも、気に入ってもらえたみたいだ。

「お代わりもあるからな」

　食べながらそう言ってやると、揃って嬉しそうな顔になった。

　結局、おかわりまで食った三人と、俺が一皿食べ終わるのはほぼ同時だった。お前ら、食う量が多い上に早食いって……。

「それで、明日はどうするんだ？　ご飯の配達が、あと二日あるんだけど」

　食後のデザートに、激うまリンゴを切りながらそう言うと、三人が顔を見合わせた。

「問題のあった地脈の吹き出し口の場所をベリーが教えてくれるというので、一通り確認をしておきたい。今後の警備の参考にもなるからな。狩りを兼ねて従魔達も連れて行ってくるよ」

　ハスフェルの言葉に、一緒にリンゴを食べていたベリーとフランマが頷く。

　三人には弁当として、作り置きのサンドイッチや揚げ物をまたまとめて渡しておいたよ。

翌朝、従魔達を連れて張り切って出て行くハスフェル達を見送った俺は、早速買い出しを開始した。

朝市を見てから豆腐屋を二軒まわってそれぞれ大量購入した後、教えてもらった味噌と醤油を売っている店へ行き、店主おすすめの醤油を一升瓶で色々と購入。味噌もいろんな味をまとめて購入した。

宿泊所に戻って一休みしたら料理開始だ。

まず作るのは、関西人のソウルフード。お好み焼きだ！　朝市で長芋を見つけたんだよ！

大きめのすり鉢とすりこぎで、すりおろした長芋をすり混ぜ、ふんわりしたら割り入れた卵が馴染んで全体に黄色っぽくなるまで混ぜる。

小麦粉に塩、鰹節の粉末を泡立て器で綺麗に混ぜ合わせてから、二番出汁と水を入れて滑らかになるまで混ぜて、さっきの玉子入り長芋をそこに混ぜ合わせる。

それから、平たいフライパンに、軽く油を引いて弱火にかけておく。

お椀に、みじん切りのキャベツと青ネギをたっぷりと入れ、卵を一つ割り入れて、揚げ物をした時に作っておいた天かすと刻んだ竹輪、それから干し海老と刻んだ紅生姜も入れる。野菜のカットはアクアとサクラがやってくれた。

「イカも欲しいんだけどなあ」

そんな事を呟きながら、小麦粉と長芋を混ぜた種をたっぷりと入れて一気に混ぜていく。

仕上げに鰹節の粉末を振り入れて一混ぜしたら、温まったフライパンにこんもりと丸くなるように流し入れ、厚めに切った豚バラ肉をたっぷりと並べて蓋をしておく。

「さすがにお好み用のコテは無かったけど、これでなんとかなるだろう」

手にしたのは二本の大きめのフライ返しだが、面が平らで真っ直ぐなので、お好み焼きをひっくり返すのにも使えるだろう。

しばらくしてチリチリと音がしてきたら、蓋を開けて左右に持ったフライ返しで一気にひっくり返す。バッチリ綺麗にひっくり返ったぜ。

「よし、焼け具合もバッチリ！」

綺麗に焼けた表面を見て、ちょっとドヤ顔になったね。

そのままもう一度蓋をして、肉をのせた面もしっかり焼いていく。

「サクラ、大きめの平たいお皿出しておいてくれるか」

「じゃあこれだね、はいどうぞ」

焼き上がったお好み焼きをお皿に取り、すぐにサクラに預かってもらう。

「これはお好み焼き。どんどん焼くから冷めないうちに預かってくれるか」

「はあい、じゃあ次のお皿を出しておくね」

その言葉に頷いて次を作ろうと振り返ると、レインボースライム達が、既に材料を綺麗に混ぜ合わせたお椀を差し出してくれていた。

「お前ら最高だな。よし、じゃあどんどん焼くから準備はよろしく！」

笑った俺は、もう後二台コンロを取り出して、それぞれにフライパンをセットして、後はもうひたすら材料が無くなるまでお好み焼きを焼き続けたのだった。

チーズ入りや、刻んだ肉を混ぜて入れたり、焼きそば入りのモダン焼きも何枚か作った。

最後に焼いた、チーズ入りのを残して座る。

「ちょっと遅くなったけど、昼飯はお好み焼き！」

とんかつソースとマヨネーズを塗り、鰹節と青のりをたっぷり振りかける。

「うわあ、何それ。動いている！」

興味津々で見ていたシャムエル様が、突然そう叫んで俺の腕にしがみついた。

「あはは、これは薄く削った鰹節が湯気に揺らめいているんだよ」

笑ってふかふかの尻尾を突っついてから、いつもの祭壇にお好み焼きと冷えた麦茶を並べた。

「これはお好み焼きです。熱いうちにどうぞ」

目を閉じてそう言い、いつもの収めの手が俺の頭を撫でるのを感じた。

お好み焼きと麦茶を撫でて消える収めの手を見送ってから、お皿と麦茶の入ったグラスを持って改めて席に着く。

「あ、じ、み！　あ、じ、み！　あ〜〜〜〜〜〜〜〜〜〜っじみ!!　わっしょい！」

お皿を持って、わっしょいわっしょいと、これまた新バージョンのダンスを踊っていたシャムエル様からお皿を受け取る。

フライ返しで真ん中から二つに切り分け、豚肉の付いた真ん中の所を大きく一切れ取ってやる。

盃には麦茶を入れてシャムエル様の前に並べた。

「はいどうぞ。熱いから気をつけてな」

「うわあい、美味しそう！　いっただっきま〜す！」

お皿を両手で持ってそう叫ぶと、やっぱり顔面からお好み焼きにダイブしていったよ。

それを見ながら、俺も笑って自分の分を口に入れたのだった。

やっぱり、母さんのレシピで作るお好み焼きは美味しい。

懐かしさのあまりちょっとだけ出た涙も一緒に飲み込んで、俺は久しぶりの懐かしい味を堪能したのだった。

「はあ、美味しかった」

冷えた麦茶を一息に飲み干した俺は、汚れた食器をスライム達に綺麗にしてもらいながら、この後に何を作ろうか考える。

揚げ物や肉にフライドポテトを付けると、俺的にはちょっとカロリーオーバーなんだよな。副菜は軽めのメニューが良い。

「酢の物を作っとくか。あ、ポークピカタとか生姜焼きとかも良いな」

幾つか思い付いたので、時間の許す限りひたすら料理をして過ごした。

すっかり外が暗くなった頃、タンドリーチキンを焼いているとハスフェル達が戻って来た。どうやら廊下で誰かと話しているみたいだ。

「配達だ。クロッシェ戻って！」

慌ててそう言い、アクアと一体化したのを確認してからアルファに鍵を開けてもらった。

「おかえり。早かったんだな」

「ただいま。ご飯の配達、受け取っておいたぞ」

笑ったハスフェルが、そう言って受け取ったご飯をサクラに渡してくれた。

三人が揃ってソファーに座る。一緒に帰って来たベリーとフランマは、部屋の端に座ってのんびり寛いでいる。

サクラに頼んで、果物の入った箱を出してやると、それを見た草食チームが嬉しそうに走って行く。

「おお、何だか良い香りがしてるな。これは何を作ってるんだ？」

ギイが嬉しそうに俺の手元を覗き込んでくる。

「タンドリーチキン、これもカレー粉を使った料理だよ」

「へえ、昨日食ったのとは全然違うぞ？」

ハスフェルまで興味津々で覗き込んでくる。

「食いたいなら、これで夕食にするか？　カレー味ばっかりで飽きない？」

「問題ない。仮に全く同じ料理を続けて出されても、ケンの作る料理はどれも美味いから大丈夫だ」

何故だか揃ってサムズアップされてしまい、笑った俺も返しておいたよ。

「弁当も美味かったよ。ご馳走さん。あのキャベツが入ったサンドイッチ、正直どうかと思ったんだが美味かったよ」

「確かに美味かった。野菜ばっかりなのに美味しいなんてな」

「実を言うと、美味くて驚いたぞ」

三人揃って大真面目な顔で頷いているのを見て、俺はため息を吐いた。

「だからお前らは、もうちょい野菜も食え！」

俺の叫びに、三人は揃って誤魔化すように笑っていた。

最後のタンドリーチキンが焼けたので、もう夕食にする事にした。

ハスフェルとギイはパンで、俺とオンハルトの爺さんはご飯希望。

取り出したお皿にレタスとおからサラダを盛り付け、フライドポテトを少々とトマト。それから、わかめと豆腐の味噌汁。焼き立てタンドリーチキンを三人には二枚ずつ、俺は一枚をそれぞれのお皿に盛り付ければ完成だ。

自分の分はいつものように祭壇にお供えして、収めの手が一通り撫でて消えるのを見送った。

お皿を出して目を輝かせているシャムエル様には、大きく切ったタンドリーチキンと付け合わせを一通り盛り合わせてやる。

「へえ、またちょっと変わった味だね。でも美味しい！」

「うん、確かに美味いな。これ、パンに挟んで食っても美味いぞ」

ギイの言葉に、ハスフェルも嬉しそうに手にしていたナンもどきでタンドリーチキンを包んで食べている。

俺もご飯と一緒にタンドリーチキンを味わった。食べ物が美味しいってやっぱり大事だよな。

食事の後、ハスフェル達から今日の外の様子を聞いた。

どうやら、大発生は本当に落ち着いたらしく、どこの地脈の吹き出し口も通常の出現率に戻っていたらしい。なので明日は、ハスフェル達はもう一日休憩するらしい。

「じゃあ、明日は最終の買い出しと仕込みをして、明後日出発の予定で大丈夫だな」

「おう、それでいいと思うぞ。食材の在庫もかなり充実したしな」

「それじゃあ、その予定でよろしく」

「ご馳走さん。今日も美味かったよ」

汚れたお皿を回収して、スライム達に綺麗にしてもらう。

それから少しだけ飲んで、その日は解散になった。


「じゃあ、もう今日は休むか。明日は一通り見て回って、最後の買い物と料理の仕込みだな」

頭の中で何を作ろうか考えつつ、綺麗になった食器や調理道具をサクラに預ければ片付け完了だ。

「それじゃあ、今夜もよろしくお願いします！」

靴と靴下を脱いだ俺は、ベッドに転がっているニニとマックスの間に潜り込んだ。

ラパンとコニーが俺の背中側にいつものように巨大化して並び、フランマが一瞬早く俺の腕の中を確保する。

それぞれいつもの定位置についたのを確認して、アクアがランタンの火を消してくれた。

「おやすみ。明日もよろしくな……」

もふもふの腹毛に埋もれて目を閉じた俺は、気持ちよく眠りの国へ旅立って行ったのだった。

ううん、相変わらずニニの腹毛のもふもふの癒し効果、半端ねえっす。

ぺしぺし……。

ふみふみ……。

カリカリ……。

つんつん……。

「うん、起きます起きます」

半分寝ぼけて返事をした俺は、胸元にいたフランマに抱きついてふかふかで柔らかな毛を無意識に撫でた。

「ふギャン！」

何やら奇妙な悲鳴が聞こえて、俺は眠い目を瞬いた。

「何だ？」

目を開けると、胸元にいたフランマと目が合った。

何故か胸元のフランマは俺の体に脚を伸ばして突っ張り、俺の右手はフランマの尻尾の付け根からお尻の辺りを無意識にずっと撫でている。だってここ、めっちゃ触り心地良いし。

「ご主人。今はそこ、駄目なの！」

いきなりそう叫んだフランマは、突っ張った両脚で勢いよく俺の体を蹴って胸元からすっ飛んで逃げて行った。

寝起きの不意打ちで鳩尾と胸元に蹴りを入れられた俺は見事に撃沈。そのままニニの腹の上から転がって、勢い余ってベッドからも転がり落ちる。

「ご主人ゲット〜！」

しかし床に落ちる衝撃はなくスライムベッドに受け止められた俺は、二回弾んで上を向いた体勢で止まった。

「おお、助けてくれてありがとうな」

笑ってスライムベッドを撫でてから、腹筋だけで体を起こした。

「おいおい、朝から乱暴だな」

誤魔化すようにそう言って立ち上がると、何故だかすぐ側でタロンが呆れたように俺を見上げていた。

「ええ、何だよ？」

抗議するようにそう言うと、タロンに鼻で笑われたよ。解せぬ！

とにかく水場で顔を洗ってから、部屋に戻っていつものように出かける準備をする。

「あのね、ご主人」

「おう、何？」

側に来たフランマの何やらとげとげしい声に、慌てて居住まいを正す。

「背中側の尻尾の付け根部分とその周り。今、そこは触っちゃ駄目な場所なの」

何やら尻尾を振りながら力説する。

「ええと、理由を聞いても……」

「駄目なものは駄目なの！」

「ええ、ここって無意識で撫でやすい場所なのに」

「駄目なものは駄目なの！」

もう一度そう言い、フンと横を向いて庭へ出て行ってしまった。

「ええと……反抗期？」

そう呟いた時、ベリーの笑う声が聞こえて振り返った。

「おやおや、分かりませんか？」

「全然！」

真顔で首を振る俺を見て、ベリーは苦笑いしながら黙ってしまった。

「何？　そんなに悩むような事？」

「ケン、失礼を承知で質問しますが、貴方、女性との恋愛経験は？」

突然の質問に、俺はもう一回撃沈した。朝から何の苛めだ？　これ。

しかし、顔を上げた俺は不意に思い出した。

「ああ！　あれって発情期の猫が触ってやると喜ぶ場所！　って事は……ええ?!」

呆然とする俺を見て、ベリーは小さく吹き出した。

「ご理解頂けたみたいですね。聞けばごく一時的なものらしいですよ」

ため息を吐いて頷いた俺は、ベリーを振り返った。

「もしかして、他の子達にも来る？　その……発情期」

最後は小さな声になったが、苦笑いしたベリーは従魔達を振り返った。

「ジェムモンスターは生殖活動をしません。タロンもフランマと同様、あってもごく短期間なのでほぼ気付かないでしょうね。そう言えばニニちゃんとマックスには、そういった兆候は有りませんね」

首を傾げたベリーは、ニニとマックスをそっと撫でた。

それは、元いた世界でのマックスは去勢手術を、ニニは避妊手術をしているからだと思うんだけど……？

思わず、助けを求めて右肩の定位置にいるシャムエル様を見た。

すると、シャムエル様は笑ってマックスとニニを見ながら首を振った。

「ううん、組織としては再生しているけど、多分、自分にそれがあるって自己認識がなされていないんだと思うよ」

困ったように笑ってそう言い、一瞬でニニの額に現れて座った。

「この子達は、ケンの事を自分の伴侶だと思っているからね。だけど種族の違いも認識している。つまりこの場合は、繁殖行動に移行しない。解る？」

「ええと、つまり……俺の事は家族だって認識してくれているけど、そもそも種族が違うからそっち方面のやる気は起きないって事？」

「まあ、そうだね」

笑って軽く言われてしまい、わりと本気で考え込む。

ううん、これはニニやマックスにお相手を探してやるべきか？　そんなの要らぬお節介？

しかし、そんな俺の心配をよそにマックスとニニは俺の側に来て二匹揃って頭を擦り付けて来た。

「大好きですよ。ご主人」

「そうよ、大好きだからねご主人」

「俺も大好きだよ」

どう答えるのが正解か解らず、それだけを言って二匹をしっかりと抱きしめてやったのだった。

「ううん。これは様子見だな。もしも同種の子に興味を示すようなら……無理してでもテイムしてやるか。ニニやマックスの子ならちょっと欲しいかも……」

小さくそう呟き、ノックの音に顔を上げた。


ハスフェル達と一緒に、全員揃って広場への道を歩きながら、俺は何となくマックスとニニを何度も振り返った。

「ケンったら挙動不審。さっきの話なら、そんなに気にしなくていいって」

呆れたようなシャムエル様にそう言われても、どうにも落ち着かない。

「私もそっち方面は考えてなかった。ちょっと後で対策を考えておくよ」

「この場合の対策っていうか、解決方法って何？」

大きなため息と共にそう尋ねると、シャムエル様は困ったように俺を見た。

「一応確認するけど、ケンは子供って嫌い？」

「それってマックスやニニの子供、って意味だよな？」

頷くシャムエル様の尻尾を突っついて、笑った俺は肩を竦めた。

「もしも、本当に子猫や子犬が生まれるとしたら、そりゃあもう絶対に可愛いと思うぞ。もうデレデレになって、何も手につかないだろうな」

「へえ、そうなんだ？」

「ええ、何、俺ってそんな薄情な男だと思われていたの？」

何故だか目を瞬いたシャムエル様に凝視されてしまって、俺は首を傾げる。

「了解。それじゃあこっち方面は大丈夫そうだから任せておくね」

さらっと言われて頷きそうになって、慌てて振り返る。

「待った！　今の話は何が大丈夫で、何を誰に任せるんだ？」

聞き返されるとは思っていなかったようで、シャムエル様は一瞬困ったように目を瞬いてから誤魔化すように笑った。

「まあ、本人達の自覚が出るまで、って事かな？」

「本人達の、ねえ……」

小さく呟いたところで広場に到着してしまい、何となくこの話はここまでになった。

いつものように適当に分かれて各自好きなものを買って食べる。

「ここで解散かな。今日はゆっくりするんだろう？」

最後のコーヒーを飲みながらそう尋ねると、三人は顔を見合わせてから揃って俺を振り返った。

「今日は、買い出しに同行しても構わないか？」

ハスフェルの言葉に、今度は俺が目を瞬く。

「いいけど、面白くないと思うぞ？」

「いや、あまりにも毎回任せっきりだし、どんな風なのか見てみたいってのもあるかな？」

「まあ構わないよ。今日は朝市の後は豆腐屋へ行って、それからミンク商会って店へ行く予定。カレーが好評だったから、もう少し買っておこうかと思って」

それにもう一回くらい、ガーナさんにもふもふタイムを満喫させてやろうと思ってさ。


結局、そのまま団体で朝市へ行くと、従魔が増えた事もあっていつも以上に大注目を浴びた。

だけど、この朝市ではもう俺は有名みたいで、皆笑顔で手招きしてくれている。

よしよし、毎日通った甲斐があったぞ。って事で、今回も遠慮なく買わせてもらった。

その後は、豆腐屋さんを二軒回ってから業務用スーパー、もといミンク商会へ向かった。

今回は、そのまま裏庭へ回ってマックス達を待たせておく。

「じゃあ俺が見張りをしているから、お前らは一緒に行ってこいよ」

オンハルトの爺さんがそう言ってくれたので、ハスフェルとギイを連れて店に入った。

「へえ、ここは初めてだな」

「俺もだ。店があるのは知っていたけど初めて入るよ」

金銀コンビが、まるで子供みたいに目を輝かせて店を見回している。

ガーナさんに、ハスフェルとギイを紹介する。

「これはまた、まるで闘神の化身のような方々ですね。初めまして、ようこそミンク商会へ。担当をさせて頂いておりますガーナと申します」

彼らを見て間違っていない感想をもらしたガーナさんに密かに感心しつつ、まずは欲しい物から見ていく。

ハスフェル達は最初は大人しかったんだが、途中からは好きに店の中をぶらつき始めた。子供か!

内心突っ込みつつ好きにさせていたら、二人揃ってお酒のコーナーから動かなくなった。

「あいつら、お酒を買う気みたいですよ」

俺の言葉に、カレー粉を用意していたガーナさんは、慌てて別の人を呼びに行った。

「あいつらの分も、ガーナさんの売り上げにしなくて良いのかね?」

営業経験者としては、月々のノルマがあったりしないのかちょっと心配になった。

お金を払って注文した品物を受け取り、明日にはもうこの街を出る予定だと伝えるとずいぶん残念がられた。

隣ではハスフェル達が大量に購入している。あいつらの肝臓が本気で心配になる量だ。

「ケン、地元のクラフトビールが色々あったから買っておいたぞ」

「今度飲み比べしよう!」

嬉しそうな二人の言葉に、俺だけでなくガーナさんまで一緒になって吹き出したのだった。

買い物を終え、ハスフェル達と一緒に店の裏庭へ向かう。

当然、目を輝かせたガーナさんと、何故かハスフェル達の担当をしたベイカーさんも一緒にいる。

「おお、これはまた見事な従魔が増えていますね！」

「うわあ、これは凄い……」

ガーナさんの叫びに、ベイカーさんも一緒になって目を見開いたきり、揃って固まっている。

そっか、三人の従魔達を見るのは初めてだな。

目を輝かせる二人に、俺は順番に従魔達を紹介していった。

二人とも紹介を聞いている間中、ずっと両手を胸元で握りしめて必死になって我慢しているのが丸分かりだ。

「あの、触らせて頂いても、よろっ……よろしいでしょうか」

よだれを拭うガーナさんを見て小さく吹き出した俺は、二人の目の前にいたニニの首輪を軽く押さえてやる。

「良いですよ、どうぞ。目の周りを触ったり、毛や耳を引っ張ったりしないでくださいね」

その言葉に、揃って壊れたおもちゃみたいに何度も頷いている。

「では、失礼します！」

ガーナさんがニニの首元にゆっくりと手を差し込み、どんどん埋もれていく自分の手を見て目を輝かせる。

「ほら！　凄いだろう！」

満面の笑みでベイカーさんを振り返る。

「凄い！　凄い！」

ベイカーさん、さっきからそれしか言っていない。

見ていたハスフェル達も揃って吹き出し、それぞれの従魔の横へ行った。

「ほらどうぞ。触ってもいいぞ」

笑った三人の声が揃う。

どうやら、彼らにも二人のマナーの良さは理解してもらえたみたいだ。

ガーナさんとベイカーさんは、何度も奇声を上げながら従魔達を順番に撫で、そして最後にヒルシュとエラフィにも少しだけ触って大感激していた。

なんでもこの辺りでは、雄のエルクの亜種は創造主様の御使いと呼ばれていて、姿を見ただけでも良い事があると言われているらしい。

最後にニニに抱きついた二人は、ハスフェルとギイの従魔のジャガー達が加わって更にパワーアップした従魔達の襲撃を受けて、揃って歓喜の悲鳴と共にもふもふの海に沈んでいったのだった。

「最高の時間をありがとうございました〜！」

復活するなり満面の笑みで揃ってそう叫んだ二人の服は、もふもふ達に揉みくちゃにされて、通報されそうなレベルで酷い事になっている。

揃ってドヤ顔の従魔達を見て、いつまで経っても笑いが止まらない俺達だったよ。

「いやあ、なかなかに笑わせてもらったな」

「全くだ。あれだけ喜ばれたら、従魔達が張りきるのも分かるな」

ハスフェルとギイの言葉に、オンハルトの爺さんもずっと笑っている。

「それに彼らは、商品を触る時もとても丁寧だったし、従魔達に触る時には必ず俺達に許可を求めていた。礼儀正しい人達だったな」

オンハルトの爺さんがそう言って振り返り、店に戻ろうとしていた二人の後ろ姿に何か小さな声で呟いて指を鳴らした。それを見たハスフェルとギイも、同じように指を鳴らすのを見て何となく察した。多分、彼らに何かの祝福を授けてくれたんだろう。

俺には何にも出来ないから、彼らが販売ノルマで苦労しませんようにと、こっそりシャムエル様にお祈りしておいた。

その後のんびり歩いて広場へ戻り。昼飯をそれぞれ買って食べてから宿泊所へ戻った。

午後からはもう少し料理を作って過ごし、夕食は甜麺醤と豆板醤を使って回鍋肉(ホイコーロー)を作ってみた。

出来立ての回鍋肉は、ご飯との相性もピッタリだ。

自分で作って言うのもなんだが、美味しく出来たと思う。ハスフェル達も大満足だったようで、あっと言う間に完食してくれたよ。

そのあと、後片付けをしていたら最後のご飯の配達が来て、大量のご飯と一緒によければどうぞと、また焼きおにぎりをたくさん貰った。ありがとう、大事に頂きます!

第67話　忘れていた頼まれ事とジェムの割引き

翌朝、いつものように従魔達に起こされた俺が半寝ぼけでもふもふを満喫していると、念話でハスフェルに起こされた。

『おおい、そろそろ起きろよ』

『おはよう。もう起きてるよ。今から顔を洗うところ』

『それじゃあ準備が出来たら言ってくれ』

笑ったギイの声も届き、返事をした俺は欠伸をしつつ洗面所へ向かった。

身支度を整え、最後に剣を装着する。

姿を消したベリーとフランマが庭から戻って来て戸締りをして部屋を出る。

ギルドに鍵を返して挨拶をしてから、いつもの広場へ向かった。

「良い街だったよな。また来よう」

食後のコーヒーを飲み干して、最後にもう少し屋台で色々と買い込んでから広場を後にした。

そのまま街を出てしばらく街道沿いに進み、途中で街道から外れて森に入る。

森を抜けた先に広がる草原まで来た時、突然、足元の地面が波打つように揺れて慌てて止まる。

「何だ、地震か？」

しかし揺れたのは一瞬だけらしく、そのあとは何もない。

しばらくして、足元の草が中からむくむくと盛り上がり始めた。

何だか見覚えのある展開に戸惑いつつ地面を見ると、盛り上がった地面が割れてイケボな巨大ミミズのウェルミスさんが頭を出し、そのまま体の半分くらいまで地面から出て来た。

蛇みたいに頭（？）をもたげると、目も鼻も口もない顔……と言うか、先っぽがこっちを向いた。

「ウェルミス。急にどうしたの？」

右肩のシャムエル様が、驚いたようにそう尋ねる。

「ようやく人のいない場所に来たな。全く其方らは、せっかく苗木の移植を頼んだのに、気づいた時には、飛び地からいなくなっていて驚いたぞ」

やや拗ねたように咎める声があまりにもイケボだったので、うっかり聞き惚れそうになったが、言われた内容を考えて手を打った。

「確かに！　あの新芽を外へ持って行って植えるはずでしたね。うわあ……完全に忘れてた。申し訳ありません！　ええと、今からでも取りに行った方が良いですか？」

神様から頼まれた事を忘れるって、ちょっと本気で申し訳ない。

頭の中でレオにも謝りながら、俺はマックスに乗っていてさえはるか頭上にあるウェルミスさんの先っぽを見上げて謝った。

「其方らの予定は？」

「今から西アポンに行く予定だったんですが……」

「ふむ、ならその後で飛び地に寄ってくれるか。苗木を託す故、外の世界に植えてやって欲しい」

「了解です。では後で寄らせてもらいます」

「すまんがよろしく頼む」

そう言うと、イケボのウェルミスさんは、大きな体をくねらせてあっという間に地面の下に戻ってしまった。

不思議な事に、割れた地面も綺麗に戻ってしまったのだ。さすがは土の神様。アフターケアーもバッチリだね！

🐾

「……そうなんだって、予定が追加されたな」

呆然と、すっかり元に戻った草地を見ながらそう呟く。

「おっどろいたあ。こんな所まで言いに来るって、実は相当困っていたんだね」

シャムエル様の言葉に、俺は首を傾げる。

「なあ、ウェルミスさんって大地の神様であるレオの眷属って事は、苗木を何処かに芽吹かせるのなんて簡単だろう？　何故わざわざ俺達にやらせるんだ？」

不思議に思ってそう聞くと、シャムエル様は困ったように俺を見た。

「ウェルミスのお願いは迷惑だった？」

「俺は、全然迷惑じゃないよ。これは単なる疑問」

するると、シャムエル様は安堵したように笑った。

「あのね、大地の眷属って事は、彼の担当範囲は地下なの。ウェルミスが影響を及ぼす事が出来るのは、地面の下だけなの」

真剣なシャムエル様の言葉に、俺は考える。

「つまりウェルミスさんは、土の中の種を芽吹かせる事は出来るけれど、その位置を変える事は出来ない？」

「それで正解！」

「つまり、あの飛び地から外に新種の苗を持ち出そうと思ったら、地上にいる誰かに実際に運んでもらわないと出来ないのか」

「大変良く出来ました。大正解です！」

「成る程ね。それを俺達にやってもらうつもりが、うっかり目を離したすきに、苗木を受け取らずに飛び地から出て行ったから困っていたわけか」

「そうそう、それにウェルミスは、人の前に出ては駄目だってレオから厳命されているんだよね。だから、私達が郊外に出て来るのを待っていたんだと思うよ。緊急の場合、彼は地下なら瞬時に何処へでも行けるからね」

シャムエル様の言葉に、俺はまた首を傾げる。

「人の前に出るなって……ちょっと酷くないか？」

「それじゃあ聞くけど、何処かの森や草原でいきなりウェルミスと遭遇したとしたら、ケンならどうする？」

真顔のシャムエル様の質問に、思わず考える。

土の中から唐突に出て来る巨大なミミズ。イケボだけどあの見た目……。

「確実に剣を抜いて斬りかかるな。もし武器を持っていなければ、即座にその場から走って逃げる」

「でしょう？　つまりそう言う事」

「そうだな。レオが正しい。確かに人に出会った瞬間、戦いになるか、大絶叫と共に逃げられて討伐隊が組まれるかのどちらかだな」

ため息と共にそう言うと、シャムエル様だけでなく、話を聞いていたハスフェル達までが一緒になって頷いていた。

「じゃあ、状況を理解したところで、とにかく西アポンへ行こう」

苦笑いして頷き合い、俺達は大きくなったファルコと呼びだした大鷲(おおわし)に乗せてもらって、そのまま空路で日が暮れる少し前に、西アポンの郊外の森に到着した。


飛び去る大鷲達を見送り、マックスの背に乗って大きく伸びをする。

「今夜は西アポンで一泊して、明日マギラスの店へ行くか」

ハスフェルの言葉に頷きそうになったが、慌てて手を挙げた。

「それなら今夜の夕食をマギラスさんの店で食べて、その時に彼の予定を聞けば良いんじゃないか？　店に予約が入っていたりしたら駄目だろう？」

「ああ、確かにそうだな。じゃあそれで行こう」

笑って頷き合う。

「それじゃ出発だな」

ゆっくり歩き出したマックスの背の上で辺りを見回した時、右肩に座っていたシャムエル様がいきなり叫んだ。

「あの双子の大木まで競争！」

その瞬間、一斉に放たれた矢みたいにもの凄い勢いで全員が走り出し、油断していた俺はもう少しでマックスの背中から振り落とされるところだったよ。

競争するにしても、心の準備ってものをさせてくれよな！

いきなり始まった本気の駆けっこは、オンハルトの爺さんのエラフィの勝利で終わった。

しかもスタートダッシュに一瞬出遅れた俺は、なんと僅差とは言え最下位！

「うわあ、これは悔しい。マックス。次は必ず勝とうな！」

「もちろんです。次回は負けません！」

前脚で地面を掻きながら、大興奮状態のマックスが答えてくれる。

「分かった分かった。分かったから落ち着けって」

宥めるように首輪の横を軽く叩いてやる。

その時いきなりガサガサと足音がして振り返ると、ニニを始めとする猫族軍団が、呆れたように俺達を見ているのと目が合った。

その後ろには、大小の揺らぎも見える。

「ご主人、私達を置いて先に行かないでよね」

「そうよそうよ。いきなり駆け出すから、何かと思ったじゃない」

「ね～！」

「ね～！」

猫は短距離走者らしいから、どうやら途中で脱落したみたいだ。

マックスの背から降りてニニの大きな顔を抱きしめてやる。

「ごめんごめん。だけど駆けっこは楽しいんだぞ」

「何かを狩る為でなし、わざわざ疲れるだけの事をするなんて変なの。理解出来ないわね」

素っ気なくそう言われてしまい、俺だけでなく、ハスフェル達も苦笑いしていた。

残念ながら、駆けっこの楽しさは理解してもらえなかったみたいだ。

そのまま進んで、そろそろ西の空が赤くなり始める頃に街道に突き当たった。

俺達の周りには相変わらず空間が出来ているが、あちこちからハンプールの英雄だとか、早駆け祭りの勇者、なんて声が聞こえてきて俺達は笑いを堪えるのに必死だった。早駆け祭りの知名度すげえ。

西アポンに到着した俺達は、まずは宿を確保する為にギルドへ向かった。
「おお。ハンプールの英雄のお越しだな」
マッチョなギルドマスターのレオンさんが、俺達に気付いてカウンターから出て来た。

先に受付で一泊分の手続きを済ませる。

「手持ちのジェムがあるなら、何でも買うよ」

にっこり笑ったレオンさんの言葉に、俺はハスフェルにこっそり念話で話しかけた。

『なあ、ちょっといいか？』

『どうした？』

『シルヴァ達が一緒に集めてくれた、あのとんでもない量のジェムと素材って、少しくらい値下げしても構わないよな？』

俺の言葉にハスフェル達が揃って驚いたように目を見開く。

『だって、皆のおかげで口座の資金は潤沢だし、手持ちのジェムと素材はとんでもない量と種類がある。放出して街の皆の役に立つなら良いと思うんだけど、タダで渡すのは要らぬ軋轢や妬みを生みそうだし、それで値下げはどうかなって』

『あれはお前の為にと、皆が集めたジェムだぞ？』

真顔の三人に、俺は笑って頷く。

『構わないよ。定番のジェムなら評価価格の何割引き！　とか思ったんだけど、どうだ？』

俺の言葉に、三人が困ったように顔を見合わせる。

『ジェムや素材の値引きなんて聞いた事がない。一割引きでも泣いて喜ぶと思うぞ』

苦笑いするハスフェルの言葉に、二人も揃って頷いている。

『たったの一割？　半額か四割くらいは下げるつもりだったんだけど』

それは真顔の三人から止められた。さすがに、そこまで相場の値段を無視しちゃ駄目らしい。

「ええと、実は大量のジェムや素材が有るんですよ」

話がまとまったところで、そう切り出す。

「それは素晴らしい。では奥へどうぞ」

にんまり笑ったレオンさんに案内された部屋には、見覚えのある副ギルドマスター達が待ち構えていた。

「ほら、何でも出してくれたまえ」

レオンさんの言葉に笑った俺は、アクアゴールド入りの鞄から定番の小動物と昆虫、それから爬虫類系のジェムと素材を一通り取り出して並べた。もちろんスライムのジェムも。

「この辺りは数量限定ですが、ギルドの評価価格の一割引でお譲りしま……」

「一割引きだって？」

全員の声が重なる。

「おい、大至急、ディアマントと船舶ギルドのナフティス、商人ギルドのスレイを呼んできてくれ！」

「了解した！」

叫んだ爺さん達が駆け出して行く。

「本当に良いのかい？」

「数量限定とは言いましたが、今なら万単位で大丈夫ですよ」

目を見張るレオンさんに頷き、また鞄から見本用の恐竜やアンモナイトのジェムと素材を別の机に並べた。

初回版限定
封入
購入者特典

特別書き下ろし。

ご主人大好き従魔達の作戦会議～お空部隊の場合～

※『もふもふとむくむくと異世界漂流生活 ⑥』をお読みになったあとにご覧ください。

ご主人大好き従魔達の作戦会議～お空部隊の場合～

私の名前はローザ、カメレオンガラーの女の子です！

　ご主人は、私の事をモモイロインコって呼んでいたけど、確かに私の羽色を表すにはぴったりの名前ね。

　なので、今日から私はモモイロインコのローザって事でよろしく！　あ、私を呼ぶ時は、ローザって呼んでね。

　ご主人は、私の他にも大きくて強そうな従魔達を沢山テイムしていた。もしかして私って、すっごく強い魔獣使いにテイムされちゃったみたいね。わあい。

　そのあともご主人は、続けてカメレオンコッカトゥのブランに、カメレオンバジーのメイプルもテイムしていたわ。

　それからご主人は、お仲間の人達にもそれぞれ大きな鳥達を何羽もテイムしてあげていたわ。翼のある仲間が沢山増えて私も嬉しい！

　ちなみに、ブランの事をご主人はキバタンって呼んでいたし、メイプルはセキセイインコって呼んでいたわ。これも初めて聞く呼び名だったけど、何故だかぴったりな気がしたのよね。

　ブラン達も喜んでいたあの呼び名は、何処から来た名前なのかしらね？

　それから、先輩従魔のオオタカのファルコとブラックミニラプトルのプティラと一緒に、ご主人は私達にお空部隊って素敵なチームの呼び名もくれたわ。

　すっごく格好良い呼び名に、翼のある子達は全員大喜びで張り切っていたわ。

　お空の制圧はどうぞ我らにお任せください！　ってね。

「寝たわね」

気が付いたわ。

「ねえ。今日ご主人は、お仲間の方にも鳥達をテイムしていたよね」

「そうだな。皆、とても美しい子達だったね」

ファルコの言葉に、ちょっと考えた私はブラン達を見た。

「それなら戦う時は、同じパーティーの従魔同士、あの子達とも連携した方がいいよね？」

「確かにそうね。それならあっちは、お空部隊の分隊って感じかしらね」

羽を膨らませて笑ったブランの言葉に、マックスの頭の上で一緒になって話を聞いていたシャムエル様が笑って手を叩いた。

「いいねそれ。じゃあ、お空部隊の分隊って事で決定！　知らせてきてあげるね！」

得意げにそう言って、いきなり消えてしまったシャムエル様を私達は揃って茫然と見送ったわ。

「あの、今のって……」

驚きに声も無い私達を見て、プティラが笑いながら教えてくれた。

「創造神であるシャムエル様は、あんな風に不意に消えたり、突然出てきたりするけど、それくらいで驚いていたらご主人の従魔は務まらないよ」

「そ、創造神様？」

そこで皆が先を争うようにして教えてくれたのが、あのシャムエル様が実は創造神様で、更にご主人は、別の世界から来た異世界人でこの世界の救世主様であるって事。

もう、私達の理解出来る範囲を余裕で飛び越えちゃったわ。

「ええと、それってつまり……」

驚きすぎて揃って固まる私達に、皆が口をそろえてこう言ったわ。

「つまり、ご主人が最高って事よ！」

「それなら、分かるわ！」

私達の声が重なって大笑いになる。

「そうよね！　要するにご主人が最高って事よね」

無事に結論が出たところで、初めての作戦会議は終了しました……あれ？

「寝ましたね」

「本当にあっという間に寝ちゃいましたね」

感心したような私達の言葉に、先輩従魔の皆さんが笑っている。

だって、おやすみを言ってスライム達が作ったベッドの上でマックスとニニの間に潜り込んだご主人は、聞いていた通りに本当にあっという間に眠ってしまったんだもの。

今なんて、頬をフランマとラパンとコニーで三方向から揃ってモミモミされているのに、全然起きる気配がないんだからびっくりだわ。

もしも、ここにはぐれのジェムモンスターが突っ込んできたりしたら、どうするつもりなのかしらね？　まあ、もちろんそんな事は私達が絶対に許さないけれどね。


そんな風に寝ているご主人を真ん中にして、私達は先輩達からご主人の事を色々と教えてもらった。

剣の腕は立つけど怖がりで、芋虫が苦手な事とかね。

その時に全員から念押しされたのが、人間の弱さについて。

特に人間の皮膚はとても薄くて柔らかいから、皮膚が破れて血が出ると、私達とは違ってすぐに回復しない。放置すれば命の危険もあるんだって。

そんな時の為に、怪我がすぐに治る万能薬をスライム達が常備していることも教えてもらった。人の世界には凄いものがあるのね。

だから戦いの時には、ご主人の死角である背後に特に気を付けるようにとも教えてもらった。私達なら上空から全体が見渡せるから、ご主人の背後も丸見えだもんね。任せてちょうだい！

お空部隊の第一目標が出来て嬉しくなった私達は、改めて何があっても絶対にご主人をお守りしようねって誓い合ったわ。


そのあとは、お空部隊の皆と空中での連携の取り方や、鳴き声での連絡方法について打ち合わせをしたわ。

空中では、よほど近くにいないとお互いの言葉は届かないからね。その点、私達の鳴き声はかなり遠くまで届くから、空中での連携にはぴったりなのよ。

鳴き声の種類を決めたところで、不意にある事に

「値下げはしていませんが、こっちも大量に有るんですよ」

そう言ってトライロバイトのジェムを突っつく。

「全員集まったら相談するから、待ってもらっても構わないかい……」

真顔のレオンさんの言葉に、俺は笑ってハスフェル達を振り返る。

「それなら俺達はマギラスの店へ行ってくるよ。豪華な夕食の予定が夢になるのは悲しすぎる」

ハスフェルの言葉に、レオンさんが吹き出す。

「了解だ。どうぞ行って来てくれ。遅くなっても構わないから帰りに寄ってくれるかい」

そう言って、大急ぎで書いた見本の預かり明細を渡してくれた。

ギルドを出た俺達は、相変わらずの大注目の中をマギラスさんの店へ向かった。

「予約していないが、四人と従魔達の世話を頼むよ」

ハスフェルが平然と話しかけると、扉の横にいた衛兵さんは、彼の顔を見てにっこりと笑った。

「ようこそお越しくださいました。さあどうぞ」

その言葉と同時に扉が開き、執事姿の人が何人も出てきた。

「これはハスフェル様。ギイ様。ようこそお越しくださいました」

先頭にいた執事さんがそう言って深々と頭を下げる。

そして前回同様、彼らは持っていた手綱をその後ろにいた別の執事さんに預けたのだ。

「ようこそお越しくださいました。従魔達を預からせて頂きます」

頷いた俺とオンハルトの爺さんは、持っていた手綱をその隣にいた執事さんに渡した。

「それじゃあ、食事してくるから、この人と一緒に行って待っていてくれるか」

マックスを撫でながらそう言ってやる。

「前に来たお店ですね。それでは待っていますね。ご主人」

止まり木も用意してくれたのでファルコとプティラも留まらせてやり、後をお願いして俺達は中に入った。

案内された部屋は、前回よりも広い個室で、大きな円形の机の周りに順番に座っていく。

すぐに、綺麗なグラスに入った梅酒っぽい透明のお酒が運ばれてきた。

「旅の安全を願って、乾杯！」

俺の乾杯の言葉に三人が同時に吹き出す。

一気に飲み干したそのお酒は、懐かしくも爽やかな梅酒の香りがした。

次々に運ばれてくる、俺では絶対に作れない絶品料理の数々を心ゆくまで堪能した。

しかも、何故か俺のビールだけがキンキンに冷やされていたのだ。

ハスフェル、お前らか。お前らが言ってくれたのか。俺がビールを冷やして飲むのが好きだって。

ありがと〜！　もう最高だよ！

「ああ、美味しかった。ご馳走様でした」

「どう、お腹一杯になった？」

突然机の上に現れたシャムエル様が、ご機嫌そうに目を細めて笑っている。

「もうどの料理も最高だったよ。姿が見えないと思ったら、やっぱり厨房でつまみ食いしていたな」

笑ってふかふかの尻尾を突っついてやると、尻尾を取り返したシャムエル様は、その場に座り込んで毛繕いを始めた。

「もちろん全部頂いてきたよ。いやあ、やっぱりマギラスの作る料理は最高だよね」

嬉しそうに頰をぷっくらさせながらそんな事を言われて、もう笑うしかなかったね。

厨房でつまみ食いする毛の生えた……まあ神様のする事だから良いんだろうけどさ。

その時、ノックの音がしてマギラスさんが入って来た。

「如何（いかが）でしたか。お口に合いましたか？」

「ああ、やっぱりお前の料理は最高だな」

「あはは、そりゃありがとうな」

ハスフェルと手を打ちあった後、マギラスさんは俺を振り返った。

「お噂は色々と届いていますよ。ハンプールの英雄殿」

笑顔で握手をしながらそう言われて、誤魔化すように笑った。

「あはは、まあその場の勢いです。それより、本当にどれも美味しかったです。ご馳走様でした！」

「最高の褒め言葉だね。ありがとうございます」

「実はお前に頼みがあって来たんだが、少し時間をもらってもいいか？」

・・

ハスフェルが立ち上がって、後ろから肩を組むみたいに寄り掛かって顔を寄せる。小学男子か。

「おう、どうした？　何か困り事か？」

当たり前のように、そう答えてくれるマギラスさん。

「またお前のレシピを教えてもらいたいんだが、どうだ？」

「ああ、構わないぞ。今度は何のレシピだ？」

これも当然のようにそう言ってくれ、俺は密かに感動していた。

「その前にこれ、食ってみてくれるか」

そう言いながら後ろからギイが差し出したのは、あの飛び地の激うまリンゴとブドウだ。

手渡されたそれを見るなり真顔になる。

「……まさか新種か？」

ハスフェルがにんまり笑って頷くのを見て、小さなナイフを手にするマギラスさん。

「おい！　これはどこで手に入るんだ！」

切り取ったリンゴを口に入れ何度か咀嚼したマギラスさんは、きちんと全部飲み込んでからもの凄い勢いでリンゴを差し出したギイを振り返った。

「まあまあ、次はこれな」

質問には答えず、大粒のブドウを一粒差し出すギイ。

「皮も一緒に食べられるからな」

ハスフェルの言葉に頷き、これは一粒丸ごと口に入れる。

そして、無言のまま目を見開いた。

「おい……これは一体何事だ？」

地を這うような低い声でそう言い、手にしていた巨大なリンゴを見る。

「飛び地で手に入れた代物だよ。どうだ？」

「……どこの飛び地だ」

しばらくの沈黙の後、自力で復活したマギラスさんは真顔でそう言った。

「カルーシュ山脈の近くだよ。ただし、俺達が全力で行っても死にかけた」

その瞬間、マギラスさんは膝から崩れ落ちた。

「そんなの、この世界の誰にも行けない場所だろうが！」

「まあ、死にかけたのは別の事情だ。だがそこへ行くには、俺達の従魔ほどでないと絶対無理だ」

「何の慰めにもならない訂正をありがとうよ。結局、お前らしか行けない場所なんだろうが！」

ため息を吐いて本気で悔しがるマギラスさんに、俺達は苦笑いしながら顔を見合わせた。

「ケンが、これでジュースを作りたいらしい。それでレシピを聞きに来たんだ」

「この世紀の大発見とも言えるこれを使って、作りたいのがジュース……」

別の理由で頭を抱えるマギラスさん。

しばらくしてまた自力で復活したマギラスさんは、立ち上がって服を払いながら俺を振り返った。

「簡単に作れる。間違いなく世界一美味しいジュースがな」

大喜びで拍手をする俺達を見たマギラスさんは、ため息を吐いた。

「悪いが、もう厨房に戻らないと。明日以降でよければ教えてやるぞ」

「お願いします！」

「ただし代わりと言っては何だが、少しで良いからこいつを分けてくれ」

「あ、それはもちろんです」

最初からそのつもりだった俺の言葉に、マギラスさんも笑顔になる。

「明日の午後からなら、少しくらい時間が取れるぞ。どうだ?」

「では、それでお願いします」

笑顔で握手を交わした。


「明日、また来ますね。よろしくお願いします!」

「おお、待っているぞ」

笑顔で見送ってくれるマギラスさんに手を振り、外に出てマックス達を迎えに行く。

「お待たせ。何だよ、お前らピッカピカじゃないか」

喉を鳴らすニニの首に抱きつきながらそう言うと、横で同じくご機嫌なマックスが尻尾を振り回しながら俺に頭を擦り付けて来た。

「全員に、ブラシをかけたり拭いたりしてくださいました。綺麗な水も飲み放題だったし、良いところでしたよ」

「ここは裏方のスタッフさん達も、皆、良い人みたいだな」

笑ってマックスの頭にも抱き付き、俺も額を擦り付けて戯れあった。

店をあとにした俺達は、のんびりと歩いてギルドへ戻った。

「ああ、おかえり。こっちもようやく終わったところだよ」

カウンターの中にいたレオンさんが俺達に気付いて手を振っている。ここでもギルドにいた冒険者達に大注目されながら、レオンさんと一緒に部屋に向かった。

「ああ、おかえり。待っていたぞ」

部屋には、レディマッチョなディアマントさんと、船舶ギルドマスターのナフティスさん。そして初老の男性が待っていて、全員揃った満面の笑みに凄い圧を感じて思わず一歩下がった。

「やあ、また良い話を持って来てくれて感謝するよ」

ディアマントさんの言葉に、俺は一礼して肩を竦めた。

「はじめまして、商人ギルドマスターのスレイです。噂は聞いているよ。魔獣使い殿」

笑顔で差し出されて握った初老の男性の手は柔らかだが、中指には大きなペンだこが出来ていた。ナフティスさん同様、彼もいかにも手練れの商人って感じで、絶対敵に回しては駄目なタイプだ。

「それじゃあ、全部まとめた数を言うね」

レオンさんが取り出した紙を見ながら立ち上がる。

アクアゴールドが入った鞄を足元に置いて、俺は座り直した。

「割引きのジェムは、色は交ぜてもらって良いので、各種類五万個。亜種は二万五千個お願いしたい。素材はあれば一万五千個、もしも数が足りなければあるだけで良い」

「それなら大丈夫です。それじゃあ、先に出しますね」

スタッフさん総出で、俺が大量に取り出したジェムを数えて運んでいく。

預り明細には、俺が赤字で、一割引と書いておいた。

恐竜のジェムもトライロバイトは一万個、他のジェムも千個単位で大量に注文してくれたので、これまたガンガン取り出して行く。

最後に、俺の口座にまとめて振り込んでもらう手続きをして、ようやく解放された時には、もう疲労困憊だったよ。

「それじゃあ明日はゆっくりして、昼を食ったらマギラスの店だな」

「そうだね。じゃあもう眠いから休ませてもらうよ」

ハスフェルの言葉に、出た欠伸を噛み殺しながら何とか答える。

「おやすみ」

笑った三人の声に手を振り、俺は自分の部屋へ戻った。

第68話　大切な仲間達

翌日、ゆっくり寝て昼前に起きた俺達は、従魔達には宿で留守番していてもらい、広場の屋台で朝昼兼用の食事をしてから、のんびりとマギラスさんの店へ向かった。

ハスフェル達は一緒に料理を習ってくれるわけではなく、試食希望らしい。

到着したマギラスさんの店は、大きな荷馬車が何台も横付けされていて、スタッフさん総出で大量の食材を搬入している真っ最中だった。

邪魔にならない様に下がりかけて、ハスフェル達を振り返る。

「なあ、今こそ、その筋肉の出番だよな？」

俺の言葉に三人は吹き出し、全員揃って食材運びのお手伝いをしたのだった。

荷運びが一段落したところで、俺だけマギラスさんの案内で厨房へ向かう。

到着した厨房は、それはそれは綺麗に掃除されていてピカピカだ。

思わず足を止めた俺は、まずトイレへ行ってサクラに全身綺麗にしてもらったよ。

あの、完璧に清掃済みの厨房に従魔の抜け毛を持ち込むなんて絶対に駄目だもんな。

急いで戻ると、厨房のスタッフさんが集まって来たところだった。

「紹介するよ。超一流の魔獣使いのケン。俺の、昔の冒険者仲間の連れだ。ハンプールの英雄の噂

は、お前らも聞いているだろう？」

マギラスさんが俺の肩を叩いて、スタッフさん達に大層な紹介をしてくれる。

若いスタッフさんを含めると二十人は余裕でいる。厨房に二十人もいるって凄い。

マギラスさんが、満面の笑みで俺の肩を叩いた。

「出してくれるか」

頷いた俺は、背負っていた鞄から飛び地のリンゴとブドウを山盛りに取り出した。

「まあ、食べてみてくれ」

マギラスさんの言葉に頷き、スタッフさん達が切り分けたリンゴを口にする。そして全員が一斉に目を見開き真顔になる。次にブドウも全員で味見をする。

しばしの沈黙の後、全員が火が付いたみたいに大声で感想を言い合い始めた。

まあそうだよな。料理人がこれを食べて無反応でいられる訳がないよな。

それを見たマギラスさんが、一度だけ大きく手を打った。

大きな音が厨房に響き、全員が注目する。

「そこで問題だ。今からお前らは、これを使って新しいレシピを考えてくれ。どうだ？」

「やります！」

「やらせてください！」

目を輝かせたスタッフさん達全員の勢いに、俺は思わず仰(の)け反(ぞ)ったね。

「よし、それじゃあ開始だ。後で検証するからしっかりやれ」

マギラスさんの言葉に頷いた若いスタッフさん達が、リンゴとブドウを一斉に取り分け始める。

一瞬で無くなったのを見て笑った俺は、追加でさっきの倍量を出しておいた。

「それじゃあ、こっちへ」

笑顔のマギラスさんと一緒に、俺は厨房の端にある一番小さな作業場でジュースの作り方を習った。

作り方は至ってシンプル。

ブドウジュースは、洗った皮ごとのブドウを軽くつぶしてから鍋に入れて火にかけるだけ。コツは焦がさないようにひたすら鍋を揺する事。そして無理にかき混ぜない。

砂糖は入れない。まあ、これは普通の酸っぱいブドウだと入れた方がいいらしい。

煮立ってきたらアクが出るので、ひたすらこれを取るだけ。

15分ほど煮込んだら、普通の金ザルと布巾を使って二回濾す。ここでも慌てず無理に搾らない事。

これで濃厚ブドウジュースの完成だ。

リンゴジュースも基本は同じで、違うのは皮ごと切って煮込む際に水を入れるくらい。今回も、素材が甘いので砂糖は無し。

煮込んで柔らかくなったらレモン果汁を入れて、ミキサーですり潰して濾すだけ。

手動のミキサーって初めて見たけど、ちょっと楽しかったので欲しくなったよ。まあ、俺には最強のアシスタント達がいるから、そんなの必要ないんだけどね。

それから、ジャムの作り方も教えてもらった。新しい果実でももちろん出来るし、ジュースを作った残りでも作れるんだって！　これは色々試してみたくなる……はずだったんだけど、ジャムって、ジャムって果実と同量の砂糖を入れるの!?

砂糖の量にどん引く俺を見て、マギラスさんはずっと笑っていた。まあ、今回は素材の甘みがあるので素材の三割分の砂糖で作ったんだけどね。

洗った鍋を片付けていると、机の上に置いたジャム瓶の横にシャムエル様が現れた、

「ねえ、このジャムはまだ食べないの？」

「駄目だよ。まだ熱々だから火傷（やけど）……する？」

「ケンは、私が誰だかすぐに忘れるみたいだね」

呆れた様にシャムエル様に言われて、小皿に取り分けておいた試食用のジャムを見せた。

「それはそのままいただいて帰るから、食べるならこっち」

目の前に置いてやると、嬉しそうに目を輝かせたシャムエル様は、どこからともなく一切れのパンを取り出した。

「ここにお願い！」

「はいはい、ちょっと待て」

スプーンですくったジャムを、パンにたっぷりと塗ってやる。

「これは美味しいね。朝のメニューが増えたね」

「そうだな、トーストに塗るだけでも充分美味そうだ」

俺の言葉に大きく頷き頬を膨らませながらパンを齧るシャムエル様は、堪らなく可愛かった。

・・・

「何をしているんだ？」

その時、不意に聞こえた声に俺は硬直した。

マギラスさんがシャムエル様を見ていた。正確には、明らかにスプーン一杯分減ったジャムの小皿を。

シャムエル様が見えていたら、俺は厨房にペットを連れてきた最低な奴になるし、もし見えていないのなら、何もない空間にジャムを塗って話していた俺は、はっきり言ってただの変な奴。

ああ、これってどう転んでも駄目なやつだ。ちょっと本気で詰んだかも……。


どう考えても言い逃れの出来ない状況に慌てていると、マギラスさんは何故か苦笑いして頷いた。

「そうか。お前もするんだな。そのおまじない」

「おまじない？」

俺の言葉にマギラスさんは、小さなため息を吐いて肩を竦めた。

「昔、ハスフェル達と旅をしていた頃、たまに彼らがそんな事をしていた。何もない空間に向かって食べ物を少しだけ差し出すんだ。すると、突然それが消えて無くなる。初めて見た時は、見間違いか、地面に落としたんだと思った。だがそんな様子はない。食べ物がどうなったのか気になった俺は、ハスフェルに尋ねてみた事がある」

「彼は……なんて言ったんですか？」

「俺の質問に驚いて、かなり慌てていたな」

その時の事を思い出したみたいで、小さく笑う。

「彼らの故郷のおまじないなんだと聞いた。消える様に見えるけれど、無くなった訳じゃあないとも言っていたな」

なんとなく事情を察した。

要するにハスフェル達も、時々シャムエル様に何かあげたりしていたのか。

神様にあげているんだから、無くなった訳ではない。まあ、嘘ではないな。

「まあ、そんなところ。気にしないでくれると嬉しい……かな？」

俺が誤魔化す様にそう言うと、もう一度笑ったマギラスさんは頷いてくれた。

「久し振りに見たんでちょっと懐かしかったんだ。悪かったな、変な事聞いて」

そう言うと、もう知らん顔でミキサーを片付け始めた。

そっか、こんな風に分からない事をさらっと流してくれる人だから、きっとハスフェル達もマギラスさんと仲間になれたんだ。

それは一緒に旅をしていた時のクーヘンにも通じるものがあり、なんだか嬉しくなった。

少し休憩していると甘くて良い香りがしてきたので、倉庫整理を手伝っていたハスフェル達も呼んで、試食会に参加させてもらった。

並んだ試作は、とにかく豪華で華やか。俺では絶対に作れないようなお菓子の数々に、もう大感激だった。もちろんどれも最高に美味しかったよ。

しかし小食な俺の胃袋では全く太刀打ち出来ないくらいの種類があり、途中からシャムエル様に全投げしていたよ。うう、悔しい。

だけどマギラスさん曰く、思ったよりも手堅いところばかりで面白味がなく、素材に頼り過ぎ。使えそうなレシピは一つか二つだったらしい。

　マギラスさんのレシピを探求するプロフェッショナル魂、半端ねえっす。

「さて、これで終了かな。何か他に知りたい事ってあるか？」

　マギラスさんのその言葉に、俺はもう一つの用事を思い出した。

「ええと、マギラスさんの店で野生肉(ジビエ)って使います？」

「ああ、もちろん使うよ」

「実はですね……こんなのが山ほどあるんですけど……」

　そう言った俺は、鞄からグラスランドブラウンブルとブラウンボア、グラスランドチキンとハイランドチキンの肉を一通り取り出して並べた。

　それを見たマギラスさんやスタッフさん達が無言になる。

「これが……山ほどある？」

　コクコクと頷く俺。

「まさかとは思うが……売ってくれるのか？」

「いや、好きなだけ進呈するので、これを使ったレシピが知りたいんです」

　俺の言葉に吹き出すマギラスさん。

「そんなのいくらでも教えてやるぞ。それで、どれくらい譲ってもらえるんだ？」

いきなりの真顔のその言葉に、俺だけじゃなくハスフェル達まで揃って吹き出す。

相談して、グラスランドブラウンブルとブラウンボアは五頭と亜種は二頭ずつ。グラスランドチキンとハイランドチキンは十羽ずつと亜種は五羽ずつに決まった。

しかし、出そうとして手が止まる。

「あの、マギラスさん。ええと……ここに出しても大丈夫ですか？」

鞄に手を突っ込んだまま、俺は困った様にそう言ってマギラスさんを振り返った。

「うん？　どういう意味だ？」

マギラスさんが不思議そうに目を瞬く。

「ええと、俺が持っているのって従魔達が狩ってきた状態そのままなんですよ。だから……」

「ああ、そういう意味か。ううん……捌くのは出来るが、今ここに出されると、確かに後の仕込みに影響するな」

困った様に、マギラスさんも考え込む。

「あ、それならこうしましょう。さっきの数で冒険者ギルドに解体をお願いしておきます。素材は俺が貰いますので、後日肉だけ全部引き取ってくださいよ。それでどうです？」

「了解だ。それで幾ら払えば良い？」

「いえ、これはお譲りする分ですから」

「そんなわけにいくか！」

「あ、さっきの試食にあった、サングリアとリンゴのサラダのレシピも教えてください！」

「いや、それくらい幾らでも教えてやるよ。金も払わずこんなに貰えるか！　駄目だ。絶対払うぞ」

「ええ、置いていく気満々だったのに」

俺の呟きに、笑ったハスフェルが立ち上がってマギラスさんの肩を叩いた。そして肩を組んで顔を寄せると、小さな声で仲良く内緒話を始めた。

「ええ……だけどそれじゃあ、あんまり……」

「良いって、それより……だから、簡単なので良いから……」

ふむふむ、漏れ聞こえる内容をまとめると、遠慮なく貰ってくれていいから、もうちょい俺でも作れそうなレシピを色々と教えろ、と。いいぞハスフェル、グッジョブだ。

「ああもう、分かったよ。本当にそれでいいんだな。じゃあ、貰う代わりに彼でも作れるデザートまで網羅したレシピ集を渡してやるよ！」

その言葉に何度も頷きながら後ろから拍手をすると、ギイとオンハルトの爺さんまで一緒になって拍手していた。今回の二人は完全に野次馬状態だな、おい。

「商談成立だな」

半ば自棄のマギラスさんのその言葉に、ハスフェルが頷き笑顔で握手を交わす。

「では遠慮なく頂く事にするよ、本当にいいんだな」

「ええ、もちろんです。それじゃあギルドに渡しておきますので、引き取ってくださいね」

「感謝するよ。ではレシピの写しを取っておくから、明日の午後に取りに来てくれ」

「写しって何ですか？」

驚く俺に、マギラスさんはにんまりと笑った。

「写し機。うちの事務所にあるバイゼンの最新作で、それを使えば簡単に文字や図面の写しが取れる。ただしかなり強力なジェムが必要だから、そう気軽に使えるものじゃあないんだけどな」

それを聞いた瞬間、俺はグラスホッパーのジェムを山盛りに取り出していた。

「どうぞ！　好きなだけ使ってください！」

「いくら何でもそんなにいるか！」

マギラスさんの叫びに、ハスフェル達は大爆笑していたのだった。

やったぜプロのレシピ！　これからは貴方を師匠と呼ばせていただきます！


「それじゃあ、今夜もここで食べてくれよ。とびきりのスペシャル料理を用意しておく」

目を輝かせる俺に、マギラスさんやスタッフさん達も笑顔になる。

「ありがとうございました！　それじゃあ、また後で」

見送ってくれたスタッフさん達に手を振り、俺達は冒険者ギルドへ向かった。

まず延泊の手続きを取り、買取り用の部屋でマギラスさんに頼まれた分を全部まとめて取り出すと、部屋にいたスタッフさん達が超レアな獲物の山を見て大騒ぎしていた。

さすがに、これだけの種類を一度に出す人はいないらしい。

「素材は買い取りで俺の口座に、肉は、全部まとめてマギラスさんに渡して欲しいんです」

「ええ、肉は全部引き取りですか！」

その本音の叫びに俺は吹き出し、ギルドにも追加の買い取りをしてもらう事になった。

余談だが、マギラスさんのお店の名前が「アクアヴィータ」で、命の水って意味なのを、俺はこの時初めて知ったのだった。

ごめんよ。衛兵さんばっかり見ていて、ハスフェルとギイが開店祝いに贈ったのだという立派な看板、全然目に入っていませんでした！

ギルドをあとにした俺達は、夕食まで時間があったので、マギラスさんに教えてもらった業務用の金物屋を見て回り、銅製の片手鍋や玉子焼き器、大小の寸胴鍋なんかを色々と購入した。

どれにするか迷っていたら、オンハルトの爺さんが次々に選んでくれた。成る程。彼は鍛冶の神様だから調理道具も彼の管轄なわけか。

それから、製菓用品のコーナーで色んな金型を選び、耐熱性のガラスピッチャーやサングリア用の蓋付き瓶も見つけてまとめて購入した。

買い物を終えて外に出たあとは、もう日も暮れてすっかり暗くなった街を腹ごなしを兼ねてのんびりと歩き、ゆっくりと時間をかけてマギラスさんの店へ戻ったのだった。

🐾

店に到着して、出迎えてくれた執事さんの案内でそのまま昨日と同じ部屋に通された。

期待に胸を膨らませて待っていると、ノックの音がして食前酒が運ばれてきた。

出て来たのは、美味しいあの梅酒だ。

乾杯して一息で飲み干し、絶対これも手に入れようと思った。

「いやあ、これは凄い」

「全くだ。今までで最高じゃないか？」

「いやあ、予想以上だったな。これは本当に素晴らしい」

「お願いだから、残りを全部包んでください……俺、食べきれなかった分の権利を本気で主張したい」

ハスフェル達三人が食べ終えて大満足で一杯やっている横で、俺はもうはちきれんばかりのお腹を持て余しつつも、食べきれなかった料理の数々が並ぶ机の上を見て本気で涙を呑んでいた。

とにかく大食漢の三人が大満足するくらいに、大量の料理が出た。しかも料理のバリエーションも豊富で、目にもお腹にも大満足の時間だった。しかもその料理が、どれ一つとっても超美味！

しかし、このメンバーの中では一番の小食の俺は、悲しい事に途中で脱落していた。残念だけど、お腹に入る量は有限なんだよ。

「何だ、ケンは案外少食なんだな」

ノックの音がして、マギラスさんが笑顔で入ってくる。

「ああ、マギラスさん。本当に、本当に素晴らしかったです。俺は、自分の小さな胃袋が本気で悔しい！　これを残すなんて犯罪です！」

割と本気でそう言いながら泣きつくと、笑ったマギラスさんは、スタッフさんに残りの料理を全部包む様に指示してくれた。

そのあと、ハスフェル達がマギラスさんと一緒に厨房へ行き、飛び地のリンゴとブドウを大量に渡してきた。

何でもこの店には、長期保存出来る時間遅延の巨大な収納袋があるんだって。

宿泊所への道を歩きながら、ハスフェルとギイは、さっきから何度もそう言って嬉しそうに笑い合っている。

「全くだ。彼も変わっていなくて嬉しい限りだ」

「いやあ、凄い料理だったな」

「いい人だな。マギラスさんって」

小さく呟いた俺の言葉に、ハスフェルとギイも笑顔で頷いていた。

「マギラスさんと一緒に旅していた時って、彼が今の俺みたいに全員分の料理をしていたのか？」

ふと思いついてそう尋ねる。

「いや、長期滞在した冬場に煮込み料理を作ってくれる事はあったが、普段は彼も携帯食や干し肉だったぞ」

「あれ、そうなんだ」

「そもそも、旅にそんな大きな机や大量の料理道具を持ち歩く奴なんていないぞ。せいぜい折りたたみ式の椅子程度だ。それだって相当量の入る収納袋が必要だから、出来る奴は限られる」

「お前らの収納があるのに？」

　そこで二人は困ったように顔を見合わせる。

「ケンは、分かっていないようだが、俺達がもしも誰かと組んだとしても、非常時以外は基本的に収納するのは自分のものだけだぞ」

　ハスフェルの言葉に、驚いて目を見開く。

「えっと、それってつまり……」

「つまり、他の誰かの分の荷物を、俺達が収納して持つ様な事は基本的にしない」

　真顔のギイが断言する。

「旅の仲間(パーティ)でも？」

「旅の仲間だからこそさ。ああ、丁度いい機会だから話しておくか」

　そこで宿泊所に到着したので一旦話はやめて、そのまま全員揃って俺の部屋に集まった。

　部屋に入ると、一緒に入ってきたベリーが部屋に設置されたランタンに一瞬で火を入れてくれた。

「ありがとう。夜目が利(き)くとは言っても、薄闇で一つずつ火をつけるのは面倒だからな」

　振り返ってお礼を言い、鞄を下ろす。

　話をするのに、何も無いのも愛想がなくて、お酒用の透明な氷と水を取り出すと、ハスフェルがウイスキーのボトルとグラスを出してくれた。

　何となく無言で全員がそれぞれに自分の分を作る。つまみのナッツを少しだけ出しておいた。

「それで、さっきの話って？」

　ハスフェルとギイが、顔を見合わせて揃ってため息を吐いた。

「まあ、お前さんもいつかは単独で活動する時が来るかもしれない。今後の為にも知っておくべきだろう」

　真顔のハスフェルがそう言い、持っていたグラスを傾けてから口を開いた。

「冒険者には二種類の奴がいる。一つは街に定住して、その街のギルドにのみ所属して依頼を受ける冒険者。家族持ちの奴が多いな。もう一つが、俺達の様に定住する地を定めない流れの冒険者。複数の街のギルドに所属して自由気ままに放浪している」

　まさに今の俺もそれだよな。

「流れの冒険者には一人の奴もいるが、大抵が三人以上でチームを組む」

「まあそうだろうな。一人なら野宿するのだって大変だろう」

「そうなると、仲間を誰にするのかと言うのは、わりと深刻な問題になる」

　そこまで言われて何となく分かった気がした。

「つまり、チームの中の誰か一人だけに負担がかかったりするのは、駄目だって事？」

「もちろんそれもある。だけど思い出してみろよ。地下迷宮で、ケンが一人で水脈に落っこちた時の事を」

「いきなり、何でそこに話が……あ！　そっか、そういう事か」

　そこまで言われて、彼らが何を言わんとしているか分かった。

　あの時の俺は、スライム達が一緒に来てくれたおかげで死ななかったが、結果として全員分の食料を離れた俺が持っている状態になってしまったんだ。

「あの時は俺達も全員が収納の持ち主で、最低限の食料は持っていたから何とかなった。だがもしもあの場で、全員がお前の収納に頼りきって誰も自分の食料を持っていなかったら、どうなっていたと思う?」

「うわあ、最悪」

顔を覆った俺を見て、苦笑いしたハスフェル達が揃って俺の背中を叩いた。

「な、つまりそういう事だ。今はケンが作ってくれるから有り難く頂いているが、俺達だって最低限の食料は常に確保している。つまり冒険者なら、移動の際に自分の持ち物は自分で管理する。持ち切れない物はそもそも持たない。ってのが最低限の常識なんだよ」

「確かにそうだな。いきなり現れた魔獣やはぐれのジェムモンスターに襲われて死ぬ事だって有り得る。唯一の収納の持ち主に、全員分の食料を預けてそいつが突然死んだら……」

「まあ、襲われた場所にもよるだろうが、最悪の場合そのパーティーは全滅だな」

「なるほど。要するに自分のものは基本自分で管理する。もしも誰かに預けるとしたら、万一何かあってもそれは自分の責任って事だな」

「そういう事だ。誰かの荷物を預かる時は、その辺りを理解している奴でないと、万一何かあった際に問題になりがちだから気を付けろよ」

「了解。言われてみれば確かにそうだな。気を付けるよ」

頷いて残ったお酒を一気に飲み干す。

「最初は、一人で気楽に異世界を楽しむつもりだったけど、今は、仲間がいて良かったって、そう思ってるよ。一緒にいてくれてありがとうな」

一応、この気持ちは伝えておくべきかと思って言ったんだけど、口にした直後に凄い羞恥心に襲われて、そのまま机に突っ伏した。

「何だよ。嬉しい事を言ってくれるなあ」

「まあ、こいつは見るからに頼りなさそうだから、俺達が付いていてやらないとな」

「確かに。迂闊に一人にしておくと、簡単に騙されて身ぐるみ剝がされていそうだ」

オンハルトの爺さんの言葉に、ハスフェルとギイが揃って吹き出す。

「あはは、俺にもそんな未来しか見えないから、今後ともよろしくお願いします〜！」

突っ伏したままそう叫ぶと、笑った三人から何故だか頭を撫でられてしまった。


「それじゃあ、明日の朝はゆっくりして酒屋へ行って、午後からレシピを受け取って出発だな。ああそうだ。先にカルーシュに寄って、一割引きのジェムを売ってやってくれるか」

ハスフェルの提案に、俺は笑って頷く。

「それから、やはりオレンジヒカリゴケは確保しておきたい。採取に行っても良いか」

「ああいいぞ、じゃあ、カルーシュ経由でオレンジヒカリゴケの採取、それから飛び地だな」

「ああ、それじゃあおやすみ」

明日以降の予定が決まったところでそれぞれの部屋に帰り、見送った俺も片付けてすぐに休んだ。

翌朝、ギルドに鍵を返した俺達は、広場の屋台で好きに食事をしてから教えてもらった酒屋に向

かった。

　通路の狭い店だったので、オンハルトの爺さんに従魔達を預けて三人で店に入る。

　俺は梅酒と吟醸酒を無事に確保。それ以外にも米の酒を中心に、ビールもいろいろと買ってみた。

　ハスフェルとギイも、何やら相談しながら色々と大量に買い込んでいた。お前ら、この前も業務用スーパーで大量に買い込んでなかったか？

　それぞれにお金を払い、まとめて収納して店を後にした。

「なかなかの品揃えだったな。無くなったら来よう」

「確かに凄い品揃えだったな。是非また来よう」

　俺も笑って同意して、マックスに飛び乗った。

　それぞれの従魔に飛び乗り、大注目の中を進みマギラスさんの店に到着した。

「じゃあ、俺達は外で待っているから行って貰ってこい」

　笑ったハスフェルがそう言ってくれたので、マックス達を預けて、俺はスライム達の入った鞄だけを持ってマギラスさんの店へ向かった。

　店は閉まっていたけど、スタッフさんが来て入れてくれて、そのまま事務所へ案内される。

「ああ、ケン。出来ているよ。はいどうぞ」

　事務所にいたマギラスさんが笑って差し出したのは、少年漫画の雑誌よりも分厚い束だ。しかも片側が紐で綴じられていて、簡単に製本までされている。

「基礎から網羅してある。俺のレシピだけでなく、うちのスタッフのレシピもあるぞ。もちろん本人の了承済みだ」

分厚いそれを渡されて俺はもう言葉も出ない。レシピって料理人の財産だぞ。

しかし、事務所にいるほかのスタッフさん達も皆笑顔だ。

「何か分からない事があれば、聞きに来てくれればいつでも相談に乗るよ」

笑顔でそう言われて、もう何度もお礼を言った俺だったよ。

帰る前に、手持ちのリンゴとブドウをもう一回大量に渡しておいた。

改めてお礼を言ってマギラス師匠の店をあとにした俺達は、そのまま街を出て行ったのだった。

街道を離れた森の奥深くでハスフェルが大鷲を呼び、そのままカルーシュの郊外まで連れて行ってもらう。もちろん俺達は巨大化したファルコに乗せてもらったよ。

「それじゃ、あの赤い花が咲いてる大きな木まで競争！」

全員がそれぞれの従魔に乗って並んだところで、いきなりシャムエル様がそんな事を言い出し、俺達はその瞬間に弾かれたように一斉に走り出した。

今度は絶対に負けてたまるか！

マックスの本気の全力疾走はとんでもない。もう周りの風景が、認識する間も無く一瞬で後ろにふっ飛んでいく。

団子状態で、俺達は目的の真っ赤な花が咲く大木を通過した。

「だ、誰が一番だった？」

「うわあ、なんとまたしてもエラフィが一番！　マックスとシリウスは完全に同着。デネブは僅差で最下位だったよ。いやあ、今回は本当に凄い勝負だったね。もう見ていて大興奮しちゃったよ」

マックスの頭の上に現れた、嬉々としてそう話すシャムエル様の言葉に俺は天を仰ぐ。

「うあ〜また負けた〜！」

「おっしゃ〜！　二連勝いただきだ！」

鞍上で手を叩いて大喜びするオンハルトの爺さんを、俺達三人は揃って呆然と見つめていた。

「エルク速すぎ」

半ば無意識の俺の呟きに、大興奮したマックスが飛び跳ねている。

「悔しいのは俺も同じだ。マックス、頼むから落ち着け」

なんとかそう言って、首元を叩いて宥めてやる。

「二度もこれは、ちょっと本気で悔しいぞ」

「全くだ。今の所短距離だが……エルクって、確か長距離の方が有利なんじゃないのか？」

ハスフェルとギイの二人は、真顔でそんな話をしている。

見事二連勝を取ったエラフィは、そんなの当然とばかりに平然と胸を張っている。だけど俺には分かる。あれはドヤ顔だ。

ううう、ちょっとマジで悔しいぞ。

そしてやっぱり、今回も遅れて追いついて来た猫族軍団の呆れた視線と抗議を受け、誤魔化すように顔を見合わせて笑い合う俺達だった。

ちなみに、ヒルシュはエラフィほど脚が速くないようで、ちょっと恥ずかしそうにしていたのが可愛くて思わず撫でまわしてしまったよ。

街道沿いをゆっくり走り、昼前にはカルーシュの街に到着した。

「ギルドへ行って、一泊だけ宿を取るか」

「そうだな。ここはギルド以外には、もう用は無いよな?」

最後の言葉は、俺に向かって言われたので笑って頷く。

「作り置きもたくさんあるし大丈夫だよ。一泊だけして明日はオレンジヒカリゴケの群生地へ向かおう」

予定も決まりギルドに到着すると、満面の笑みのギルドマスターのアーノルドさんが出迎えてくれた。

窓口で、まずは宿泊所の手続きをしてもらい、そのまま全員で奥の部屋へ移動する。

予算はあると言われたので、一割引き出来るジェムと素材を並べ、恐竜のジェムも一通り並べた。

当然大騒ぎになり、スタッフさんが商人ギルドへ走って行ったよ。

「それじゃあ、食事してきますので、ゆっくり相談してください。明日の朝には出発しますので、それまでに数を決めてくださいね」

見本のジェムと素材は預けておき、一旦下がらせてもらう。

宿泊所へ従魔達を置いてから、揃って食事をしに広場の屋台へ向かい、しっかり食べてからギルドへ戻った。

アーノルドさんが出迎えてくれて、そのまま一緒に奥の部屋に向かう。

「貴方が噂の魔獣使いですね。初めまして、商人ギルドのギルドマスターのリッティと申します。どうぞよろしくお願いします。今回は、沢山のジェムを融通してくださると聞きました。本当にありがとうございます」

笑顔で右手を差し出す部屋にいた先客は、マーサさんを思い出させるような小柄で年配の人間の女性だ。

「ケンです。どうぞよろしく」

挨拶してにこやかに握手を交わす。

「今回は、商人ギルドと合同で購入させてもらう事にした。これが希望数だ」

渡された書類に書かれた数は、ほぼ西アポンと同じくらいだ。おお、頑張ったな。

早速、言われた通りにガンガン取り出していく。

ここでもスタッフさん達が、猫車と大きな木箱を大量に用意してくれていて、小さなジェムや素材は木箱の中に、恐竜のジェムや素材は並んだ猫車に積み上げていった。

いやあ、しかしこれだけのジェムと素材が並ぶと壮観だね。

最後のジェムを取り出している時に、アーノルドさんが何故か突然床に座り込んで笑い出した。

そしてリッティさんは、その隣で唐突に泣き出した。

取り出したジェムの検品をしていたスタッフさん達も、半泣きで笑いながら抱き合ったり肩を叩き合ったりしている。

　突然のカオスな状況にドン引きしつつ、鞄から最後のジェムを取り出す。

「アーノルド……私は、夢を、見ているんじゃないよね？」

　リッティさんが真っ赤になった目を拭おうともせずに、ジェムの山を見つめながらそう呟く。

「安心しろリッティ。俺の目にも見えているから、これは夢じゃないぞ」

　アーノルドさんの言葉に、リッティさんが頷く。

「お願いだから、夢なら覚めないでおくれ……」

　そう呟いて、積み上げられたトリケラトプスの巨大なジェムに震える手を伸ばした。

「アーノルド。消えないよお。本物だよお……」

　また感激したようにそう言って、ジェムに触ったままポロポロと涙をこぼす。

「これだけのジェムがあれば、山越えの危険地帯や渓谷で万一何かあっても、必ず、必ず助けてやれる。ケンさん、本当に感謝します。ありがとうございます」

　突然、リッティさんがそう言いながら立ち上がって俺の手を握ってきた。何度もお礼を言いながら俺の手を額に当てて、まるで拝むみたいに頭を下げる。

　ジェムと素材の山を見て大感激されているのは分かったけど、ここまで泣く意味が分からず困ったようにハスフェル達を振り返ると、無言で手招きされた。

　リッティさんが手を離してくれたので、大人しく彼らのところへ向かう。

「驚かせて悪かったな。以前も言ったと思うが、この街は山越えの街道の出発地点で、雪の多い真冬であっても人の通りが絶える事は無い。しかし、山越えは当然だが危険も多い。特にこれから寒くなり山が荒れると人は簡単に道を見失う。それは即遭難となり命を落とす事に直結する」

真顔のハスフェルの説明に頷く。

車の無いこの世界で、真冬の山越えは確かに危険と隣り合わせだろう。

「万一、山で何かあったらこの街から捜索隊が出る。冬にしか手に入らない薬草や素材を集めに山に分け入る冒険者もいる。まあ冒険者の場合は基本的には自己責任だが、事前に保険をかけていった場合、一定期間は捜索隊が出るんだ」

後を継いだアーノルドさんの説明に、俺は振り返って首を傾げる。

「保険？」

「この街ならではの仕組みだ。両ギルドが共同で経営している事業でね。決められた掛け金を払えば、申請した期間内に万一帰ってこなかったら捜索隊が派遣される。まあ、決して安い値段ではないが、一年を通じて何度も出動している」

その説明に頷いて、街から見えるカルーシュ山脈を思い出した。

まるでスイスの山のような険しい断崖が続く山。冬にしか手に入らない貴重な薬草があるのなら、無理をしてでも行く冒険者はいるだろう。

「しかし、ジェムの激減のせいで山岳救助用の装備を使えなくなっていた。この十年ほどは冬場の保険申し込みは中止して、個人の入山も禁止していた。無理を言ってハスフェル達から何度も融通してもらったジェムは、そのほとんどが街の住民達の燃料として使われていたからな。いつ起こるか分からない出動用のジェムを確保する余裕は無かったんだよ」

アーノルドさんの言葉に、ハスフェル達も頷いている。

確かに、冬に何より優先すべきは燃料用のジェムだろう。日常生活のジェムでさえ、何処(どこ)の街でもカツカツだったらしいから、勝手に山に入った奴の為に、貴重なジェムを使えないのはある意味当然なのだろう。

だけど目の前で実際に遭難している人がいるのに、装備が動かない為に助けられないのもつらいだろう。

もしかしたら、顔見知りや優秀な冒険者達でさえ帰らなかった事があったのかもしれない。

どうやら今年の冬は、この街も平和に安心して過ごしてもらえそうだ。

シルヴァ達が集めてくれたジェムや、文字通り死にかけた踏んだり蹴ったりの地下迷宮で集めたジェムだったけど、こうして街の人達の役に立つのだと聞くとあの苦労が少しは報われる気がした。


宿泊所に戻った後は何となく全員が俺の部屋に集まり、好き勝手にダラダラして過ごした。

まあ、たまにはこんなのんびりも良いよな。

夕食は、マギラスさん直伝の味付けで、グラスランドブラウンブルのミンチで肉そぼろを作ってみた。甘辛味の肉そぼろが大好評だったのは、言うまでもない。

「明日には出発だから、少しだけな」

食後には、小さめのグラスに氷を入れて吟醸酒を注ぐ。

「おお、美味い」

ため息と共にそう呟き、残りを飲み干す。

「ああ、美味しい。だけど、もったいないからゆっくり飲まないと」

そう言って二杯目を注ぐ為に瓶の栓を抜いた。

この吟醸酒、口当たり良いし美味しいから、ぐいぐい飲んじゃうよ。

そして気がついたら……いつの間にか瓶の中身が半分ぐらいになっていたんだけど、どうしてかな？

🐾

ペチペチペチペチ……。

ペチペチペチペチ……。

あれ？　いつものモーニングコールと違うぞ？

首を傾げつつ重いまぶたを開いた俺は、見えた天井の高さと明るい室内に違和感を覚えて首を傾げた。

あれ？　天井が遠い？

「やっっっっっっと起きたね。全くもう！」

耳元で聞こえたシャムエル様の呆れた声に、俺は腕をついて起き上がろうとして目を見開いた。

あれ？　俺、床で寝てる？　しかも、何故か起き上がれない……この体のダルさは何事だ？

結局起き上がれず、天井を見上げながらため息を吐いた。

「ええと、サクラ……美味しい水を出してくれるか」

この頭痛と怠さは間違いなく二日酔い。だったらここは美味しい水の出番だよな。

「はいどうぞ」

顔の横まで来てくれたサクラが、水筒の蓋を開けて渡してくれる。

「おう、ありがとうな」

受け取って飲もうとした時、誰かの呻き声が聞こえて文字通り飛び上がった。

床に転がったまま慌てて声のした方を見て、俺はたまらず吹き出したよ。

昨夜ここで飲んで、そのまま全員揃って二日酔いで沈没したらしい。

ハスフェルとギイは、並んで椅子に座ったまま机に突っ伏しているし、オンハルトの爺さんは、一人だけ奥のソファーで寝ている。

「おはようございます。一番に起きたのは真っ先に潰れたケンでしたね」

笑ったベリーの言葉に、俺も笑って肩を竦めて何とか起き上がって床に座り、とにかく水筒の美味しい水を一気に飲む。

ああ、このカラカラに乾いた身体に水が染み渡る快感……。

一気に残りを全部飲み干し、空っぽになった水筒を見てため息を吐く。

「もっと飲みたいけど、仕方がない。増えるまで待つか」

ため息と共に水筒に蓋をしてなんとか立ち上がった。

「顔、洗ってくるよ」

のっそり、って擬音がつきそうなくらいにゆっくり動いて、なんとか水場へ向かう。

とにかく目を覚ます為に、大きく深呼吸をしてから思いっきり勢いよく顔を洗う。

服が濡れたって構わない。全部サクラが綺麗にしてくれるんだから。

頭全体を水槽に突っ込んでそのまま頭を水中で振り回す。

飛んできたファルコとプティラが、跳ね飛ぶ水飛沫に大喜びで羽ばたく音が聞こえる。

「ぷはあ！　よっしゃあ、これで目が覚めたぞ」

水槽の縁に手をついて、勢い良く顔を上げる。

「ご主人、綺麗にするね～！」

跳ね飛んできたサクラが、俺を一瞬で包んで戻る。

もうこれだけで、びしょ濡れだった顔も頭もサラサラだよ。

「いつもありがとうな。じゃあ行ってこい」

サクラを水槽に放り込んでやり、次々に跳ね飛んでくるスライム達を同じ様に放り込んでやる。

「じゃあまずは、寝ている三人を起こしてやるとするか」

笑った俺は、部屋に戻って、潰れている三人をとにかく叩き起こした。

「おう、起きる、ぞ……」

返事だけして、そのままま寝てしまったハスフェル。

「うん、起きてるって……」

そう言いつつ、全く起きる気配のないギイ。

「おお、さすがにちょっと飲みすぎたなあ」

オンハルトの爺さんは、そう言って苦笑いしながら起き上がって大きな伸びをしている。

一緒に床で寝るのに付き合ってくれたニニとマックスを順番に撫でてやり、いつものように他の子達も順番に撫でてやった。

ああ、やっぱりこのもふもふ達がいると癒されるよ。

「お酒を飲むのは良いけど、程々にね」

シャムエル様の言葉に、俺はたまらず吹き出した。

「その意見には心の底から同意するよ。だけど、それでも飲んじまうのが酒なんだよなあ」

「駄目な大人の見本だね」

バッサリ叩き切られてぐうの音も出ず、両手を上げて敗北宣言を出したよ。

朝食は買い置きのお粥だ。やっぱり飲んだ翌朝のお粥は美味しいよな。

水分補給の麦茶もしっかりと飲み、ようやく何とか復活した。

「それじゃあ、そろそろ出掛けるとするか」

遅めの朝食になったお粥の鍋を片付けた俺は、満腹で寛いでいるハスフェル達を振り返った。

「おう、ご苦労さん。じゃあ出発するとしようか」

一旦それぞれの部屋に戻り、各自部屋を確認してから廊下で落ち合い、そのまま揃って隣のギルドへ行って昨日の買い取り明細を貰って出発した。

城門の外に出たあとは、街から離れたところで街道から外れて、森の中で大鷲達とファルコに乗せてもらい、転移の扉へ向かい、目的の三番の転移の扉に到着して、地上へ出る。

呼び出した大鷲とファルコに乗せてもらい、オレンジヒカリゴケの群生地であるあの谷底へ向かった。

その途中にシャムエル様から聞いたんだけど、この万能薬を作れるオレンジヒカリゴケが繁殖している場所は、この世界でも全部で五箇所しかなく、その中でもここが最大の群生地らしい。

「ええ、そんな貴重なのを採取しても良いのかよ」

谷底へ降下していくファルコの背中でちょっと心配になった。俺達のせいで、貴重な植物が絶滅したらどうしよう。

「だから、前回もケンに行ってもらったんだよ」

「ああ、確かスライムにやらせると根っこを痛めるって言っていたな。じゃあ、今回は手がある奴が大勢いるから早く収穫出来るな」

笑いながら俺は少し身を乗り出して下を覗き込んだ。

「ん、今、何か動いたぞ？」

俺とハスフェルの声が重なり、次に瞬間、全員の悲鳴が揃った。

第69話　モンスターの出現と災難の連続！

「うわあ、あれは何だよ！」

谷底に広がっていた焦げ茶色のそれは、俺達の悲鳴に反応するかのように寄り集まってモゾモゾと蠢（うごめ）き始めた。

そのまま地面を覆い尽くすほどの塊になった状態で、伸び上がるようにして金属をこすり合わせたような奇妙な声で鳴き始めた。

スライムみたいに形が一定ではないけど、どうやらスライムっぽい生き物で、しかも上空の俺達に向かって威嚇しているみたいに見える。

「なあ、あれ何？」

パニックになっている俺の質問に、大鷲の背中から地面を見たハスフェルが、困ったように唸り声をあげた。

「おい、あんなに大きな苔食（こけく）いは初めて見たぞ。どうする？」

「ふむ、このまま降りるのはさすがに危険だな」

「そうだな。しかも俺達に気付いて威嚇しているぞ」

ハスフェルの呟きに、同じく困ったようなオンハルトの爺さんとギイの言葉が重なる。

「ええ、あれって危険な奴なのか？」

そう言いながら、もっとよく見ようと俺も改めて下を覗く。

今の俺達は、谷底から多分20メートルくらい上の辺りを旋回してる状態だ。

なので、地面からはかなり遠いから見えないが、一塊になったそいつはゆっくりと地面を移動している。

「オレンジヒカリゴケを食っているぞ！」

俺は思いっきり焦ってそう叫んだ。

だって、あの変な塊が移動した後は、地面に生えていたオレンジヒカリゴケが根こそぎ無くなっていたのだ。

「あれは苔食い。オレンジヒカリゴケを食うモンスターさ」

「のんびり見ている場合かよ。あんなデカいのに掛かったら、あっという間に食い尽くされちまうぞ！」

焦る俺と違って、ハスフェル達は明らかに困っているみたいだ。

とにかく深呼吸をして何とか息を整える。落ち着け、俺。

しかし、さっきのハスフェルの言葉に妙な引っ掛かりを感じて考える。

「なあ、あれって初めて見るけど、ジェムモンスターなのか？」

ハスフェルはあれの事をモンスターと言った。魔獣でもジェムモンスターでもなく、モンスター。

すると、俺の予想通りハスフェル達は揃って顔をしかめた。

「あれは本物のモンスターだよ。一匹一匹は親指の爪くらいしかない。しかし、見ての通り危険を感じると集まって巨大な個体になる、しかも、こいつは相当デカい。俺達でも殲滅させるのは至難の業だぞ」

「ええと、どのあたりが危険なのか聞いても良い？」

正直言って、俺の目にはただの焦げ茶色のスライムもどきに見える。あの鳴き声は気持ち悪いが、危険があるようには見えない。

「あいつらはスライムと同じで全身が口なんだ。しかもオレンジヒカリゴケを好んで食うが、雑食だ」

その言葉の意味を考えて、絶句する。

「火が唯一の弱点なんだが、ここで火を放てばオレンジヒカリゴケまで全焼してしまう。ふむ、これはどうするべきだ」

「なあ、どうしてそんなやばいのを作った……って、あれ？　シャムエル様がいないぞ？」

慌てて辺りを見回したが、何処にもいない。

「ああ、あんなところにいる！」

まさかと下を見ると、地面にシャムエル様の姿が見えて、俺は慌てた。

しかしシャムエル様は、まるでからかうみたいにあの塊のすぐ近くまで行き、一瞬で後ろに下がる事を繰り返している。

苔食いは、一向に捕まらないシャムエル様を意地になって追いかけ始めた。その結果、次第にオレンジヒカリゴケの生えていない場所に誘導されている。

何とか苔食い達を、オレンジヒカリゴケの群生地から誘い出して、引き離そうとしているみたいだ。

「ケン、お前は氷の術が使えたな」

突然のギイの言葉に、振り返って頷く。

「ああ、出来るよ。それがどうしたんだ？」

「シャムエルが、苔食いをオレンジヒカリゴケの群生地から完全に引き離したら、氷で大きな壁を作って戻れないようにしてくれるか」

「良いのか？　氷も植物には影響ありそうだけど？」

「大丈夫だ。オレンジヒカリゴケは凍っても組織は破壊されない。氷が溶けたら、またそのまま何事もなく成長してくれる」

「へえ、そうなんだ。了解。じゃあ準備しておく」

深呼吸をして、大きな氷の壁を頭の中にイメージする。

透明の氷を作る時に気が付いたんだけど、明確なイメージがあると再現しやすいんだよ。なので、渓谷の谷間を塞ぐダムみたいな大きな氷の壁をイメージして、それをどんどん細かい所まで考えていく。岩の小さな隙間にも水を流し込んで一瞬で凍らせるイメージを、繰り返し頭の中で考え続けた。

「一人ではちょっと荷が重そうですね。手伝ってきます」

俺の後ろで座っていたベリーがそう言って、ファルコの背から飛び降りた。

「おい！　ここって高いんだぞ！」

慌てて下を見ると、まるで羽が生えているかのように軽々と降下していくベリーが見えて、俺は脱力した。

　地面に降り立ったベリーは、まるで羊を追い立てる牧羊犬よろしく、苔食いが逃げるのを追い立てている。

「あれ、何をしているんだ?」

「手から熱風を吹き出して、嫌がる苔食いを誘導して追い立てている。さすがだな。あそこまで繊細な風は、俺にも操れない」

　感心したようなギイの言葉にハスフェルとオンハルトの爺さんも頷いている。

　しばらくして、ベリーの声が俺の頭の中に届いた。

『もう良いですよ。この辺りに氷の壁をお願いします!』

　慌てて下を見ると、ベリーが地面に黒い線を引いてくれている。

　苔食いは、確かにその線の右側に完全に移動していて、地面にオレンジヒカリゴケは無い。

「アイスウォール! 凍れ!」

　俺の叫ぶ声と同時に、頭の中で考えていた通りに完全に谷底を埋め尽くす形で、厚さ3メートル強、高さ10メートル近い氷の壁が出来上がった。

　一気に体から力が抜けるのを感じ、急に襲ってきた目眩(めまい)に咄嗟に隣にいたマックスにしがみついた。酷い貧血。スライム達が倒れそうな俺を支えてくれる。

「よくやった! お前はそこで休んでいろ!」

　三人の叫ぶ声が聞こえた直後、下から物凄い爆発音と、何かが切れる大きな金属音が聞こえた。

　更に下から衝撃波のような風が襲って来て、危険を感じたファルコが一気に上昇する。

急激な貧血に加えていきなりの無重力。マックスにしがみついた俺は、悲鳴を上げて意識を失ってしまったのだった。

不意に意識が戻った俺は、無言で目を開いた。

横になった俺の目に入ってきたのは、見覚えのある断崖絶壁と、心配そうに俺を覗き込んでいるシャムエル様と従魔達、そしてハスフェル達の顔だった。

「大丈夫？」

シャムエル様の声に、苦笑いして何とか手をついて起き上がる。

「ごしゅじ〜ん！」

大興奮で一斉に飛びかかってくる、マックスとニニを始めとする従魔達に揉みくちゃにされつつ、笑いながら順番に抱き返してやり、何とか立ち上がった。

「おう、ちょっとぼんやりしているけど大丈夫だよ。それでどうなったんだ？」

「ああ、もう大丈夫だよ。氷の防壁のおかげでオレンジヒカリゴケの群生地は守る事が出来たからな。遠慮なく暴れさせてもらったよ」

にんまり笑ったハスフェルの言葉に、また若干気が遠くなった。

「そっか。じゃあ早速目的のオレンジヒカリゴケを収穫しないとな」

伸びをしながらそう言うと、ハスフェル達は揃って困った顔になる。

「そこでお前に頼みたいんだが、あれ、壊してくれるか？」

「へ？」

振り返った俺は、思わず目を見開いたよ。

だって、そこには俺が作った氷の防壁が、まだほぼそのままの状態で残っていたのだ。

「ええと。術を使って、あのモンスターを燃やしたんだろう？　その時に溶けなかったのか？」

見る限り、記憶にあるのとほぼ同じ状態で残っている。

三人を見ると、苦笑いして氷の壁を見上げた。

「そのまさかさ。最後はオンハルトの最大クラスの火炎の術で丸ごと焼き尽くしたんだぞ」

「火柱が、谷の上まで立ち昇るくらいの火力だったんだ」

ハスフェルの説明に、笑いながらギイが追加で解説してくれる。

「へ、へえ……それは凄えな」

谷の上なんて、高層ビルより余裕で高いぞ。

「いやあ、あれはさすがにやりすぎたかと焦って慌てて消火したんだよ。ところが、あの氷の防壁が少し薄くなった程度でそのまま残っていたから、全員揃って仰天したんだよ。いやあ、見直したぞ。これは素晴らしい」

最後は、満面の笑みのオンハルトの爺さんにそう言われながら思いっきり背中を叩かれて、俺は情けない悲鳴を上げて仰け反ったのだった。

「ええと、じゃあ壊せばいいんだな。アイスウォール、砕けろ」

何とか落ち着いたところで改めて三人が見守る中、俺は聳え立つ氷の壁に向かって叫んだ。もの凄い爆発音と共に、目の前の氷壁が一瞬で砕けて崩れ落ちた。そして今度は、砕けた氷で作られた巨大かき氷の山が聳え立っていた。

それを見た瞬間、全員が笑い崩れてそのまま大爆笑になる。

「そ、そうだよな。あの氷を砕いたらこうなるよな」

笑いすぎで出た涙を拭いつつ、そう呟いてかき氷の山を見上げる。

「まあ、これなら登れるな。では行くとしよう」

嬉しそうなハスフェルが、そう言いながらシリウスに飛び乗り、一気に氷の山を駆け上っていく。

「ご主人！　何しているんですか。早く乗ってください！」

尻尾をぶん回しているマックスの呼びかけに、俺も笑って駆け寄り一気に飛び乗る。

「よし、行け！」

俺の掛け声に元気よく吠えたマックスも、勢いよく氷の山を駆け上がって行った。おお、何だか楽しいぞ。

ギイとオンハルトの爺さんもそれぞれの従魔に飛び乗り、同じように大喜びで駆け上がった。そのまま頂点を越えて一気に滑り降りる。他の従魔達もそれに続く。

「とうちゃ〜く」

そのまま勢いよく滑り降り、先に行っていたハスフェルのすぐ後ろで止まる。

「よし、それじゃあ手分けして収穫するとしよう。あれ、どうした？　そんなところに突っ立って」

サクラが取り出してくれた、収穫用の大きなボウルを取り出して顔を上げた俺は、目の前の光景を見て、呆然とハスフェルがその場に突っ立っていた理由を理解した。

「うわあ、これは酷い」

俺は持っていたボウルを落とした事にも気付かず、ハスフェルと並んで呆然と目の前の光景を見つめている事しか出来なかった。


「これは駄目だ」

しばらくして呻くような声でハスフェルがそう呟いた。

彼の言う通りで、目の前に広がるオレンジヒカリゴケの群生地は、予想以上の惨憺たる有様になっていた。

まず、オレンジヒカリゴケが根こそぎ無くなっている場所。ここはもう、完全に土が剝き出しの状態だ。残念だが、もうここは当分の間オレンジヒカリゴケは育たない。

それが、最悪な事に全体の半分以上ある。

ポツポツと文字通り食べ残された箇所が小島のようにあちこちに残っていて、そこだけは以前と同じように、芝生のようなオレンジヒカリゴケが育っている状態だ。

しかし、その小島の周りの根っこは完全に引き千切られたような酷い状態になっているので、植物としては相当弱るだろう。なので、今ある新芽も収穫するのはあまりにも可哀想だ。

この小島がこれから育つとしても、今までのような群生地になるまでには相当の時間がかかると思われる。

後はもうぐちゃぐちゃで、土と草の見分けがつかないほどに荒れた場所だ。

要するに、とてもではないが何処も収穫出来るような状態ではなかったのだ。

「ううん、これはどうするべきだ」

腕を組んで心底困っているハスフェルを見て、俺はこれ以上ないため息を吐く。

「おおい、夕食の準備を……どわあ～！」

振り返った俺は、見えた光景に思わず悲鳴を上げてしまった。

だって、ハスフェル達の向こうに、イケボの巨大ミミズのウェルミスさんが、ニョッキリと顔（？）を出していたのだ。何度見ても衝撃的な見た目だよ。

「びっくりした。どうして……ああ、そっか。これって思い切りウェルミスさんの担当分野だ」

ハスフェルの肩に座ったシャムエル様が、真剣な様子でウェルミスさんと話をしている。

「ふむ、了解した。この地は我がしばらく面倒を見ておこう」

「急に呼び出した上に無理を言って悪いね、だけど、オレンジヒカリゴケは決して絶やしてはいけない植物なんだ。どうかよろしくお願いするよ」

シャムエル様の言葉に、ウェルミスさんが笑う。おお、イケボが笑うと破壊力抜群だぞ。

「ふふ。これは我の仕事だから遠慮はいらぬ。しかし、オレンジヒカリゴケの根がここまで荒れると、我が面倒を見ても元通りになるには数ヶ月はかかるだろう。しかも今から冬になる。それを考えれば、充分な収穫が望めるのは早くても来年の春以降だな」

イケボ過ぎてうっかり聞き逃しそうになるけど、話している内容を聞くに、これって結構やばい状況なんじゃないのかと心配になってきた。

「ふむ、来年の春か。これは困った。どうするべきかのう」

オンハルトの爺さんが、ギイと顔を見合わせて大きなため息を吐いてそう呟く。

その言葉に頷いたハスフェルは、こちらも大きなため息を吐いた。

「やはりそうなるか。となると、オレンジヒカリゴケの生えている別の場所に行く必要があるな」

「そうだな。それしかあるまい」

「おおい、お話はひとまず休憩にして飯にしよう」

俺の言葉に三人の顔にようやく笑顔が見えた。

うん、どんな時でもしっかり食べるのは大事だよな。


食後のお茶を飲みながら、今後の相談をする。

「こうなると他の群生地へ行く以外ないんだが、構わないか？」

「構わないも何も、行かなきゃしょうがないんだろう？　万能薬は切らすわけにはいかないんだからさ」

お茶をすすりながら、満天の星を見上げる。

「じゃあ、このまま移動するのか？」

「さすがにこの時間から長距離移動はしないよ。今夜はここで休んで、明日の早朝、大鷲で移動して転移の扉経由で……何処へ行くかな？」

ハスフェルの最後の言葉は、立ち上がったギイとオンハルトの爺さんに向けられている。

三人は地図を広げて確認しながら、何処へ行くか相談を始めた。

翌朝、来てくれた大鷲と大きくなったファルコに乗せてもらって、俺達は渓谷を後にした。

空を飛べば、転移の扉まであっという間だ。

「ではまた後程」

笑った大鷲達にそう言われて、お礼を言って一旦飛び去る彼らを見送った。

「じゃあ、次は七番の扉だな」

相変わらず急な階段を降りながら、何故だか沸き上がる不安に俺は身震いした。

「皆いるんだし大丈夫だって。何をビビっているんだよ、俺は」

思わず小さな声でそう呟き、深呼吸をした。


無事に次の目的地へ転移して地上に着いた後、また大鷲に乗って移動する。

険しい山々を眼下に見下ろし、あっという間に目的の場所に到着した。

しかし……。

「待て待て。あの急斜面のどこに降りるんだよ！」

大鷲達とファルコが降下する先には、どう見ても平地がない。斜め45度どころではなくほぼ垂直の壁しかない。

しかし慌てる俺に答えてくれる者はなく、ゆっくりと降下していく。

あの斜面に本気で降りるのかと焦る俺だったが、よく見るとハスフェル達まで驚きに目を見張っている。

「これは一体何事だ？」

「全くだ、これは酷い」

「ううむ、一体どう言う訳だ？」

三人が口を揃えて戸惑うように、斜面を見下ろしたまま そう言っている。

俺も改めて下を覗き込んで、ようやく彼らの言葉の意味を理解した。

目的地であるはずのオレンジヒカリゴケの群生地が、地滑りを起こして根こそぎ無くなっていたのだ。

見えるのは剝き出しになった岩肌と、わずかに残ったオレンジヒカリゴケの破片のような塊だけ。

当然収穫なんて出来るような状態じゃない。

これならさっきの群生地の方がまだマシなレベルだ。

「おい、冗談じゃないぞ。ここ以外はもう、全部収穫したところで予定の半分にも満たない程度しかないんだぞ」

焦ったようなギイの叫ぶ声に、ハスフェルとオンハルトの爺さんも唸り声を上げるだけだ。

「いや待って！　このまま下まで降りて！」

右肩にいたシャムエル様が、いきなり大声でそう叫んだ。

旋回していた大鷲達がファルコと共に応えるように甲高い声で鳴いて、ゆっくりと斜面沿いに降下していく。

気流に乗っているせいか、降下していくのにほとんど羽ばたかない。

不安しかなくて右肩を見ると、尻尾を三倍くらいに膨らませたシャムエル様が、真剣な顔をして谷底を見下ろしていた。

うわあ、あの尻尾を今すぐもふりたい！

内心でそう叫んで、俺は必死になってファルコの首元の羽根を掴んだ。

だって、何か掴んでいないと無意識にシャムエル様に手が伸びそうだったからさ。さすがにここで両手を離すほど命知らずじゃないよ。

かなりの距離を降下し続け、ようやく薄暗い谷底が見えてきた。

「あ、降りろって言った意味が分かった」

俺の呟きに、シャムエル様が安堵のため息をもらす。

「良かった。幾らかは潰れちゃったみたいだけど少しは収穫出来そうだね」

見下ろした谷底には、全面に渡って地滑りで流れてきた土がそのまま積み上がっていた。

はっきり言って、ぐちゃぐちゃのドロドロ。

だけど、確かに表面が丸ごと落ちている箇所が幾つもあり、かなりの量があるのを考えれば、かき集めればなんとかなりそうだ。

「成る程。まさに落ちたばかりだったんだな。これならばスライムを総動員すればかなり集められそうだ」

「ああ、そっか。もうこのままだと枯れるだけだから、根を傷めるとか考えずにスライム達にありったけ収穫させれば良いのか」

手を打った俺の言葉に、苦笑いしたハスフェルが頷く。

「本来なら絶対にやってはいけない禁じ手だがな。ここまで傷んでしまっては、どうせ後はもう枯れるだけだ。ならばせめて、今ある分だけでも有り難く収穫させてもらおう」

頷き合い、大鷲とファルコが器用に斜面に留まる。

「じゃあ行ってくるね。葉っぱの部分を集めたら良いんだね」

「そうそう、もう根っこは気にしなくて良いから、ありったけ集めてきてね。よろしく」

右肩のシャムエル様の言葉に元気に返事をして、スライム達は一斉に斜面を転がり落ちていった。

他の大鷲達からも、スライムが転がり落ちるのを見ていて気が付いた。

エラフィとヒルシュって、大鷲が脚で摑んで運んでいたよな。どうなったんだ？

辺りを見回して更に驚く。

エラフィもヒルシュも、何事もなかったかのようにベリーと同じく斜面に立っているのだ。

足元を見ても、当然だがスライムはいない。って事は、あれって自力で立っているのか？

「ヒルシュ、そんなところに立って大丈夫なのか？」

思わず話しかけると、ヒルシュは小さく笑って頷いた。

「ええ、この程度の斜面なら問題ありませんよ」

そう言って平然と斜面を歩いているのを見て、思わずマックス達を見てまた驚く。

マックス達も、いつの間にか翼をたたんだファルコの背から降りていて、それぞれ斜面のわずかな出っ張りに引っかかるように収まっていたのだ。

要するに、ファルコに残っているのは、俺一人だけだったよ。

そのファルコは、斜面に横向きに止まってくれているので、俺から見て左側は斜面上側、右が谷底側だ。どう考えても、この場で一番転がり落ちる危険が高そうなのは俺なので、ファルコに断って、摑む羽根の量を増やさせてもらった。

「大丈夫ですよ。もしもご主人が落っこちたら、下に落ちるまでに拾ってあげますから」

ファルコにからかうようにそう言われてしまい、苦笑いした俺は、もふもふの頭に改めて抱きつかせてもらったよ。

「おお、この大きさになるとファルコのもふもふも凄いな。これは良い」

ふっかふっかの首回りの羽根に、抱きついた俺の腕が埋もれて見えなくなる。

「最近は、お役に立てる事が多くて嬉しいです」

ファルコが嬉しそうにそう言って、軽く羽ばたく。

「いつもありがとうな。おかげで移動時間が大幅に短縮出来ているぞ」

よしよしと抱きしめた腕で、喉から目の横の部分を軽く搔いてやる。

「ああ、ファルコばっかりずるい！」

いきなり、タロンが小さい体のまま飛び上がってきて俺の腕の中に頭を突っ込んできた。

「分かった分かった。じゃあお前もな」

左手で首元の羽根を摑んで、右手でタロンを撫でてやる。

嬉しそうに喉を鳴らすタロンを見て和んでいると、いきなりマックスが突っ込んできた。

「ご主人、私も撫でてください！」

「待て、お前は無理だって！」

咄嗟にそう叫んだが後の祭り。勢い余った俺は、ファルコの首からずり落ちて坂を転がり落ちていった。

「うわうわうわ〜！」

「ごしゅじ〜ん!!」

あちこちから悲鳴が聞こえ、俺は泥の海に突っ込む覚悟をした。しかし次の瞬間ものすごい衝撃が来て、首がグキってなって止まる。

「げふう！」

俺は、泥の海に突っ込む寸前ですっ飛んで来たニニに、襟元を子猫よろしく咥えられて救出されたのだった。

「お、おう……助かったよ、ありがとうな」

割と本気で怖かったのでお礼を言っておく。


「終了〜！」

情けない宙ぶらりんの状態でかなりの時間待っていると、収穫を終えたらしいスライム達が、次々と斜面を跳ね飛んで上がって来た。

「そしてご主人救出〜！」

タイミング良く離してくれたニニから俺を受け取ったスライム達は、そのまま俺を乗せてファルコのところまで戻ってくれた。

アリに運ばれる獲物再び。主人としての尊厳とか、そういったものがガラガラと音を立てて崩れた気がしたが、どう考えてもこの斜面を自力で登るのは不可能なので全部まとめて明後日の方角にぶん投げておき、素直に諦めて運ばれるお荷物になったよ。

何とか助けてもらってファルコの定位置に収まり、他の従魔達も軽々と定位置に戻ってきた。ベリーも俺の後ろの定位置に収まる。それからスライム達に、いつものように足を確保してもらう。

「まずは、足場のあるところへ戻ろう。さすがにここじゃあ飯も食えないって」

もう太陽は頂点をかなり過ぎている。

「じゃあ行きますね。しっかり捕まっていてください」

翼を大きく広げたファルコがそう言うと、そのまま斜面を下に向かって飛び降りるように軽く飛んだ。上昇気流に乗って、大きく翼を広げたファルコ達は一気に上がっていく。

「凄い風だな！」

強風の中、一気に谷底を抜けて広がる視界に歓声を上げた。

そのまま渓谷を離れて近くの草原地帯に降りて行ったのだった。


「ああ、動かない真っ直ぐな地面って安心する」

そう言って両手を広げて地面に転がる俺を見て、ハスフェル達は笑っている。

ファルコの背中から降りた俺は、地面に転がってよく晴れた空を見上げる。

「腹減ったけど、ちょっとマジで動きたくない。なんかめっちゃ疲れた」

「ええ、君は何にもしてないのに？」

腹の上に現れたシャムエル様に呆れたように言われたが、苦笑いしただけで言い返しもせずにそのまま転がっておく。

「まあ確かに、今日の俺は何にもしてないよ」

俺の呟きに、シャムエル様はおかしそうに笑っている。

「ほら、起きなさいって」

額に現れてぺしぺしと叩くシャムエル様を捕まえ、腹筋だけで起き上がった。

「それじゃあ、とりあえず何か食おう」

「その意見に賛成！」

シャムエル様が笑って大きな声でそう叫ぶのを見て、俺は残り少なくなってきた作り置きを色々と取り出した。

自分が飲みたかったので緑茶を入れてやり、何となく食後のまったりした空気が流れる。

しかし、考えたら不安しかない。

国内に五箇所しかないうちの、一番と二番に大きな群生地がどちらも壊滅状態だなんて。

何となく足元を見ると、並んで俺を見上げているスライム達と目が合った……気がした。

「なあ、結局どれくらい集まったんだ？」

三人が連れていたスライム達も全員頑張って集めていたから、多分、かなりの量が集まっていると思うんだが、実際にはどうなんだろう？

「あのね、皆で確認してちゃんと四分割したよ。ご主人の割り当て分は、サクラとアクアで半分こして持っているからね」

その言葉にハスフェル達を振り返ると、困ったように腕を組んで三人揃って考えている。

「どうなんだ？　希望の量は集まったのか？」

以前オレンジヒカリゴケを集めた時、俺は何も考えずに適当に取っていたけど、ハスフェル達には具体的な量の希望があったみたいだ。恐らく経験的にどれくらい持っていれば安心、みたいな量があるのだろう。

しかし、彼らの顔を見るに希望の量には程遠いであろう事は容易に想像がついた。

「なあ、もしかして足りない？」

返事が無いので、もう一度聞いてやると大きなため息と共に三人揃って頷いた。

「とてもじゃないが、安心出来る量には程遠いな。これは困った」

「こんな事は初めてだ。何か良くない事の前触れでなければ良いが」

ハスフェルの後に、ギイが呟いた言葉に俺は慌てた。

「待て待てギイ、それは思っていてもここで言っちゃ駄目だ！」

俺の慌てっぷりに驚いたギイが振り返る。

「何を言っちゃ駄目だって？」

「その、何かよくない事の〜って言った、それ！」

ギイだけでなく、ハスフェルとオンハルトの爺さんまでが不思議そうに俺を見るので、今度は俺が大きなため息を吐いた。

「それって、絶対フラグが立つから駄目!」

「フラグ?」

三人同時の不思議な呟きが聞こえた。

あ、もしかしてこっちの世界では、こう言う考え方ってないのか?

「ええと、俺のいた世界では、今みたいな状況で言うギイの台詞は、フラグが立つって言って、実際に何かが起こる前振りだったりするんだよ。しかも大抵は酷い事が起こる。だから思っていても言っちゃ駄目なんだよ」

苦笑いした三人が、納得したように頷いている。

「しかし、実際口に出したからと言って、何かが変わるわけではあるまい?」

「それでもだよ。だからこの話は終わり!　それでどうするんだ?」

「悪いが、とりあえず他の群生地も回ろう。取れそうなら、少しでも収穫しておきたい」

「了解、じゃあもう行くか?」

無言で頷く三人を見て、俺は手早く机と椅子を片付けた。

残りの群生地さん、頼むから無事でいてくれ!

結局、その日の午後と、翌日も丸一日掛かって残りの三箇所を回ったのだが、結果は散々だった。
最初に行ったのは、カデリー平原の西側の山脈の中にある群生地。地図で言えば、一番左端の下

側の隅。辺境も辺境。完全なる僻地だ。

ここは、特に被害は無かったのだが、残念ながら元々小さな群生地らしく、それ程収穫出来なかった。

次に行ったのは、地図で言うと真ん中上部の一番端にある北側の山脈の中で、これまたものすごい難所の断崖絶壁にへばりつくようにしてある小さな群生地だ。

しかし、無事なオレンジヒカリゴケは貴重だったので、勿論、あるだけ収穫したよ。

ここではベリーも参加してくれて、蹄のある脚で器用に崖を登り、かなり高い位置にある小さなコロニーまで、採取するのを手伝ってくれた。

そして最後が、樹海の中にある山脈の群生地だ。

地図で言うと、右端やや下側辺りの最果ての地。しかも、転移の扉はあるが普段は立入禁止区域。シャムエル様が開けてくれたので無理やり行ったここは、他よりも更に小さな群生地でそもそも収穫する事すら出来なかった。

「結局、全部の箇所を回っても大して集まらなかった。どうするんだ？」

俺の問いに、ハスフェルとギイは無言で首を振っているだけだ。

「とにかく、泣こうが喚こうが無いものは無い。この後飛び地へ行ったら、改めてウェルミスと相談して、彼に頑張って育ててもらうしかあるまい」

半ば投げやりなオンハルトの爺さんの言葉にも、二人は無言で頷いた。

「ええと、それからそろそろ日が暮れるんだけど、どうする？　樹海の山で夜明かししても良いのか？」

「ああ、この辺りは安全だよ。しかし、樹海の山で夜明かしするのは良い気分ではないな。とにかく移動しよう」

大きなため息と共にハスフェルがそう言って、大鷲達を呼んでくれた。


いつものように俺達はファルコに、三人は大鷲達に手分けして乗り、一番近い転移の扉へ向かった。そしてそのまま移動して、カルーシュに近い七番の転移の扉へ移動する。

「本当に、転移の扉様々だな」

よく考えたら昨日と今日で、文字通り世界の端から端まで移動して廻ったんだからな。移動距離を考えて気が遠くなったよ。

とにかく水のある場所に連れて行ってもらい、そこでテントを張った。

その夜は、テントの中でいつもよりもぎゅうぎゅうにくっついて眠った。

従魔達も、この訳の分からない不安を感じているのだろう。いつもよりも甘えん坊になっている。

交替で何度も撫でて抱きしめてやる。

ああ、やっぱりこいつらは俺の癒しだよ。

皆がいれば何とかなるって、無条件にそう思えた。

第70話　飛び地での狩りと二人の冒険者

翌朝、飛び地に一番近い森まで大鷲達とファルコに送ってもらう。

前回と同じく金色ティラノサウルスになったギイが先頭で、硬いいばらの茂みを強引に叩き折って進み、その後ろを同じく巨大化したデネブとプティラが、二匹並んで更に踏み固めて進み、後ろに続く俺達が歩きやすいようにしてくれた。

これは、恐竜を従魔にしている俺達ならではの進み方だ。

「前回来てからそれほど時間が経っているわけじゃないのにもう道が塞がっているって、どれだけいばらの成長が早いんだよ」

マックスの背中に張り付くように伏せて進む俺の愚痴に、ハスフェルとオンハルトの爺さんも苦笑いしている。

「まあ、それだけここが貴重な飛び地だって事さ」

「それは分かるけどさあ……なあ、今回は本当に安全なんだろうな」

「大丈夫だよ。相変わらず心配性だねえ」

マックスの頭に乗ったシャムエル様に自信満々でそう言われて、ため息を吐いた俺だったよ。

かなりの時間をかけて、ようやく見覚えのある河原みたいな石だらけの場所に到達した。

ここでようやくギイはいつもの姿に戻り、デネブとプティラもいつもの大きさに戻る。

デネブに手早く鞍を装着したギイが騎乗するのを見て、俺達は飛び地へ足を踏み入れた。

見覚えのある巨大な木があちこちにある草地に到着した俺は、辺りを見回しつつ手前の木に近寄った。

「今回は、何が出るんだ？」

そう呟きながら見上げた木には、特に何も見当たらない……ような気がする。

もっと近寄ろうとして、ふとある事を思い出して足を止める。

「確か、デカいヘラクレスオオカブトにガンつけられたのって、こういう状況じゃなかったっけ……？」

今の俺は、あの時と同じくかなり木に近づいている。そしてハスフェル達はかなり離れた場所にいる……これは、何だかまずい気がする。

出来るだけそっと後ろに下がろうとした時、頭上で絶対見たくない影が動くのが見えた。

「そうなるよな。前回がカブトムシだもん。絶対こいつも出るよな！」

叫んだ俺が見たのは、樹皮と同化するような色の平べったい体をした巨大なクワガタムシだった。

大きく湾曲した巨大なハサミの太さは、絶対俺の腕の倍以上ある！

「うわぁ、俺、またやっちゃったかも……」

迂闊な自分の行動を後悔してももう遅い。

あの時のヘラクレスオオカブトと同じで、俺は完全に頭上のクワガタムシにロックオンされている。

『なあ！　デカいクワガタが出たんだけど、どうしたらいいのか教えてくれよ！』

一応『助けて』じゃなくて『教えてくれ』って言ったのは、いけそうなら自分で戦うつもりもあったからだ。

『おう、ちゃんと把握しているから大丈夫だ。そこを動くなよ。それから、絶対に剣は抜くな』

笑みを含んだ頼もしいハスフェルの答えに、俺は涙目になりつつ頷く。

背後でごく小さな足音が聞こえた直後、いきなり襟首を掴んで後ろに引っ張って放り出された。

悲鳴を上げる事も出来ずに、そのまま後方に吹っ飛ぶ俺。

入れ替わるように剣を抜いたギイが、俺のいた場所から真上に跳んだ。ものすごい跳躍力だ。

そしてそのまま、クワガタの背中に見事に剣を突き立てる。

前回のヘラクレスオオカブトと戦ったハスフェルと同じく、そのまま下に落ちて来た。

その後を追うように、巨大なジェムと二本の湾曲したハサミが落ちてくる。

「おお、すっげえ！」

待ち構えていたスライムクッションに、背中から突っ込んだ姿勢のままでその一部始終を見た俺は、思わずそう言って拍手をしていた。

「全く、お前は相変わらずだな。もう勝手に一人で動かないように、ふん縛ってマックスにくくり付けておくべきじゃないか？」

笑ったギイの言葉に、ハスフェルとオンハルトの爺さんが揃って吹き出す。

「どうもすみませんでした～！」

文句を言おうとしたのだが、反論出来る要素が一つもないので大声で謝った後、一緒になって大笑いしたのだった。

「ほら、これはお前さんの取り分だ」

笑ったギイが、地面に転がっていた巨大な二本のクワガタの角と大きなジェムを拾って俺に渡してくれた。

「そうか、ヘラクレスオオカブトと同じで、正面側にいた人に所有権があるのか」

「そうだよ。だからそれはお前さんのものだ。それじゃあまた交替で確保するか」

「そうだな。一面クリアーするまでまずは順番で行こう。またケンが襲われたら大変だからな」

ギイの言葉に、ハスフェルは手前の大きな木を見上げながら、そう言ってまだ笑っている。

「それじゃあ、貴方達はここで集めてくださいね。私とフランマは向こうへ行きます」

嬉しそうなベリーの声が聞こえて、姿を現しているフランマと一緒に、離れた場所にある別の大きな木に走って行った。

「ええと、お前らは？」

振り返った後ろには、マックス達がやる気満々で並んでいる。当然猫族軍団とセルパンも全員巨大化している。

「じゃあ私は、あっちへ行きますね！」

「ああ、ずるい！　私達も参加しま～す！」

そう叫んだニニや他の子達も、大喜びで先を争うようにしてマックスに続いて走り去って行った。

「ごめんねご主人、あれの相手は私達にはちょっと無理みたいです」

草食チームのラパンとコニー、それからアヴィがしょんぼりしている。

「うちは戦力過剰だから気にしなくていいぞ」

いつの間にか、オンハルトの爺さんは自分の椅子を取り出して座り、完全に寛ぎモードだ。

「今回の角も良い物だけ残して、後はバイゼンで売ってやれば良い。きっと大喜びされるぞ」

笑ったオンハルトの爺さんがそう言って水筒の蓋を開けた。

深呼吸をして頷いた俺は、さっきギイが渡してくれたクワガタの大きな角を思い出して考えた。

「あの角は何になるんだ？　あれだけ曲がっていたら剣にはならないよな？」

大きく全体に湾曲しているクワガタの角も、ドワーフの技術で何かしたら真っ直ぐになるのだろうか？

「スタッグビートルの角は、シミターと呼ばれる大きく湾曲した剣になる。特殊な武器だから誰でも扱えるものではないか、威力は高いぞ」

そう言って、一瞬で三日月型の剣を取り出して見せてくれた。

「形から、三日月刀とも呼ばれている」

「へえ、変わった形だな。確かに使いこなすのは難しそう」

見せてもらいながらそんな話をしていると、呆れたようなハスフェルの声が聞こえた。

「おおい、次はお前だぞ。いらないのか？」

「ほら、行ってこい」

背中を叩かれ、返事をして慌てて木の下へ向かった。

「さて、何処にいるかな」

木の下から見上げていると突然樹皮が動き出した。ここのジェムモンスターは樹皮に同化するカメレオンカラーだから、動くまでほとんど分からない。

鑑識眼のおかげで見失う事はないが、視線を外すと分からなくなるくらいに見事に同化している。

順番に交替しながらジェムと素材を確保して、ヘトヘトになった頃に出現がピタリと止まった。

「一面クリアーかな？」

地面に突き立てた槍にもたれかかりながら、木を見上げて深呼吸をする。

「なあ、腹減ったよ」

「確かに、到着したら何か食ってから始めようと思っていたのになあ」

「誰かさんが、いきなり襲われるし」

「全くだ」

俺の言葉に、座り込んでいたハスフェルとギイだけでなく、オンハルトの爺さんまでもが揃ってそんな事を言う。

「ええ、別に好きで襲われたわけじゃないぞ」

「ここまで続くと、わざとじゃないかと疑うよなあ」

ギイの言葉に、俺達は堪える間もなく吹き出したのだった。

戻ってきたマックス達も、思いっきり暴れたらしく満足そうだ。

アクアゴールドを撫でてやり、マックスの背中に飛び乗って食事の為に一旦河原へ戻った。

* * *

「うわあ、また出ているぞ。何だあれ」

食事を終え大木の下に戻った俺達は、巨大な幹を見上げてそう呟く。

「カメレオンセンティピート。万能薬が貴重な今、こいつが出るか。ふむ、どうするかな」

ハスフェルも木を見上げて、腕を組んで考えている。

「ファルコとプティラに落としてもらって、従魔達も総がかりで仕留めるしかなかろう」

「そうだな。従魔達がいれば、取りこぼす事もあるまい」

「怪我には注意しろよ。あの顎にまともに噛まれたら腕くらい簡単に持っていかれるぞ」

「うわあ、何それ怖い！」

割と本気でビビりつつ、センティピートって何だろう？　と、必死に頭の中で考えていた。

「お前はミスリルの槍を使え。恐らくそれが一番安全だ。狙うのは節の隙間部分だ」

頷いてファルコとプティラを振り返る。

「じゃあ、また、木から落とすのをやってくれるか」

「了解です。それならここは巨大化した方がいいですね」

一瞬で大きくなったファルコとプティラが、揃って羽ばたいて上空に舞い上がる。

「いきますね！」

上空からの声に、俺達は武器を構えた。周りでは木を取り囲むように従魔達が巨大化して展開していた。

「カメレオンセンティピートが出るのは、ここと向こうの二本だけだからね。しっかり頑張って貴重な素材を確保してくださいい！」

右肩に現れたシャムエル様の言葉に小さく頷いた俺は、深呼吸をして構えた槍を握りしめた。


ファルコとプティラの攻撃に、幹から細長いものがボトボトと落ちる。

「うわあ、センティピートってムカデか」

地面に落ちた巨大ムカデは、2メートル以上ありそうだ。体の両横にある大量の脚を動かし、慌てたようにあちこちへ逃げ出す光景は、ドン引きするレベルの気持ち悪さだ……ごめん、これ……俺は駄目かも。

本気でドン引きしている俺と違い、猫族軍団は嬉々として飛びかかり、前脚でムカデを押さえつけて胴体の真ん中あたりに噛み付き、何とそのまま食いちぎった。猫族の顎の力、すっげえ。

瞬時にジェムになる巨大ムカデ。そして大きな顎が二本転がるのが見えた。

「良かった。あの脚が全部素材とか言われたら、絶対に捨てるぞ」

俺の呟きにオンハルトの爺さんが吹き出す。

「好き嫌いの激しい奴だな。あの顎も良い武器になるんだぞ。それから、ごく稀に胴体部分も素材として落とす奴がいる。それがあれば最強の胸当てになるぞ」

おお、亜種の素材以外にもまだレアドロップ品があるのか。そりゃあ絶対欲しいな。

しかし、また現れた巨大ムカデをファルコがボトボトと叩き落としているのを見て、黙って後ろに下がった俺だった。物欲よりも嫌悪感の方が優先されるヘタレでごめんよ。

だけどそんな時に限って俺のところへ来るんだよ。しかも超デカいやつが！

俺の目の前に落っこちて来た巨大ムカデは、そのまま当然の如く真っ直ぐに俺に向かって突進して来た。余裕３メートル超えで、横幅もハスフェルくらいありそうだ。

「ええ、何だよこの超デカイの！」

叫びながら咄嗟に横に逃げるも、巨大ムカデは向きを変えて俺を追いかけてくる。

「こっち来るな！」

叫びながら振り返りミスリルの槍を力一杯投げる。槍は見事に体を貫いて地面に突き刺さったが、まだ死なない。カチカチと奇妙な音を立てて大暴れしている。

「何をしている、早く首を落とせ！」

ハスフェルとオンハルトの爺さんの叫ぶ声に、俺は慌てて腰の剣を抜いた。

「うわあ〜〜〜！」

叫びながら駆け寄り、大きな頭を叩き斬った。

直後に巨大なジェムと顎が落ち、ミスリルの槍の周りに、数個の甲羅のような塊が落ちた。

「おお、複数落ちたぞ。これは素晴らしい」

オンハルトの爺さんの嬉しそうな声が聞こえて、俺は安堵のため息を吐いてミスリルの槍を引き抜いた。

今回は槍が突き刺さったウェルミスさんが出てくる事もなく、簡単に引き抜けて安心したのは内緒な。

「回収しま～す！」

アクアが跳ね飛んで来て、転がったジェムと素材を回収する。

「良かったな。一番良いのを残して売ってやれば、泣いて喜ばれるぞ」

オンハルトの爺さんの言葉に苦笑いした俺は、深呼吸をしてから次の為に身構えたのだった。

まあ、あのデカイのを見たらもう普通サイズは怖くなったよ。って事で、俺も少しは参加して、三面クリアーしたところで今日の出現は終わった。ああ怖かった。お疲れ様でした～！


「カメレオンセンティピートの胴体部分の素材は、一度だけだったな。全部俺が貰っても良いのか？　ハスフェル、素材のコレクションは？」

ミスリルの槍を収納した俺は、振り返ってそう尋ねる。

「ああ、それなら一つ譲ってくれるか」

「了解。じゃあ、好きなのをどうぞ」

オンハルトの爺さんに見てもらった結果、一番小さいのをハスフェルがコレクション用に選び、二人は要らないというので残りの四つはそのまま俺が貰う事になった。

「良いじゃないか。集めた素材で最強の武器と防具が出来るぞ」

笑ったオンハルトの爺さんの言葉に目を見張った。

「俺が、ヘラクレスオオカブトの剣を二本注文した時も、大騒ぎだったからな」

デネブに乗ったギイがそんな事を言うので、マックスに乗りかけていた俺は思わず振り返った。

「ええ、それってヘラクレスオオカブトの剣なのか？」

「ああ、そうだよ、知らなかったか？」

「今初めて聞きました。後でその剣、見せてくれよ」

すると何故か、ギイはオンハルトの爺さんと顔を見合わせた後、俺を見て困ったような、何とも言えない顔になった。

「俺は別に構わないが、お前、その言葉は迂闊に人に言うなよ」

「へ？　何が？」

マックスに飛び乗ったところでそんな事を言われて、首を傾げながらもう一度振り返る。

「この話は後でしよう。とりあえず戻るぞ」

同じくシリウスに飛び乗ったハスフェルの言葉に、俺達はその場を後にした。

石の河原横の草地にテントを張り、夕食後の緑茶でまったりと和んでいてさっきの話を思い出した。
「なあ、さっき俺がギイに剣を見せてくれって言った時のギイの言葉。あれってどういう意味なんだ？」
俺の質問に、何故か三人揃って苦笑いしている。
「成る程なあ。お前さんが元いた世界では武器を持たないと聞いた事があったが、正直言って信じられなかった。だが今のケンを見ると、確かにそうなのだと理解出来るな」

「確かにそうだな」

「全くだな。これは驚いた」

妙に納得したようなハスフェルの言葉に、二人もウンウンと頷いている。

「ええと、ごめん。俺にも分かるように説明を求めます」

緑茶を一口飲んで三人を見る。

頷いたハスフェルが俺の腰の剣を見た。

「じゃあ、お前のその剣はミスリルか。ちょっと見せてくれるか」

「え、これか？　ああ良いぞ」

隣に座っていたハスフェルの言葉に、俺は腰の剣帯から剣を外し、手を伸ばしているハスフェルにシャムエル様から貰ったミスリルの剣を鞘ごと渡した。

黙って受け取ったハスフェルは、立ち上がってゆっくりと剣を抜いた。

ミスリル特有の、やや緑がかった銀色の綺麗な剣だ。

これが武器だと分かっていても純粋に綺麗だと思えた。

「これも見事な剣だな。拵えも素晴らしい」

そう言って左手に持ったままの鞘を見る。

しかし次の瞬間、いきなりハスフェルはその抜身の剣を俺の喉元に突きつけたのだ。

それは本当に一瞬の出来事で、鑑識眼で仮に見えていたとしても、俺の反射神経では絶対に反応出来ない素早さだった。

「あの……ハスフェル……？」

怖いくらいの真剣な顔のハスフェルと目が合う。だが彼は何も言わない。

そしてギイとオンハルトの爺さんも、何も言わずに真剣な顔で俺達を見つめているだけで、止めようともしない。

「あの……ハスフェル……？」

もう一度呼びかけたが、彼は微動だにしない。真顔のイケオジに正面から無言で見つめられると、マジで怖いって。

「なあ、俺何かしたか？　黙っていないで、何か言ってくれよ」

困ったようにそう言うと、大きなため息を吐いた彼が剣を引いてくれた。

「分からないか？　つまりこういう事さ。俺が悪人だったら、今頃お前は死んでいるぞ」

絶句する俺を呆れた顔で見て、まだ持っていた抜身の剣を改めて俺に向ける。

「お前はもう少し危機感を持て。いいか、これだけは絶対に覚えておけ。己の命でもある武器を簡単に人に預けるな。渡して良いのは、研ぎ屋と武器屋だけだ」

そう言って、持っていた鞘に剣を収めて返してくれた。

「肝に銘じます！」

大声で叫んで、深々と頭を下げる。ようやく彼らの言いたい事が俺にも理解出来た。

確かにその通りだ。

喩(たと)えとしては違うかもしれないけど、言ってみれば会計の際に、後ろに並んでいた赤の他人に財布を見せてくれと言われてそのまま無警戒に渡すようなものだ。

財布なら、逃げられても経済的な損害だけで済むしカードなんて簡単に止められた。

だけどここではその失う財布の中身は俺の命……そりゃあ、簡単に渡しちゃあ駄目だよな。

大きなため息を吐いて、俺は残った緑茶を一息に飲み干した。

「お前らがいてくれて、本当にありがたいと心の底から思った」

しみじみとそう言った俺の言葉に、三人揃って全く同じ顔で呆れたように俺を見る。

誤魔化すように笑って、俺は肩を竦めた。

「それにしてもあの勢いで剣を突き出して、全く相手を傷つけずに寸止め出来るハスフェルって本当に凄えな」

喉元を押さえながらそう呟くと、三人同時に勢いよく吹き出して大笑いになった。

「相変わらずだな。今の場面で感心するのはそこか」

「ええ、だってそうだよ。もしも今のを俺がやったら、絶対に首の真ん中あたりまで突き刺さって止まる」

「ふむ、己の腕をよく理解しとるな」

これまたしみじみと言ったオンハルトの爺さんの言葉に、俺も含めて全員揃って、またしても大爆笑になったのだった。


「それからこれも覚えておけ」

笑いを収めたハスフェルの言葉に、俺は顔を上げる。

「その意味を知った上で、それでも自分の剣を渡せるとしたら、それは相手を心から信頼している証ともなる。俺はマギラスにならなら……自分の剣を渡して背中を向けても平気でいられたぞ」

笑ったその言葉に俺も笑顔で頷いて、返してもらった剣を改めて見て、そしてハスフェルに渡した。

「ああ、これからもよろしくな」

驚いて目を見開いたハスフェルは、満面の笑みになって剣を受け取り、それから自分の剣を渡してくれた。彼にふさわしい見事な大剣を。俺達は拳をぶつけ合った。

その後、改めてギイとオンハルトの爺さんの剣も交換して見せてもらった。どちらも、彼らにふさわしいずっしりと重い剣だったよ。

翌朝、いつものモーニングコールに起こされた俺は、眠い目をこすりつつ何とか起き上がった。

ここは水場がないので、顔を洗うのは諦めてサクラに綺麗にしてもらう。

手早く身支度を整えて、剣帯も装備してからテントの垂れ幕を開ける。

「ここは相変わらず太陽のない空。分かっていてもやっぱり変な感じだ」

太陽のないのっぺりとした空を見上げてそう呟き、大きく伸びをする。

「おはよう、もう起きたみたいだな」

俺のテントと並んでいたハスフェルの言葉に振り返ると、彼もテントから出て来たところだった。

「おはよう。それじゃあ何か食ったら行くか？　テントはどうするんだ？」

「まだ日程に余裕があるから、まずはここを拠点にじっくり攻略しよう」

「じゃあ、テントはこのままでいいんだな」

テントを見上げてそう言うと、ハスフェルも自分のテントを見て頷いた。

「ああ、万一ここに誰か来たら分かるようにはしてあるから、安心しろ」

「自力でここまで入ってこられるような人なら、先客がいても気にしないんじゃないか？」

俺の言葉に、ハスフェルは鼻で笑った。

「甘いな。そんな奴ほど自分の前に誰かいるなんて知れたら大抵は嫌がる。最悪の場合、取り分が減るなんて言って襲ってくる事すらある」

「うわあ、それは勘弁してくれ」

思いっきり嫌そうに言うと、今度は苦笑いされた。

「まあ、一応手は打ってあるから心配するな」

神様の打つ手がどんなものなのか、ちょっと聞きたい気もするが、絶対聞かない方が良い気もしたのでここは黙って拝んでおいた。

「了解です。何だかよく分からないけど、よろしくお願いします！」

「おお、任せろ。ところで腹が減っているんだがな」

「はいはい、じゃあ準備が出来たら来てくれよな」

笑って反対側の垂れ幕も巻き上げて、ご機嫌で草を齧る草食チームを撫でてやってからテントの中に戻った。

何と、激うまジュースが大人気過ぎて一瞬で無くなってしまった。全員揃って残念そうにしているのを見て、俺はここで留守番をしてジュース作りをする事にした。

スライム達と草食チームが俺と一緒に留守番をしてくれるのも決まった。

大張り切りな従魔達全員を順番にしっかりと撫でたり揉んだりしてやってから、嬉々として走って行く一同を見送った。

🐾

「さてと、それじゃあ片付けたらジュース作りをするか。説明するからお手伝いよろしくな」

バレーボールサイズで自信満々に俺を見上げるスライム達も順番に撫でてやってから、まずは机の上を片付ける。

「まずはリンゴのジュース作りだ」

そう呟いて、スライム達に説明しながら、教えてもらった通りに作り始めた。

「ご主人、これはこのままなの？」

興味津々のスライム達が、最後の濾す工程の布を敷いたザルに流し入れたすり下ろしリンゴをガン見している。

「あ、それはそのまま時間を掛けてじっくり濾すんだから……」

しかし、俺の言葉が終わる前に、オレンジ色のアルファがザルごとあっという間に取り込んでしまったのだ。

「こらこら。返してくれよ。まだそれは取り込んだら駄目だって」

次の鍋を火にかけながら、慌てて止めに入る。

「これで良いんだよね？」

ところが、しばらくしてぺろっと吐き出したそれは見事に濾し終わっていて、続いて吐き出された布の中にはリンゴの搾りかすが残っていた。

「ええ、きつく搾ると渋みが出るんだぞ」

そう言いながら試しに少しだけ味見をしてみたんだけど、渋みは全くない。

「ええ、どうやったんだよ、これ！」

アルファを振り返ると、ポヨンと伸びて戻った。あれはドヤ顔だ。

「へえ、上手い事やったね。これは凄い」

机の上に現れたシャムエル様が感心したようにそう言う。

「ええと、何をどう上手い事やったわけ？」

「あのね、スライム達の収納は時間停止なんだけど、今のアルファちゃんは、それを逆にして、時間の経過を早くしたわけ。短い時間に感じたけど、中では数時間は経っているよ」

一瞬、アルファの中にあるものの心配をする。

確か、レインボースライムの中には地下迷宮で集めたジェムと、ここで集めたリンゴとブドウが入っていたはず。数時間程度なら問題ないけど、何度も繰り返せばあっという間に傷んじゃうぞ。

「ええと……中にあるものに被害は及ばないのか？　それって」

恐る恐る尋ねると、シャムエル様は自信満々で大きく頷いた。

「そこが凄いところ。アルファちゃんは、任意の物だけの時間経過を加速したんだよ。中で別室を作ってその中で作業をしたわけ。分かる？」

「それってつまり……収納しているものの時間経過を、個別に任意で変更出来るって事？」

「そうそう。いやあ驚いた。テイムしてまだ一年にもならないのに、凄い成長ぶりだね」

シャムエル様に拍手されて、俺はもう驚きに言葉もなかった。

「つまり、これだけ時間経過を早くしてくれって言ったら、その通りに出来る？」

「少し時間はかかるけどね。まだ切ったり砕いたり擦り下ろしたりするのは無理だけど、今みたいに時間の経過を変化させるのは、何となく分かったよ。次はもっと早く出来るようにするね。出来たら、他の子達にも教えま〜す！」

また得意げに伸び上がったアルファを、半ば呆然としつつも撫でてやる。

「凄いなあ。本当にお前ら最高だよ」

おにぎりみたいにモミモミしてから戻してやった。

その後も作業を続け、時間調整のコツを摑んだアルファが教えた結果、見事に全員が時間調整の技をマスターしたのだった。スライム達、有能すぎるぞ。

大鍋に山積みになったリンゴの搾りかすをご褒美でスライム達にあげたら、アクアゴールドになって綺麗に平らげてしまった。

「そうか。アクアゴールドなら、食べたものが公平に分配されるのか」

「そうだよ。これが一番上手く分けられるね」

得意気にパタパタと羽ばたくアクアゴールドを捕まえて、笑った俺はもう一度おにぎりにしてやった。

一旦戻って来た彼らは、食事を挟んでまた狩りに行き、俺は次にブドウジュースを作った。

業務用金物店で大量買いしたガラス製のピッチャー、今回のジュース作りで全部使ったよ。

それから、ハスフェルが置いていってくれた赤ワインで、師匠のレシピを見ながら激うまリンゴを使ってサングリアをつくったよ。これは絶対美味いやつだ。


「よし、これだけあればしばらく大丈夫だろう。じゃあ、あいつらが帰って来たらすぐに食えるように、何か用意しておいてやるか」

机の上を片付けながらそう呟き、塩むすびを取り出して、グラスランドブラウンボアの薄切り肉を巻きつけて、肉巻きおにぎりを大量に作る。味付けは甘辛い照り焼きソースだ。

それから同じくグラスランドブラウンボアの肉をやや分厚めに切って、大量の照り焼きと生姜焼きを作っておく。

そこまでやったところでガサガサと足音が聞こえて振り返った俺は、見えた光景にすぐに反応出来なかった。

だって、テントのすぐ横にいたのはハスフェル達じゃあなくて、巨大な恐竜のようなオオトカゲだったのだ。

「これって確かコモドドラゴン……めっちゃ凶暴なやつだよな。うわあ、またしても死亡フラグかよ……」

剣は装着しているものの、フライパンとお箸を両手に持ったままの無防備な俺は、数メートルの距離で巨大なオオトカゲと正面から無言で見つめ合った。

『おい、何があった？』

静かなハスフェルの念話が届き、パニックになりかけていた俺は、何とか小さく深呼吸をして答えた。

『テントのすぐ横に、めちゃデカいオオトカゲがいるんだよ。多分獰猛なやつ。しかも完全に目が合ったんだけど、これ……どうしたらいい？』

『もう、そっちへ向かっている。あと少しだけ頑張れ！』

それって要するに、ハスフェル達が駆けつけて来てくれるまでは、俺だけで戦えって事だよな！

目を逸らさずに、何とかここから逃れる方法がないか考える。

ここにいるのはスライムと草食チームだから、戦わせるのは絶対に駄目！　となると俺が頑張るしかない。

俺に向かって、のそりのそりと少しずつオオトカゲが近づいてくる。

右手にお箸、左手にフライパンを持った俺は、出来る限り動きを小さくして少しずつ下がる。

それを見たオオトカゲが、いきなり俺に向かって走り出した。

「うわ〜〜！　こっち来んな！」

咄嗟に左手に持っていたフライパンで、思いっきりオオトカゲの顔をぶっ叩いた。

カポーン！

そうとしか表現出来ない間抜けな音がして、オオトカゲの横っ面に直径40センチのフライパンがヒットする。

その衝撃を物語るかのように、オオトカゲは1メートルくらい横に吹っ飛び、その場所から動かなくなってしまった。頭が微妙に揺れてるので、殴られた衝撃で脳震盪を起こしているみたいだ。

「い、今なら逃げられるか！」

背中を見せるのは怖かったので、オオトカゲの方を向いたまま急いで後ろに下がる。

テントから出たところで、茂みからマックスとニニが飛び出して来た。

「無事ですか！　ご主人！」

マックスの叫ぶ声と、半瞬遅れて飛び込んできた巨大化したタロンと猫族軍団が、全員オオトカゲに飛びかかる。

「よおし、よくやった！」

抜身の大剣を手にしたハスフェルが、飛び出して俺の前に立ちはだかる。

しかし、もうその時には呆気なく勝負はついていて、オオトカゲは大きなジェムと素材の革になって転がっていた。

「あはは、今になって腰が抜けたよ。ありがとうな」

安心して腰が抜けた俺は、その場にへたり込んだまま駆けつけてくれた皆に何とか礼を言う。

「しかし見事な一撃だったな。お前さん、次からそれで戦った方が強いんじゃないか?」

笑いながら手を引いて立たせてくれたオンハルトの爺さんの言葉に、堪える間もなく吹き出す。

「知らなかったのか? 料理人ケンの時の武器は、このフライパンなんだぜ」

右手に持ち替えたフライパンで、ポーズをとってドヤ顔でそう言ってやると、三人は揃って笑い出した。

「いやあ、本当に見事な一撃だったね。フライパンの勇者に乾杯!」

右肩に現れたシャムエル様にまでそんな事を言われて、もう俺達はその場に座り込んで大爆笑していたのだった。


「はあ、笑い過ぎで腹が痛いって」

笑い過ぎて出た涙を拭いながらそう言って立ち上がり、すっかり冷めてしまったグラスランドブラウンボアの照り焼きを見る。

「それならこれを温め直すから、もう夕食にしよう。照り焼き丼か照り焼きサンドで良いか?」

山盛りのグラスランドブラウンボアの照り焼きを見せると、三人は揃って拍手をしてくれた。

歪んだ机の位置を戻して、念の為フライパンは跳ね飛んできたアルファに綺麗にしてもらう。

大喜びで、取り出したパンを焼き始める彼らを見てコンロに火をつけながら、しみじみと仲間の有り難さを噛み締めた俺だった。

「それで、ジュース作りは上手くいったのか?」

ギイが新しい酒を注ぎながら俺を振り返る。

「おう、大量に作ったぞ。さて、明日はどうするかな？」

一応リクエストのジュースとサングリアは仕込み完了。となると、俺もちょっとは戦っておくか。

「それじゃあ仕込みも終わったし、明日は俺も参加するよ。言っておくけど俺でも大丈夫そうなので頼むよ！」

若干びびりつつそう言うと、それを聞いた三人は満面の笑みになった。

「よしよし、それでこそ冒険者だ」

「お手柔らかに頼むよ。何しろヘタレなもんでねえ」

肩を竦めてそう言うと、後ろにいたニニが俺の背中に頭突きして来た。

「大丈夫よ、ご主人は私達が守ってあげるからね」

「おう、頼りにしてるよ」

座ったまま後ろを向いて、大きな頭を抱きしめて俺も頭を擦り付けてやった。

「こらこら、こいつを甘やかすんじゃないぞ」

呆れたようなハスフェルの言葉に、また全員揃って大笑いになったのだった。


翌朝、いつものように従魔達総出で起こされた俺は、思い切り従魔達と戯れてから身支度を整えた。

今朝は、リンゴとブドウのジュースといつものサンドイッチ各種だったのだが、ここでギイが驚く事をした。

何と、激うまジュースを両方同じコップに入れたのだ。確かに、美味いもの同士混ぜて不味くなる訳がない。当然真似をする俺達。そして、あまりの美味しさに全員揃って悶絶したのだった。

その時、不意に感じた懐かしい既視感（デジャブ）の理由が分からず、俺は首を傾げる。

「あ！　これって、ファミレスのドリンクバーの混ぜジュースと同じ発想だ」

理由が分かって小さく吹き出し、あのチープでジャンクな味が不意に懐かしくなった。

「さすがにあれは、ここでは絶対に口に出来ないよな。人工甘味料の塊だって」

苦笑いしてから小さくそう呟いて、いつもの自分の椅子に座った。

「どうしたの？」

ちょっとだけ心配そうなシャムエル様にそう言われて、誤魔化すように首を振る。

「何でもない」

それでも心配そうに俺を見上げるので、もふもふ尻尾を撫でてやったら、空気に殴られたよ。解せぬ！


食事を終え、テントを撤収して奥へ進み到着したのは、砂と玉砂利の中を流れる小川だった。

川のすぐ側には細長い草が生い茂っている。

「出るのはカメレオンファイヤーフライ。飛んでいる姿はほとんど見えないが、定期的に尻の部分が細長い三角に光るから、その下側を斬ればいい」

指で二等辺三角形を描いて底の部分を指で示す。

成る程、ファイヤーフライって事は蛍か。それなら危険は無さそうだな。

安全かと思って安心していたら、噛まれたら流血の大惨事だと言われてマジでビビった。

うん、気を付けよう。安全第一！

「じゃあ行くわよ！」

ニニがそう叫んで茂みへ飛び込んでいく。

すると茂みの中から一斉に、やや黄色っぽい光が次々に飛び出してきた。ふわふわと頼りなく飛び回るその光は見惚（みと）れるくらいに綺麗だ。

三角に光る部分は30センチくらいあり、名前の通り、鑑識眼のある俺の目でも全体の姿を克明には捉えられない。

「へえ、カメレオンの名に恥じない見事な光学迷彩だな。面白い」

感心したようにそう呟いた時、全員が動いた。

「これは素晴らしい、ここまでの数が出るとは思ってなかったな。いくぞ！」

嬉々としたハスフェルの声に、ギイとオンハルトの爺さんも大喜びで蛍の群れに斬りかかった。

ようやく一面クリアーしたらしく、一気に蛍がいなくなる。

俺も剣を鞘に納め、足元に落ちていた光る素材を拾った。だけどその光は弱くなってすぐに消えてしまった。

「尻が素材なのか？」

手にした光の消えたそれは、リアルに昆虫の尻の部分でちょっと怖い。

「その中の蓄光部分だけを加工して固めて、照明器具の材料として使われるんだ」

説明を聞いてもさっぱり分からないけど、素材として売れるのなら集めておこう。

疑問は全部まとめて、いつものように明後日の方向に放り投げておく。

落ちているカメレオンファイヤーフライのジェムはそれほど大きいわけではないが、時折、やや黄色の蛍光色のジェムがある事に気がついた。

「確か、全体に色がついたジェムってレアなんだよな?」

素材とジェム拾いはスライム達がしてくれているので、河原に座って休憩していたハスフェルが俺の呟きに頷いて教えてくれた。

「それは特に貴重なジェムだな。色のついたジェムは一億匹に一個と言われているからな。だがこの出現率はあり得ないくらいに高い。せっかくだからここでもうしばらく集めるとするか」

嬉しそうなハスフェルの声に、ギイとオンハルトの爺さんも剣を手に立ち上がった。

五面目までクリアーしたところで、食事の為に場所を変える。
「へえ、いい眺めだな」
到着したのはやや起伏のある草原で、眺めの良い場所だった。
「あの丘の上へ行こう。あそこなら見晴らしも良いから、万一はぐれのジェムモンスターが近づいてもすぐに分かるぞ」

　からかうように言われて、俺は走るマックスの背の上で思いっきり吹き出した。

「もう勘弁してくれって。ってか、お前らがいるんだから万一何か来ても大丈夫だろう？　そこは信頼しているぞ」

「なんだ。そんなに素直に言われると苛められないじゃないか」

「頼りにしているよ」

　真顔で残念がるハスフェル達に笑った俺は改めてそう言って、三人を赤面させる事に成功したのだった。

「なあ、ちょっと聞いてもいいか？」

「おう、どうした？」

　食後のリンゴを食べながらハスフェルがこっちを見てくれたので、俺もリンゴを齧りながら地面を指差す。

「さっきの河原も、ここも前回は来ていないよな。お前らは、飛び地の何処に何があるのかを知っているのか？」

　俺の言いたい事が分かったらしく、苦笑いして首を振った。

「いや、ここへ来るのは初めてだよ。俺とギイは探索（サーチ）の能力を持ってるからな」

　簡単に言われて頷きかけて目を瞬く。

「それって、マッピングみたいなものなのか？」

「実際のマップが出るわけではないが、半径数キロくらいの範囲が何となく分かるようになる。地形や安全性、それから地脈の吹き出し口もな」

成る程。つまり今までも、その探索の能力で辺りを探って案内してくれていた訳か。

感心していてふと思った。

「俺のマッピングは、ここじゃあ使えないんだな」

一応ここも閉鎖空間だと思ったんだが、ここは郊外の森の延長扱いだから、マッピングは使えないらしい。残念でした。

マックスに乗せてもらってさっきの小川に戻ってきた俺は、茂みを覗き込む。

「あ！　何か出たぞ！」

慌てて剣を抜いた俺の言葉に、同じく剣を抜いた三人が目を輝かせて駆け寄ってくる。

「何だ、ウォーターストライダーか」

水面を滑るように出てきたジェムモンスターを見たハスフェルが、やる気の無い声でそう言い、オンハルトの爺さんまでが苦笑いしている。

ウォーターストライダーは、巨大アメンボだ。

細長い体の大きさが1メートルくらい、水面に広がる針金みたいな細い脚は、その倍くらいの長さがある。脚のせいでかなり大きいように見えるけど、あまり圧迫感は感じない。

「よりにもよってウォーターストライダーが出るか。ハズレだな」

　苦笑いしたギイの言葉に驚いて振り返る。

「ええ、ハズレ？」

　俺の言葉に笑ったギイは、片手で持った剣で、大きなアメンボを一刀両断した。

「残念だがこいつには素材が無い上に、ジェムも高値はつかない。ただ、グラスホッパーよりも火力は強いし長持ちするから、良いジェムではある」

「安価で長持ちするのなら、喜ばれるぞ」

　俺の言葉に、ギイが拍手をして下がる。

　俄然やる気になった俺は、次々に出てくるアメンボをひたすら叩き斬った。あまりに簡単すぎて、逆に心配になるくらいだ。川に落ちたジェムも、スライム達が回収してくれる。

「おいおい、何で下がるんだよ。まだまだ出てくるぞ！」

　何故か剣を収めて下がる三人を振り返って叫ぶ。

「ここは遠慮するよ。好きなだけ集めてくれ」

「ああ、ずるい、俺に丸投げしたな！」

　とは言え安全にジェムを集められる貴重な機会なので、もちろん頑張って集めるよ。下がった三人の代わりに、従魔達がなだれ込んできて嬉々として大暴れしている。

　今回の俺は一応頑張って戦った。と言っても、ひたすら剣を振り回していただけだったけどさ。

「あ！　色付きジェム発見！」

　少し大きめのアメンボを叩き切った時、転がるジェムの色が違うのに気付いて思わず叫ぶ。

「そうか、レアジェムの出現率が高いのか。それなら色付きが出るまで少し働くとするか」

ジェムコレクターのハスフェルが、そう言って立ち上がり河原に降りてきた。

「何だよ。参加する気になったのか？」

振り返ってそう言ってやると、剣を抜いたハスフェルがニヤリと笑って頷いた。

「こいつの色付きはまだ持っていない。せっかくだから自力調達を目指すよ」

そう言って、まるで草を刈るみたいに軽々とアメンボをまとめて叩き斬る。

「ええ、せっかく人がやる気になっているのに」

「ジェムコレクターとしては、自分の持ってない珍しいジェムが目の前にあるんだから、集めないわけがなかろうが」

振り返ってドヤ顔で言い返されてしまった。確かにそうだな。立場が逆なら俺でも頑張るよ。

まあそれなら良いかと下がって見ていると、しばらくして薄い緑色の色付きジェムが転がった。

「よし、出たぞ。もうこれで良いよ」

嬉しそうなハスフェルがそれを拾って下がってくれたので、入れ替わりにまた俺が出てアメンボを叩き斬り続けた。

🐾

「ほら、そろそろ次が出るぞ」

「ふえ？　次？」

一面クリアーして休憩していた俺は、ハスフェルの声に驚いて川を見た。

「うわあ、また出た……」

川の茂みの下あたりから、巨大アメンボがまたゾロゾロと出てきている。

ため息を吐いてハスフェル達を振り返った。

「なあ、これも割引価格で出したいから、集めるのを手伝ってくれないか。街の人の役に立つんだろう？」

その言葉に、三人が苦笑いしながら立ち上がって剣を抜く。

「そこまで言われたら、知らん顔は出来んな」

「確かに、それじゃあ人助けだと思って頑張るか」

「そうだな。じゃあ頑張って戦うとしよう」

「よろしくな！」

俺の言葉に、全員揃って斬りかかって行った。

結局、五面クリアーしたところでその日は終了になった。

「かなり集まったな。よしよし、これなら割引価格で出しても大丈夫そうだ」

息を整える為に何度か深呼吸をしてから、剣を鞘に戻した。

スライム達がせっせと落ちたジェムを拾ってくれている。

「これ、スライムがいなかったら集めるだけでも一仕事だよな」

小さく笑って、足元に転がる色つきジェムを拾った。

「お、レア発見」

何だか嬉しくなって薄い緑色のジェムを透かして見る。

「へえ、すげえ透明度だな」

「それが、長持ちして強い火を出せる理由なんだよね。透明度が高いって事は、結晶体が規則正しく作られている証拠な訳。なので当然、強い火力で長持ちするんだよ」

「へえ……凄いな」

ドヤ顔で説明されても、結晶が燃えるって事の理由の根本を理解してない俺にすれば、そうとしか言えないよ。


ここでの今日の出現は終了したらしいので、俺達は一旦河原へ戻る事にした。

「なあ、そう言えば気になっていたんだけど、聞いて良いか？」

走るマックスの頭に座ったシャムエル様にそう尋ねる。

「え、何？」

顔だけ振り返ったシャムエル様の尻尾を突っつき、周りを見る。

「ここのジェムモンスターの出現は、変だなって思って」

「どうして？」

また振り返って器用に首を傾げる。

「ここには、沢山のジェムモンスターの出現箇所があるって言っていたよな」

「そうだよ。要するにこの飛び地自体が、全部地脈の吹き出し口そのものだからね」

「あんな沢山ジェムモンスターが出る出現孔（しゅつげんこう）があちこちにあるのなら、一度に出るジェムモンスターの量も多いはずだろう？　誰にも狩られないのなら、もっと沢山はぐれのジェムモンスターがいそうなのになって思ったんだよ」

　それを聞いたシャムエル様は、納得したように頷いてまた前を向いた。

「以前、ハスフェルが説明したと思うけど、出現したジェムモンスターは、飛び地の中である一定の時間を過ぎたら地脈に同化して消滅するんだ。しかも、その時間は個別に決められているんだ」

「個別に決められている？」

「そう、例えば一回の出現で千匹出るとしよう。その中の大体一割、この場合は百匹程度が半日程度そのままの状態が保たれる個体。残り九割は割とすぐに消滅する個体なんだ」

「ええ、長くてもたった半日で、残りの九割はすぐに消えるってか？」

「そうだよ。ちなみに河原に到達して外の世界へはじき出された個体は、十日程度でこれも消滅します。もちろんジェムごと消滅して地脈に返ります」

「へえ、そうなんだ」

　確かにレアな事が分かって感心していると、またシャムエル様が振り返る。

「しかも、飛び地の出現率は二重に設定されていてね。人が近くにいれば一気に増えるんだ。そうじゃなければ一度の出現数はそれほど多くないよ」

「じゃあ、俺達がガンガン集めていたのは、いわばフィーバー状態だったわけか」

「前回ほど多くはないけどね。まだまだ出るからしっかり集めて帰ってね」

「あはは、そりゃあすげえ。じゃあ遠慮なく集めさせてもらいます」

のんびりとそんな話をしてる間に、草を刈ったキャンプ地まで戻って来た。

夕食にはがっつり分厚いステーキを焼いたよ。労働の後の食事は美味しいねえ。

新作のヨーグルトステーキソースは大好評だったよ。

大満足の食事を終え、三人がそう言ってそれぞれのテントへ戻る。

「それじゃあおやすみ」

ギイの従魔のブラックラプトルのデネブと、オンハルトの爺さんの従魔のグレイエルクのエラフィと俺のヒルシュはテントの外だ。蹄のある子は、ここでも外の方が良いんだって。

「おやすみ」

三匹にも声をかけてヒルシュを撫でてやってから、自分のテントに戻って垂れ幕を下ろす。

「さて、それじゃあもう寝るか」

不自然に明るいからどうにも違和感があるが、もう外は真夜中らしい。俺の体内時計もハスフェル達並みに優秀らしく、ちゃんと眠くなっている。

これに関してはシャムエル様に感謝だね。

何でも飛び地で一番怖いのは、ジェムモンスターではなく体調管理らしい。明るいからと言っていつまでも起きていたり、不自然なくらいに長く寝たりすると、体内時計が狂ってきて体調不良を起こすんだって。

そんな事をつらつらと考えながら、サクラに綺麗にしてもらう。

ここも一応、武具は身につけて寝た方が良いと言われて、剣帯だけ外してアクアに預かってもらい、防具は装着したまま寝ている。

まあちょっと窮屈だけど、安全第一だよな。

「それじゃあ今夜もよろしくお願いします！」

振り返るといつものスライムウォーターベッドが完成していて、既にニニとマックスは待機している。

「もふもふの谷へ突入〜！」

そう言いながら、二匹の間に潜り込んでいく。

「ああ、このもふもふが俺の癒しだよ」

ニニの最高に気持ち良い腹毛に潜り込み、少しにじり寄ってきたマックスがギュッと俺を挟む。

背中側にはいつもの巨大化したウサギコンビが収まり、タロンとフランマが二匹揃って腕の間に突っ込んで来る。

「ご主人ゲット〜！」

タロンの嬉しそうな声に、フランマの口惜しそうなため息が聞こえる。

「あはは、残念でした。じゃあフランマはベリーと一緒に寝てやってくれよな」

手を伸ばしてフランマを撫でてやり、顔の横にきてくっつくソレイユとフォールも撫でてやる。

「おやすみ」

タロンの柔らかな頬毛にくっついた俺は、気持ちよく眠りの国へ旅立って行った。

もふもふのニニの腹の上で、不意に目が覚めて自分でも驚く。

「あれ？　何でこんなに急に目が覚めたんだ？」

しかも、完全覚醒。眠気なんてどこにも無い。明らかに変だ。

『動くな！』

起きようとした時、突然ハスフェルの緊迫した念話が届き俺は硬直した。

気付けば腕の中のタロンや、背中側のウサギコンビも完全に臨戦態勢。

マックスとニニは俺がいるからまだ寝転がった体勢ではいるが、身体はガチガチに張り詰めてる。

『なあ、何があったんだ？』

出来るだけ刺激しないようにゆっくりとハスフェルに念話で質問する。

辺りが緊張感で張り詰めているって事は鈍い俺でも分かるけど、その原因がさっぱり分からない。

『外に誰かいる。おそらく冒険者だ』

届いた声に、目を見開く。

『少し前にここに来て、明らかにこっちを窺（うかが）っている』

『ええ、どうするんだよ！』

焦る俺に、ハスフェルは小さく笑う。

『お前は動くな。対応は俺達に任せておけ』

『お、おう。よろしく頼むよ』

相手が危険な冒険者じゃない事を願って、とにかく俺は言われた通りに大人しく成り行きを見守る事にした。

唐突に目が覚めたのは、このせいだったのか。

俺は本気でビビっていた。

だって、こんな所まで来るって事は、少なくともそれなりの腕の冒険者で、そんな奴がもしもこっちを目障りだと思って攻撃してきたら……そんな事になったら俺は逃げるよ。絶対逃げる。

だけど、この状況で逃げられるか？　逃してくれるとも思えない。

だけど、人と戦うなんて俺には絶対に無理だ。

もしも、追ってこられたりしたらどうしたらいいんだろう。マックスの脚なら逃げ切ってくれるよな？

ニニの腹毛に埋もれながら、頭の中で最悪の状況ばかりを考えて本気で泣きそうになっていたその時、小さいがテントの外から声が聞こえてきた。

「なあ、あれってやっぱりハンプールの英雄か？」

「絶対そうだ。ブラックラプトルをテイム出来る奴なんてそう何人もいてたまるかよ。うわあ、格好良い。なあ、もうちょっと近づいても大丈夫かな？」

「だよな。格好良いよな。うわあ、近くで見たらデカいな」

「しかも、新しい従魔が増えているじゃねえか。あれって二匹ともエルクだよな？」

外にいるのはどうやら男性二人みたいで、声を潜めて話しているけど、俺の耳には全部聞こえているよ。しかも、興奮しているのが分かる口ぶりだ。

『おやおや、ご指名みたいだからちょっと行ってくる』

笑ったギイの声が念話で届き、その直後にテントの外からギイの声が聞こえた。

「おいおい、あまりそいつに近づくなよ。噛みつかれても知らんぞ」

テントから顔を出したギイが、侵入者達に向かっていたってのんびりと声を掛けたのだ。

「うわっ！」

二人揃って悲鳴を上げて飛び上がった後、慌てて謝る声が聞こえて俺は心底安堵した。

「ああ、お休みのところお邪魔しました」

「お邪魔しました！」

「申し訳ありませんでした～！」

最後は二人で声を揃えて謝っている。どうやら危険な冒険者ではないみたいだ。

大丈夫そうだと見て俺がゆっくりと起き上がると、マックスとニニも起き上がって大きく伸びをした。

『もう大丈夫だ。出て良いぞ』

ギイの笑った念話が届き安堵のため息を吐いた俺は、態とらしく欠伸なんかしながらテントから顔を出した。

「おはよう。なんの騒ぎだ？」

当然のように、一緒にマックスがテントの隙間から顔を覗かせる。

「うわあ、あれってヘルハウンドの亜種だよな」

「だよな！　デカい！」

そこにいたのは、人間とドワーフの二人組だった。

どちらも明らかに冒険者だと分かる、かなり良い装備をしている。

「そっか、あんた達があのイバラを切り倒してくれたんだな」

「感謝するよ。おかげで中まで入れた」

二人揃って開いた右手を挙げているのは、攻撃する気は無いって意思表示なんだろう。しかし、俺は返事をするのも忘れてその人間の男性に目が釘付けになっていた。

背の高い、いかにも冒険者って感じのむさ苦しい男性だったのだが、装備している鋲（びょう）を打った豪華な胸当ての左肩には、何と一匹のスライムがちょこんと乗っかっていたのだ。しかも、そのスライムの見えるところに紋章は無い。

「もしかして、テイマー？」

少なくとも、そのスライム以外、辺りにそれらしき従魔はいないので一応そう聞いてみる。

するとその男性は、俺の言葉に照れたように笑って頷いた。

「ああ、はじめまして魔獣使い。テイマーのランドルだよ」

そう言って右手を差し出してくれた。

「魔獣使いのケンです。よろしく」

「知っているよ、ハンプールの英雄」

笑顔で握手を交わしたランドルさんの手は、タコだらけの硬い手をしていた。

「バッカスだよ。よろしくな。魔獣使いの兄さん」

ドワーフの彼も、同じくタコだらけの硬い手をしている。これは二人とも歴戦の冒険者だ。

「俺は長く冒険者をやっているが、冒険者一年目に偶然こいつをテイムしたっきりなんだ。テイマーと名乗るのも恥ずかしくて、ギルドに登録はしているが、普段は鞄の中に入れている。ここなら人目が無いから、今は自由にさせているんだよ」

恥ずかしそうにそう言って、肩にいるスライムを指先で突っつく。スライムも嬉しそうにぷるんと揺れて指先に擦り寄るような仕草を見せた。

「へえ、懐いているじゃないか」

「可愛いよ。だけど、今となってはこいつをどうやってテイムしたのか覚えてないんだ。何度かテイムしてみようとしたんだけど全然駄目でな。もう最近はあまり考えないようにしている」

肩当ての上にいるソフトボールサイズのスライムは、無色透明でアクアと同じ色だ。

「その子の名前は？」

そう尋ねると、彼は唐突に何故か赤くなった。

「わ、笑うなよ」

目を瞬いた俺は、何も考えずに頷く。

それを見たランドルさんは、渋々と言った感じで口を開いた。

「キャンディ」

俺は、とっさに腹筋に力を込めて笑うのを我慢した。むさ苦しい野郎の連れているスライムの名

前が、キャンディ。いや、別に良いんだけど、確かにちょっとびっくりした。

だけど、ギイが思いっきり吹き出してせっかくの俺の気遣いをぶち壊してくれたよ。

「し、失礼した。これまた可愛らしい名前だな」

誤魔化すように、ギイがそう言ってランドルさんを見る。

「実は俺もよく覚えてないんだが、多分、初めてこいつを見た時に甘そうに見えたんだよ」

ああ、成る程。俺は水信玄餅だと思ったけど、彼はスライムが飴に見えたわけか。

まあ無色透明のスライムを見て飴だと思うのは、間違っていないと思う。

「良いじゃないか。ぴったりの名前だよ」

そう言ってやると、ランドルさんは笑顔になった。

「へえ、十年以上前からテイマーって、これまた凄い人が来たね」

突然、俺の右肩にシャムエル様が現れて、感心したようにそんな事を言い出した。

「スライム一匹だけって、どうしてだ？」

短い腕を組んだシャムエル様は、しばらく考えて首を傾げた。

「ケン程の強い力は感じないけど、充分魔獣使いになれるくらいの力を感じるよ。多分だけど、弱らせ方が足りなかったんじゃない？」

「あ、やっぱりそうなんだ。じゃあ……」

『なあ、この二人ってどうするべきだ？』

念話で三人に話しかける。

『好きにさせれば良い。ここへ来る事が出来る程の腕の冒険者なら、大丈夫だろうさ』

その言葉に頷いて二人を見る。

「じゃあ頑張って沢山ジェムや素材を集めてくれよな。ここは凄いのが色々出るよ。あ、魔獣使いからのアドバイスを一つ」

手を振って立ち去ろうとするので、慌てて声を掛けた。

「テイムする時って、一旦戦って、ある程度動けなくなるくらいまで弱らせるか動きを封じ込まないと駄目なんだよ。その上で確保した状態で自分の仲間になるように言ってみると良い。きっと出来るよ」

目を瞬いたランドルさんは、泣きそうな顔で大きく頷いた。

「何だ、そんな簡単な事で良かったのか。ありがとうケンさん。早速やってみるよ」

嬉しそうにそう言うと、ギイを振り返った。

「おやすみのところを邪魔したな。それじゃあ俺達は先に行かせてもらうよ」

「飛び地で会ったにしては、あり得ないくらいに友好的な奴らだったたな」

笑顔でそう言うと、そのまま草を踏み分けてあの巨木に向かって行った。

テントから出てきたハスフェルが、苦笑いしながら彼らが向かった巨木を見ていた。

「じゃあ、俺達も食ったら奥へ進もう。今日は奥地で休んでも良いと思ってたからな」

ハスフェルの言葉に、俺も頷いて朝食の準備をする為にテントへ戻る。

「テイマー仲間が、もっと増えてくれると良いのにな」

シャムエル様に笑ってそう言い、俺はふかふかの尻尾を突っついたのだった。

朝食の後、テントを撤収してそれぞれの従魔に乗った俺達は、ハスフェルの案内で飛び地の奥へ向かった。

あの最初の草原にある巨木では、二人があの大きなクワガタを相手に悠々と戦っていた。

「さすがはここまで来るほどの腕の冒険者だな。まあ心配は無かろう」

彼らを気にして見ていると、隣に来たハスフェルに笑ってそう言われて、俺も小さく笑って頷いた。あとはもう振り返らずに、一気に奥地を目指してマックスを走らせた。

到着したのは、驚くほどに幹の太い巨木が点在する草地だった。絶対木には近づかないようにしたよ。

相談の結果、俺とハスフェル、オンハルトの爺さんとギイのコンビで交替する事になった。

「じゃあ、私達は向こうの木へ行きますね」

ベリーとフランマが嬉々として遠くの木に走って行き、従魔達も別れて散らばっていった。

走って行くマックス達をのんびりと見送っていた俺の背後に、木から降りてきたヘラクレスオオカブトが向かって来ていたんだけど、その事に気がついていないのは、その場では俺だけだったんだよな。

ほんと、いい加減学習しろよな、俺。

「ケン、動くなよ」

突然、真顔のハスフェルにそう言われて、俺は固まる。

「ど、どうしてか……聞いていい？」

嫌な予感にそう尋ねると、ハスフェルは黙って背後の巨木を指差した。

「あそこから降りてきたデカいヘラクレスオオカブトが、こっちへ向かって来ているんだよな。しかも、またしても誰かさん目掛けて」

平然としたその言葉に、予想が的中した俺は泣きそうになった。

「お、お願いしますからお助けくださ〜い！」

頭上で手を合わせて半泣きで叫ぶ俺を見て、にんまりと笑ったハスフェルが剣を抜く。

「頼まれたらやらない訳には行かないよな！」

そう言って、いきなり予備動作も無しに一気に飛び上がった。そのまま俺の頭上を軽々と飛び越えて着地する。

慌てて振り返った俺が見たのは、これまた巨大なヘラクレスオオカブトの上に飛び乗って背中に剣を突き立てるハスフェルの姿だった。

「うわあ……あそこまで近づかれていて全く気付かない俺って、どうよ」

巨大な角とジェムが転がるのを見てそう言うと、全員揃って吹き出した。気付いていたのなら、頼むから教えてくれよな！

「ほら、これもなかなかの素材だぞ」

渡された巨大な角は、最大クラスではないが確かに相当の大きさだ。

その後はギイとオンハルトの爺さんも参加して、交替しながらひたすらヘラクレスオオカブトを狩り続けた。

「そろそろ一面クリアーかな？」

俺がとどめをさしてハスフェルにジェムと素材を渡した後、ギイと交替してしばらく待っていたがもう出る様子がない。

「みたいだな。じゃあ移動しよう」

「ここはもう、他には何か出ないのか？」

マックスに乗りながら巨木を振り返る。

「シャムエルによるとここはヘラクレスオオカブト専用で、出る木の数は多いが一日に出現する数そのものは決まっているらしい」

「ヘラクレスオオカブトって、そんなに珍しいのか？」

「当然だろうが。ヘラクレスオオカブトはここ以外だと、バイゼンに近い飛び地、それから樹海にある飛び地の三箇所でしか出現が確認されていない。つまり、ここが三つ目の出現確定地だって事さ」

「飛び地でしか出現が確認されていないのは、このヘラクレスオオカブトだけだな」

ハスフェルに続いてギイが説明してくれる内容に、俺はひたすら感心して頷く。

成る程。はぐれのジェムモンスターに遭遇する確率を考えたら……その素材を持っていたら、そりゃ驚かれるか。

「貴重さの度合いで言えば、地上に出るジェムモンスターが第一段階。地上でも高地や森の深部、あるいは離島など、行くのが困難な地にしか出ない珍しいジェムモンスターが第二段階。それらの亜種が第三段階、地下洞窟に出る恐竜が第四、あるいは第五段階。そしてヘラクレスオオカブトが第六段階の評価だよ。これはジェムや素材を買い取る際の、共通の基本的な評価基準になっている」

「恐竜だけ二段階あるのはどうしてだ？」

「未発見の恐竜のジェムや素材。それからある程度以上の種の亜種は第五段階評価になる事が多いな」

「成る程、つまりトライロバイトなんかは、それほど珍しくないから亜種でも第四段階評価？」

「そうだ。確か肉食系の亜種はほぼ第五段階評価のはずだ。ああ、ティラノサウルスは確か第六段階扱いのはずだが、あれもほぼ市場に出ないからなあ」

「へえ、確かにそうだよな」

「まあ、実際の価格評価は相場にも左右されるから、時期や場所によって違いがあるのは当然だけどな」

「色々あるんだな。勉強になるよ」

感心したように呟き、マックスの背に乗った俺はハスフェル達の後について行った。

第71話　オーストラリア編開始?!

かなり奥まで進んで到着したのは、短い草が所々に生えている乾燥した砂地のだだっ広い平原だった。

その真ん中に、巨大な岩がドーンと鎮座している。

どこかで見た景色だと思って考えて気がついたよ。

オーストラリアにある世界最大の一枚岩、エアーズロックにそっくりだ。

「次の目的地はあそこだ。シャムエルによると、ここは他にもかなり色々出るらしいから、しばらくあそこで集めるぞ」

ハスフェルの言葉に若干嫌な予感がしたが、当然のように全員がエアーズロックもどきに向かって嬉々として全力で走り出したのを見て、俺は全てを諦めた。

まずいと思ったら、俺はまた離れた所で料理をしよう！


「ほえぇ〜。デカいんだな」

近づくと、その一枚岩の大きさは圧倒的だ。

しかも、周辺には幾らかは草も生えているが、岩自体には草が全く生えていない。

「これ、まさかと思うけど登るのか」

思いっきりドン引きしながら振り返ってそう尋ねると、三人が同時に吹き出した。

「そこまで嫌な顔をされるとは思わなかったな。安心しろ。俺達が行くのはあっちだよ」

岩の横にある大きな裂け目を指差されて安心した。確かに、いかにも何か出てきそうな裂け目だ。

嬉々として裂け目に向かう三人の後を追ってついて行く。

この時、素直について行った自分を後で思いっきり後悔する事になるのだけれど、その時の俺はそんなの知る由もないのだった。

「どうだ?」

ハスフェル達が小さく見える巨大な岩の裂け目を覗き込みながら、三人が何やら真剣に話をしている。

「ふむ、次が出るまでしばらくかかるみたいだ。今のうちに何か食っておくか」

確かに、もう昼の時間を過ぎている。辺りを見回してから三人を振り返った。

「じゃあ、すぐに食べられる作り置きを出すけど、何処で食べる?」

「ここで食べよう。大丈夫だよ、周囲は安全だ」

オンハルトの爺さんの言葉に頷き、俺はサクラから手早く取り出した机の上に、作り置きを色々と並べていった。

・・・

食事を終え、片付けてまた割れ目の前へ行く。

周りを見て足場を確認しつつ腰の剣を抜いて身構えた時、岩の裂け目から何かが出てくるのが見えた。

「うわあ、そう来たか！」

思わず出てきたそれを見て叫ぶ。

出てきたのはどう見ても、全長3メートル超えの巨大なカンガルーだった。

「そうだよな。エアーズロックなんだから、絶対これが出るよな」

赤茶色をした巨大なカンガルーは、ものすごいジャンプ力で裂け目から一気に俺達の前まで飛び出して来た。

「何コレ超マッチョ！　ハスフェル達とタイマン張れそう」

思わずそう叫ぶと、三人が同時に吹き出すのが聞こえた。

「お前は相変わらずだな。ああ、お前なら剣よりも槍の方がいいぞ」

苦笑いするハスフェルのアドバイスに従い、剣を収めてミスリルの槍を取り出す。

「真正面から対峙しないように注意しろ。あの足でまともに蹴られたらかなり痛いぞ。万能薬は貴重なんだから無駄遣いしないようにな」

「ええ、じゃあどうするんだよ！」

「横から突くんだよ！」

そう叫んだハスフェルの剣が、見事にカンガルーの横っ腹に吸い込まれる。

これまた巨大なジェムが転がる。一緒に転がったのは何とカンガルーの革。マジか！

「あの革は、靴の資材として珍重されている。バイゼンへ持って行ってやると喜ばれるぞ」

笑ってそう言われて、ここは異世界だからと無理矢理納得した。

子連れの雌はいないようで安心した俺は、アドバイスに従い横に逃げては槍で突くのを繰り返した。

従魔達も張り切って大暴れしている。

そして足ばかり警戒していたら、まさかの尻尾攻撃。めっちゃ痛い。

何度か顔面ダイブして鼻血を吹き出す羽目に陥り、その度にハスフェルに癒しの術をかけてもらう羽目になったのだった。確かに彼は、癒しの術が使えるって言っていたな。


「そ、そろそろ一面クリアーかな……?」

そう言った俺は、槍を支えにその場に座り込んだ。

だけど、ボロボロになって息を切らせているのは俺だけで、俺以外は皆平然としてる。

「何で、あの、突撃を、かわせ、るんだよ」

座り込んで、悔しくてそう叫ぶと、三人が揃ってドヤ顔になる。うう、悔しい。

結局、四面クリアーしたところで本日は終了した。

予想以上のハードな狩りになったよ。カンガルー怖い。

「ええと、一旦撤収かな？」

槍にすがって座り込んでいるとマックスとニニが来てくれたので、槍を収納して二匹にもたれかかった。

「疲れたよ～」

暮れる事のない飛び地特有の、のっぺりした白っぽい空を眺めながらそう叫んでずり落ちる。

「落ちますよ。ご主人」

笑ったマックスが、俺の襟首を軽く噛んで引き上げてくれた。

これ、めっちゃ襲われている図だよな。思いきり急所噛まれているし。

「でもマックスだから怖くないぞ～」

笑いながらそう言って、手を伸ばして大きなマックスの顔を抱きしめてやる。

「ああ、久々のマックスのむくむくの毛。やっぱりこれも良いよなあ」

考えたら最近、ちょっとスキンシップが足りてないような気がする。

ニニが俺の腕の中に頭をねじ込んできたので、交替で抱きしめてやったよ。

ああ、癒される……。

「こら！　寝るんじゃありません！」

いきなりちっこい手で頭を叩かれて、ニニを抱きしめたまま抗議の唸り声を上げる。

「ほら、遊んでないで夕食にしよう」

笑ったハスフェルに背中を叩かれて、顔を上げた俺は裂け目を見た。

「あれ、もう終わりか？」

「どうやらここは、同じ種類が丸一日出続けて、次の日は出ないみたいだ。なので、ここでテントを張るぞ」

成る程、明日は出ないのならここで休んでも安全なのか。

「周りの警戒は私達がするから、安心してね！」

猫族軍団が警備を買って出てくれたので、順番に抱きしめてお願いしておく。

「じゃあ、テントを張って飯にするか」

ジェムと毛皮の回収が終了したスライム達が、我先にとすっ飛んで戻って来て、あっという間にテントを立ててくれる。

レース模様のスライムのクロッシェは、今回はランドルさん達が同じ飛び地内にいるから、万一を考えて一切出て来ていない。

「ごめんよクロッシェ、ここは自由になれる貴重な場所だったのにな」

そう言ってアクアを撫でてやると、一瞬だけレース模様が見えてすぐに元に戻る。

「うん、元気なら良いよ」

もう一度アクアを撫でてから、サクラが出してくれた折りたたみ式の机を並べた。

少し考えて作り置きのお皿を取り出す。

「おおい、グラスランドブラウンブルの生姜焼き丼で良いか？　パンがいいなら用意するけど」

テントから顔を出して、外でそれぞれのテントの設置をしている三人に声を掛ける。

「丼が良いです！」

元気良く全員の手が挙がったので、笑って返事をしてから中に戻る。

「じゃあ、四人分用意するか」

自分が食べたかったので、揚げ出し豆腐と卯の花も並べておく。

大きなお椀に三人には山盛り、俺の分は普通サイズちょっと多めでご飯をよそり、作り置きの生姜焼きをご飯の上に隙間なくぎっしりと山盛りになるまで並べてやる。真ん中に彩り用に紅生姜をちょいとのせれば完成だ。

「おお、美味そうじゃないか」

笑顔の三人が入って来て、席につく。

順番に渡してやり、自分の分をいつものように簡易祭壇に並べた。

「生姜焼き丼と揚げ出し豆腐と卯の花だよ。少しだけど、どうぞ」

手を合わせて目を閉じる。

いつもの収めの手が俺を撫で、料理を撫でてから消えていった。

「それじゃあ俺も食べよう。腹減ったよ」

自分の席に戻ると、小鉢を手にしたシャムエル様が踊り出す。

「あ、じ、み！　あ、じ、み！　あ〜〜〜〜〜〜〜〜〜〜〜っじみ！　イェイ！」

いつもとちょっと違うあじみダンスだ。

「はいはい、これに入れれば良いんだな」

笑って自分の分から、小鉢にご飯と生姜焼きを一枚入れてやる。

「こっちは？」

揚げ出し豆腐を見せると、即座に別の小鉢と小皿が出てくる。最近の、シャムエル様の食器の充実ぶりが怖いよ。

笑って揚げ出し豆腐と卯の花を、それぞれたっぷりと入れてやる。

「俺は麦茶。ビールがいいならあっちに言ってくれ」

ハスフェル達はビールを取り出して飲み始めている。俺は飛び地内では禁酒だ。

小さなグラスを取り出したシャムエル様は、ちょっと考えてからハスフェルのところへ行ってビールを貰った。

う、羨ましくなんか……。

「生姜焼き、美味しいね。気に入っちゃったよ」

相変わらず料理に顔面ダイブして食べてたシャムエル様は、どうやら生姜焼きが気に入ったらしく、この台詞はさっきからもう四回目だ。

しかも、早々に食べ終わったあとは、俺の手元をずっと見ている。仕方がないからもう一枚、ご飯と一緒に分けてやったよ。

俺のご飯、確実に三分の一は持っていかれたぞ。次は俺も大盛りにしよう。

苦笑いして残りを食べ終えた俺は、焼きおにぎりを取り出して、残りの揚げ出し豆腐と一緒にいただいたよ。

もちろん焼きおにぎりも一欠片、シャムエル様に取られた。

ううん、最近シャムエル様の食いっぷりが半端ない。太っても……手触り良くなるだけだから別に良いのか。

その後、ベリー達に出した果物を俺達も少し貰い、食べ終わった後はもう早めに休む事にした。

「明日はどうするんだ？」

机を片付けながら振り返ると、ちょうど立ち上がったハスフェルが教えてくれた。

「この大岩の向こう側に水が湧く場所があるんだが、そこにも珍しいのが出るらしい。明日はそこへいくよ」

「へえ、珍しいのか」

三人は苦笑いして頷いた。

「ここに出るジェムモンスターは、影切り山脈の樹海に近い種類だな。どれも、かなり特殊で個性的なジェムモンスターばかりだよ。面白い」

嬉しそうなハスフェルの言葉に、シャムエル様も頷いている。

「たまに、簡単には行けない特定地域のジェムモンスターが多く出るように調整してみたんだ。良いでしょう？」

「じゃあ、せっかくだから頑張って集めていくよ」

とはいえ、スライム達の中にはもう充分過ぎるくらいに沢山のジェムと素材があるんだよな。

ここは、ランドルさんとバッカスさんのお二人に頑張って集めてもらおう。

「それじゃあ、今夜もお願いしま～す」

そう言って、スライムウォーターベッドに横になる二匹の隙間に潜り込むと、即座にラパンとコニーのウサギコンビが巨大化して俺の背中側に並んで収まる。

「すっかりこれで寝るのが定番になったよな。ああ、やっぱりこのもふもふは俺の最高の癒しだよ」

低い音で鳴らすニニの喉の音を聞きながらもふもふの腹毛の海に潜り込んで、サクラが出してくれた毛布を上から被る。

タロンがものすごい勢いで俺の腕の隙間にすべり込んできて、フランマをタッチの差で押し退ける。

「今夜は私が添い寝役なの。警備はソレイユとフォール達がやってくれるってさ」

こちらはもう少し高い音の喉を鳴らして、ご機嫌のタロンが嬉しそうにそう言って俺の顎に頭を擦り付けて来た。

「こらこら、ヒゲがくすぐったいって」

笑いながら片手で小さなタロンの頭を押さえてやる。

片手にすっぽりと頭が収まったタロンは、どうやらそれが気に入ったらしくグリグリと頭を俺の掌に押し付けてすっかりご機嫌だ。

タロンを撫でてやりながら俺は気持ちよく眠りの国へ落っこちて行ったのだった。


翌朝、いつものように従魔達総出で起こされた俺は、眠い目をこすりつつ何とか起きて思い切り伸びをした。

ハスフェル達も起きて来たので、手早く朝食の準備をする。

「やっぱりこのジュースは美味しいよね。作り方を教えてくれたマギラスに感謝だね」

シャムエル様は、普通サイズのグラスを両手で抱えるように持って、適当ミックス激ウマジュースをご機嫌でグビグビと飲んでいる。

半分ほど飲んでから、コップを置いてタマゴサンドにかぶり付いた。

ここを出て街へ行ったら、タマゴサンドはいつもの倍量買っておこう。この調子で消費されたら、どう考えても旅の途中で品切れする未来しか見えないぞ。


テントを撤収して、エアーズロックもどき沿いにマックス達を走らせる。

到着した大きな岩の裂け目は、水が大量に湧き出して滝壺のように深い水場になっている。

周囲の砂地や岩の間からも水が湧き出し、大きな岩の上には苔が張り付いていて、この辺りだけ植生が違うみたいだ。

あふれた水は岩場の外まで流れ出している。

「ここだけ違うピースをはめ込んだみたいだな。それでその面白いジェムモンスターってのは何処にいるんだ?」

そう言いながら、水場を覗き込もうとした俺の襟首をギイがいきなり掴んで引き戻した。

「全くお前は! 足を食いちぎられても知らんぞ」

「うわあ、止めてくれてありがとうございます~! ギイ、さすが調停の神様!」

俺の叫びに三人が揃って吹き出し、全員で大爆笑になった。

「俺、もう常に三人の後ろにいる事にする。で、結局何が出るんだ？」

水場を指差しながら、まだ俺の襟首を引っ掴んだままのギイに尋ねる。

「ここに出るのは、カメレオンビッグプラテパス。樹海以外でビッグプラテパスが出ると聞いたのは初めてでな。どれくらいのが出るかは俺達も知らん」

ギイの説明を聞いて首を傾げる。

「カメレオンビッグプラテパス？　プラテパスって何だ？　これは知らない名前だな」

ハスフェルとオンハルトの爺さんは、揃って滝壺を覗き込んでいたが、しばらくして振り返った。

「シャムエルの説明によると、ここの出現場所は滝壺のこっちと向こう側の二箇所だけみたいだ。向こうはベリーとフランマが行ってくれるから、こっちを俺達で集めよう。だがかなり大きいのが複数出るらしいから単独は危険かもしれない。念の為二人一組で行くとしよう。組み合わせはどうする？」

ハスフェルの説明にギイは俺を見た。

「良いんじゃないか。じゃあこのままの組み合わせで行こう」

そう言ってようやく手を離してくれたので、歪んでいた剣帯を戻してギイを振り返った。

「よろしくお願いします！　で、カメレオンビッグプラテパスってどんなジェムモンスターなんだ？　ギイが知ってるので良いから教えてくれるか？」

俺の言葉を合図にしたみたいに、従魔達が二手に分かれて半分がハスフェル達のところへ走って行った。今回も草食チームは離れて見学だ。

「ビッグプラテパスは、とにかく体と尻尾が平べったい。身体は柔らかな毛に覆われていて、素材はその毛皮。それから大きくて平べったい嘴(くちばし)があり、手足には水掻きがある。見た目からして珍妙なやつだよ。ただし、その嘴の中にはずらっと鋭い牙があってな、案外獰猛な肉食だよ」

その説明で分かった。プラテパスってカモノハシか。だけど、俺の知ってるカモノハシには牙なんて無かったぞ？

あ、大昔のカモノハシは、嘴の中に歯があって魚を食っていたって、ネイチャー系の雑誌で読んだ覚えがある。しかもかなりデカかったとも書かれていたぞ。

ようやく納得したけど、全然何の慰めにもならない。そっか、肉食かあ……。

半ば、ギイの後ろに隠れるようにしていた俺は、ごそごそと動き始めた茂みを見て慌てて剣を抜いたのだった。

頼むから、俺の身長よりもデカいのとかはやめてくれよな！

「出たぞ。これはデカい！」

嬉々としたハスフェルの声に、俺はギイの背後から恐る恐る覗き込んだ。

「うわあ。これは駄目」

思わずそう言うくらいに、出てきたそいつは色々と駄目だった。

まず、大きさがおかしい。全長4メートルはある。

その巨大なカモノハシが、水の中を悠々と泳いでハスフェルとオンハルトの爺さんがいる側に向かって行った。

「チッ、向こうへ行きやがった」

舌打ちするギイを、思わずジト目で見る。

「おお、来たぞ！」

自分達に向かって来ているのを見て、嬉しそうなハスフェルとオンハルトの爺さんの声が重なる。

「じゃあ、ケンの為に戦い方の説明をするぞ」

ハスフェルがそう言ってくれたので、俺は慌ててギイの後ろから出る。もちろん剣は抜いて。

「まず、絶対に気をつけなければいけないのが、この口だ！」

そう叫んだハスフェルが、いきなり持っていた槍を近づいてくる巨大カモノハシに突き立てた。

槍は見事にカモノハシの嘴を貫いて止まり、結果として巨大カモノハシを地面に縫い付けてしまった。

「最大の武器である口を押さえてしまえば、まあ安全だ。頭は硬いから、切るなら首か胴体だ。尻尾にも気をつけろよ」

そう言って、オンハルトの爺さんが取り出した巨大な戦斧で首の辺りを一撃で叩き切った。

巨大なジェムが転がる。そして、落っこちた素材は見事な毛皮だった。これ、本当に誰が鞣(なめ)しているんだろう？

どうしても気になり、一歩下がってから定位置の俺の右肩にいつの間にか座っていたシャムエル様を見る。

「なあ、ちょっと質問だけどさ。あの素材の毛皮って、どうしてあんな状態で落ちるんだ？」

「え？　どういう意味？」

「いやだってさ。普通、獲物の皮を剥いでから革にするまでってかなり大変だって聞くからさ。それなのに、どうやってあんなに綺麗にしているんだろうって思ったんだよ。まあ単なる疑問」

俺の質問に、シャムエル様が笑って頷く。

「あのね、この世界でも普通の動物の皮は、大変な手間をかけて専門の職人さんが鞣して革にしているよ。それに対して、ジェムモンスターの素材っていうのは、そもそも成り立ちが全く違うの。素材は、そのジェムモンスター自身のとある部分が、この世界のマナの欠片が融合した鉱物と同化していて素材になるんだ」

「マナの欠片?」

「そう、マナの欠片はこの世界の鉱物と同化していて、普通はそのまま時間の経過と共に流れてまた地脈に返る。だけど幾つかのジェムモンスターは、周りにあるマナの欠片を取り入れて自分の体のある部分と融合させるんだ。それは地上に現れる前の、以前ベリーから貰ったジェムの卵の状態の時に起こる。それが出来るのが素材持ちの亜種や上位種って訳。だから出来上がった素材は私が指定した形になる」

ドヤ顔のその説明を聞いて考える。

「ええと、その説明だと、命を維持する為に食べたり飲んだりして体に入れるマナとは別のマナがあるって事か?」

俺の再度の質問に、またシャムエル様が考えている。

「ええと……マナの欠片は、マナを取り入れた際の残りカスって思って貰えばいいかな。例えて言えば、ある食べ物の一部のとても硬い部分。普通は残すでしょう? それで、地面に落ちたマナの欠片が鉱石と同化するの。亜種や上位種はそれを自身の一部と融合させているんだよ。分かった？」

これまた、難しい話になってきたぞ。

しばらく考えて、丸ごとまとめて難しい部分は理解するのを放棄して明後日の方角に放り投げておいた。

要するに、素材を持つようなレベルのジェムモンスターは、成長する時にマナと一緒にそのマナの欠片を取り入れて、自分が成長するのと同時に素材も硬化させていく訳だな。で、ジェムモンスターとなって地上に出て、時間切れで消滅するのでない限りジェムになった時点でシャムエル様が決めた素材を落とす、と。

多分これで間違ってないだろう。

「あれ？　って事は、時間切れで消滅する際はどうなるんだ？」

思わずそう呟くとシャムエル様に頬を叩かれた。

「ジェムが消滅する時に、素材部分も普通は一緒に消滅しちゃうよ。素材が残るのは、あくまでも体が崩壊してジェムが残った場合のみだからね」

「おう、体が崩壊とな。これまた強烈なパワーワード頂きました」

苦笑いして、そう呟きながら頷く。

「分かった？」

「うん、多分解ったと思う」

「よろしい」

何故だかドヤ顔のシャムエル様の尻尾を突っついてやると、横から呆れたような声が聞こえた。

「おおい、お前がのんびりシャムエルと話をしてる間にもうすぐ一面クリアーだぞ」

「うわあ、すんません！　せっかくだから戦います！」

そう叫んで、抜きっぱなしだった剣を持ち直す。

「じゃあ、足止めしてやるからお前が斬る役をやってみろ」

ギイがそう言ってくれたので、小さく頷いて構える。

岸に上がって来た3メートルくらいのやや小柄なカモノハシの嘴を、ギイが見事に槍の一撃で突き刺して止めてくれる。

「行きます！」

真横から近寄り、一気に首の下辺りを叩き斬った。

そのあと、何とか俺も小さめサイズなら数匹は一人で倒す事が出来たので、今回は一応肉食相手に頑張って戦ったぞ。ようやく三面までクリアーして、本日の出現分を終了したよ。

お疲れ様でした〜！


食事を終えて少し休憩したら、早々に片付けて出発する。

「次はどこに行くんだ？」

「ハリモグラが出るらしい。素材の大針もバイゼンへ持っていってやれば喜ばれるぞ」

「ハリモグラ？　ハリネズミの親戚か？」

「まあ似たようなもんだ。え、何。ここは両方出るのか。そりゃあ良い。ぜひ頑張って集めるとしよう」

シャムエル様に何やら耳打ちされて、ハスフェル達は喜んでいる。

「ハリネズミは分かるけど、ハリモグラ？　あ、あれか、オーストラリアにいるハリネズミみたいなやつ。確か生物学的には全然違う種類のはずだけど、ここでは一緒に出るんだ。へえ、面白い」

記憶を辿ってやっと思い出してそう呟いた。

ハリモグラって、確か固有種だったはず。ハリネズミはヨーロッパとかアフリカとかにいるやつだ。へえ、ハリネズミならテイムしたいかも。

「まず、この辺りにハリモグラが出るらしい。さて、どこにいるかな？」

どんな場所なのか俺も見ようとして、前に出かけて慌てて止まる。うん、名前からして背中には針の山があるはず。まずは遠くから確認しよう。針にぶっ刺されて大量出血とか、絶対洒落にならないからな。って事で少し離れたところから見ていると、苦笑いしたハスフェルが振り返って手招きしてくれた。

「よしよし、少しは用心する事を覚えたな。ハリモグラはこの裂け目から出てくるらしい。ハリネズミは、この先にある茂みに出るみたいだから後で行こう。ここはお前も頑張って戦え。扱い方さえ間違えなければ大丈夫だぞ」

にんまり笑ってそう言われても、不安しかない。

「俺が知るハリモグラは背中が鋭い針で覆われた、全長30センチくらいの針山なんだけど……そうだよな！　やっぱりこうなるよな！」

岩の裂け目からのそのそと出て来た大型犬サイズの巨大ハリモグラを見た俺は、力一杯叫んだ。

背中を覆う、50センチはあろうかという太い針にマジでドン引く。しかしよく見るとその動きは鈍く、こっちに向かって針を飛ばす事も、丸くなって吹っ飛んでくる事もなかった。

「あいつらの正式名称は、カメレオンエキドナ。通称ハリモグラ。何故そう呼ばれてるかは見りゃあ分かるよな。名前の通りに地面に穴を掘って潜る」

笑ったギイの説明に、苦笑いして頷く。

「動きは鈍いが、あの針には気をつけろよ。攻撃するなら槍が良い」

頷いて収納しているミスリルの槍を取り出して構える。

ハスフェルは、槍でハリモグラを軽く叩いてから、丸くなって動かなくなったハリモグラを一気に突いて簡単に倒した。

「今回は、従魔達は危険だから触るんじゃないぞ」

まん丸で巨大な針山になったハリモグラを見て、思いっきりドン引きしている従魔達に俺達は揃って吹き出した。

「確かに、物理攻撃専門のお前達には無理だな。いいからそこで見ていろ。その分ケンが働いてくれるとさ」

ハスフェルの言葉に、ギイとオンハルトの爺さんも笑っている。俺も笑いながらマックス達を振り返った。

「たまには俺が頑張るから、お前らは休憩していていてくれていいぞ」

槍を見せながらそう言うと、それぞれのリアクションで謝ってくれた。いいって、たまには俺が働くよ。

「私は大丈夫ですよ」

得意気に進み出たのは、巨大化したセルパンと、ファルコとプティラの飛行コンビだ。

セルパンは、何とハリモグラを頭から丸ごと飲み込んだのだ。

次の瞬間、セルパンの口から長い針がボトボト落ちて、巨大なジェムを吐き出した。

「噛み付いて毒針を突き刺してやったんです。これくらいの大きさならイチコロですよ」

おう、セルパンってあの大きさだけど毒蛇だったな……。

ファルコとプティラは、それぞれ巨大化して大きな鉤爪でハリモグラを引っ掛け、そのまま空から地面に叩き落として、簡単にやっつけていたよ。

「回収して来ま～す」

それを見てスライム達が嬉しそうに跳ね飛んでいった。

「俺も負けてられないぞ！　っと」

そう言って、こっちに近付いて来たハリモグラを軽く叩いた。丸まって動きが止まったところを教えてもらった通りにミスリルの槍で力一杯突き込む。呆気なくジェムと素材になって転がったよ。

ううん、ハリモグラはあんまり可愛くない！

「五面クリアーだな。じゃあ次に行くけど、ハリネズミだからお前らはまたお休みだな」

背中に乗りながらそう言うと、マックスは悔しそうに鼻で鳴いた。

「いつも大活躍なんだから、たまにはゆっくり休んでいろって」

慰めるつもりでそう言ったんだが、どうやら逆効果だったらしい。

「ご主人、私達にだって出来ますって。次は一緒に戦いますよ！」

シリウスと二匹揃って元気良く遠吠えしたマックスは、勢いよく走り出した。

「うわあ、待て待て！　お前どこへ行くのか分かってるのかよ〜！」

「当たり前です！　あそこの茂みですよね！」

勢いよく茂みに突っ込む寸前で止まったマックスの背の上で、俺は手綱を握り締めたまま、息を切らせて硬直してたのだった。

「こ、怖かった〜。ハリネズミがいるって言う茂みに、このまま突っ込むのかと思ったぞ」

同じく隣に突っ込んできたシリウスに乗っているハスフェルを振り返る。

「全く血の気の多い奴らだ。だけどさすがにここも、従魔達には無理だと思うけどなあ」

ハスフェルの指差す方を見ると、さっきのハリモグラと変わらない大きさの巨大ハリネズミがあちこちをモゾモゾと歩き回っているのが見えて、絶句したよ。

「ううん、あの大きさ……テイムするのは無理かな？」

仮に捕まえられたとしても、弱らせる方法がさっぱり分からない。諦めようかと思った時、マックスが背に乗る俺を振り返った。

「ご主人、あれをテイムしたいんですか？」

「そう思っていたんだけど、ちょっと無理っぽい」

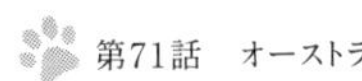

「それなら大丈夫よ！　私がやってあげる！」

いきなり横からニニがそう叫んで前に出る。

「私達も参加するわよ〜！」

「ご主人、どの子にするの？」

巨大化した猫族軍団全員からキラッキラの目で見つめられて、俺は巨大ハリネズミ達を見た。

「ええと、せっかくだから亜種がいいな」

「じゃあ、あれね！　行くわよ〜！」

ニニがそう叫んだ瞬間、猫族軍団が全員走って行った。

おいおい、お前らまさかとは思うけど、あんな針だらけの巨大なボールで遊ぶつもりか？

第72話　テイムするぞ！

「じゃあ、ハリネズミ転がし開始〜！」

そう言って、ニニがいきなり巨大ハリネズミを横から猫パンチで叩いた。勢い余って横に吹っ飛ぶハリネズミ。

叩かれたハリネズミは、即座にボール状になって全身トゲだらけの栗のイガみたいになった。だけど針の根元横の部分を叩いたらしく、ニニの前脚には怪我はないみたいだ。

「ああ、私がしたかったのに先を越されてしまいましたね」

そう言いながら、マックスが前足で地面を引っ掻いて悔しがっている。

「まあ、まだハリネズミはいるから好きなだけ狩ればいいって。それより、あんなトゲだらけのハリネズミを、ニニ達は一体どうやって捕まえるつもりだよ」

太い首元を叩いて興奮するマックスを宥めつつ、背の上からニニ達を見守る。

するとバラバラに離れて展開した猫族軍団が、本当にハリネズミ転がしを始めたのだ。

「ええ、痛くないのかよ。あれってどうやって転がしているんだ？」

身を乗り出してニニの手元をよく見てみると、何と驚いた事に爪を全開にしてハリネズミボールの針を飛び出した鉤爪に引っ掛けて器用に転がしている。

時々突き出た岩にぶつけつつ、猫族軍団によるハリネズミ転がしが延々と続く。

とうとう限界が来たらしく、丸まった体が解けて柔らかいお腹側を上にして伸びてしまった。完全にノックアウト状態だ。

ニニがその腹を前脚で押さえる。当然、めり込む寸前の爪は全開だ。

「はいどうぞ、ご主人。今ならもう大丈夫よ」

呆気に取られて言葉もなく見ていた俺だったが、その言葉に我に返る。

急いでマックスの背から降り、ハリネズミの針の無い首の所を押さえて、声に力を込めてはっきりと言う。

「俺の仲間になるか?」

「はい!　よろしくお願いします、ご主人!」

可愛らしい声で元気よく返事をした直後に光を放って、大型犬サイズに大きくなった。

ううん、従魔の女子率がまた上がったぞ。

「紋章はどこに付ける?」

腹這いに戻ったハリネズミに手袋を外しながら尋ねると、少し考えて頭を下げた。

「この、頭の後ろはどうでしょうか?」

背中の針が、体に沿って倒れる。

「じゃあここで良いか?」

後頭部の位置あたりを触って軽く押さえつけた。

「お前の名前はエリキウス。エリーって呼ぶ事にするよ。よろしくな、エリー」

ちなみに、エリキウスはハリネズミって意味のラテン語だ。

「はい、どうかよろしくお願いします。動きはあまり速くありませんが、防御に関しては自信があります！」

そう言って、背中の針を一気に立たせる。

「じゃあ、俺が留守番している時の護衛役をお願いするよ」

針の無い頭をそっと撫でてやると、嬉しそうに目を細めてどんどん小さくなった。リアルハリネズミサイズにまで小さくなったエリーを両手で抱き上げてやる。

もふもふとは違うけど、これもまた超可愛い。

針の向きに気をつけながらそっと撫でてやり、抱き上げたまま他の従魔達に紹介してやる。

「エリーは、普段はどこにいたら良いかな？」

ウサギコンビの籠の中は、俺が時々無意識に手を突っ込んでモフるから危なくて駄目だ。だけどニニの背中も、もう満員だぞ。

「鞄の外ポケットはどうでしょうか？　私の針は鋭いですから、出来れば一人で入れる場所が欲しいです」

改めて鞄を見ると、外側部分に蓋つきポケットがある。生地は分厚いし深そうだからエリーの針でも大丈夫だろう。

「おお、ぴったり入った！　じゃあここで良いか？」

「はい、すごく居心地も良いです」

嬉しそうにそう言って外ポケットに収まっているエリーの小さな額を、俺はそっと撫でてやった。

KEN

結局、大張り切りの従魔達が主に戦い、七面目をクリアーした時点で一旦撤収して石の河原へ戻る事にした。

しかし河原横の草地に作っていた俺達の場所には、ふた張りのテントが張られていた。

「先を越されたな。まあ良い。じゃあ俺達はこっちで休むか」

笑ったハスフェルがそう言い、スライム達が少し離れた場所の草を刈り始めた。

「ここの草はすっごく美味しい！」

「美味しいよ〜！」

ラパンとコニーも飛び出して草を食べ始めたので、あっという間にさっきよりも大きな広場が出来上がり、それぞれのスライム達がテントを張ってくれた。

「ああ、申し訳ありません！」

テントから顔を出した二人が、慌ててそう言って俺達のところに走って来る。

「気にしなくて良いぞ。早いもの勝ちだよ」

ハスフェルの言葉に、申し訳なさそうにもう一度謝る二人。

だけどそんな事より、俺はランドルさんの肩に留まった大きな鳥に目が釘付けになっていた。

「もしかしてその子って、ここでテイムしたんですか！」

俺の呼びかけに、ランドルさんは泣きそうな顔で何度も頷き、駆け寄ってきて俺の右手を握った。

「ありがとう、ケンさんは俺の恩人だよ。言われた通りにやってみたら、鷲くらいに簡単にこいつをテイム出来たんだ。俺達を乗せてくれるって。夢みたいだよ。本当にありがとうございます！」

笑顔のランドルさんの言葉に、俺も笑顔になる。

「テイム出来たのはランドルさんの実力なんだから、気にしないで。テイマー仲間が増えて俺も嬉しいよ。頑張ってもっと集めて自分の紋章を入れないと」

「ああ、確かにそうだな。じゃあせっかくだからもう少し頑張ってみるよ」

嬉しそうにそう言って、スライムと並んで仲良く肩に留まっている綺麗なピンク色の鳥を撫でた。

「こいつはカメレオンガラー、綺麗な羽色だったから絶対に欲しいと思ったんだよ」

その鳥は、今は鳩くらいの大きさになっていて、体は鳩よりはやや細めで全体に濃いピンク色をしてる。翼部分と尾羽が灰色、頭の上側は白っぽくなっていて、なんとも可愛らしい色合いだ。残念ながら連れているのはむさ苦しいおっさんだけどね。

ランドルさんって、実は可愛いもの好き？

思わず凝視していた俺の視線に気付いたのか、ランドルさんは照れたようにちょっと赤くなった。

「別に構わないでしょう。むさ苦しいおっさんが、その……可愛いもの好きでも」

何だよこのおっさん、可愛いぞ、おい。

ちょっと違う扉を開けそうになって、思わず誤魔化すように笑って顔の前で手を振った。

「いいじゃないか。ちなみに俺は、もふもふしたのが好きだぞ！」

そう言って、真っ白なコニーを抱き上げて見せてやる。

「おお、これは可愛い！　よし、ウサギもテイムする事にします」

真顔でそう言われて、顔を見合わせて同時に吹き出したのだった。

そのあと、ハスフェル達は、彼らと何処で何が出るのか顔を突き合わせて教え合い始めた。

「なんだって、そりゃあ良い。何処だって？」

ハスフェル達の何やら嬉しそうな声が聞こえて後ろから覗き込むと、お互いの情報を元に、この飛び地の即席の地図を描いている途中だった。

「成る程ね。わざわざ別行動にしたのは、ああいう意味もあるのか」

感心してそう呟き、用意した机に作り置きを色々と並べた。

ぺしぺしぺし……。

ふみふみふみ……。

カリカリカリ……。

つんつんつん……。

チクチクチク……。

「うん、おはよう……」

無意識で返事をした直後、違和感にうっすらと目を開く。

「相変わらず起きないねえ」

呆れたようなシャムエル様の声が耳元で聞こえる。俺の朝が弱いのは、マジで筋金入りなんだよ。

「じゃあ、起こしますか？」

「いつもみたいに、私達がやってもいいけど、せっかくだからもう一回やってみれば？」

「そうですね。じゃあ頑張ってみます」

マジで眠くて二度寝の海に沈みかけたその時、横向きに寝ていた俺の頬に何かが突き刺さった。

「痛っ！」

「ご主人起きた～！」

嬉しそうなエリーの声が聞こえて、頬を押さえながら飛び起きた。

「も、もしかして俺の頬、血塗（ちまみ）れだったりする？」

恐る恐るそう尋ねると、膝の上によじ登って来たエリーが嬉しそうに後ろ足で立ち上がった。

「大丈夫ですよ。こうやって、寝坊助なご主人を起こしてあげたんですよ」

そして背中の針を俺に見せて軽く丸まった。

その瞬間、俺の膝に激痛が走った。

「痛ってぇ～！」

慌てて頬を押さえていた手を離して膝を押さえる。

「ば、ば、万能薬～……あれ？」

だけど痛かったのは一瞬だけで、血は全く出ていない。

「はい、どうぞ。でも何に使うの？」

右膝に飛び乗って来たサクラが、不思議そうに万能薬の入った瓶を取り出してくれる。

「いや、ええと……あれ？」

もう一度頬を押さえて首を傾げる。血なんて全く出ていないし、もう痛くない。

「ご主人に怪我なんてさせませんよ。ちゃんと針の先は丸くして突っついています」

ドヤ顔のエリーは、丸くなってお尻側にある下向きの針を、何と一本だけ伸ばしのだ。

「凄えな。針を一本だけ伸ばすなんて事出来るんだ」

感心したようにそう言うと、またドヤ顔になった。

「これは危険を感じた時に勝手に出る仕組みなんです。ですがテイムしていただいたおかげで、自分で色んな事を考えられるようになって、これも出来るようになっていました」

不思議に思ってシャムエル様を見ると、うんうん、って感じに嬉しそうに何度も頷いている。

「これは、飛び地の子限定の能力だよ。だけどエリーちゃんはいきなり使いこなしていてびっくりだね」

神様に感心したように言われて、苦笑いするしかなかった。

「そっか！　うちの子達は皆優秀だもんな～！」

そう言ってトゲに気をつけながらエリーを撫でてやり、そっと下ろしてやる。

犬くらいのサイズになって、足元をのそのそと歩いている針山を見てちょっと笑ったよ。

ううん、だけどエリーがいるだけで、何だかここの防御力が上がった気がするな。


テントの外を見ると、もうランドルさん達のテントが無くなっている。

「かなり前に出発したよ。多分、ヘラクレスオオカブトのところへ行ったんだろう。あれが出ると聞いて黙っている冒険者はいない」

笑ったハスフェルの言葉に納得した。頑張れおっさんコンビ。

「それで、今日はどこへ行くんだ？」

食後のコーヒーを飲みながら三人を振り返る。

ハスフェルが、昨日描いていた地図を取り出して机に広げた。

「ランドルがテイムしていたピンクの鳥だけど、お前もテイムするのか？」

「ああ、そのつもりだよ」

すると、三人はにんまりと笑った。

「ランドルによると、あのピンクの鳥をテイムした場所は、いろんな色の鳥達が出る場所らしい。素材の鳥の羽根は細工物として使えるから、出来れば集めておきたい」

「なるほど、クーヘンに渡せる素材か」

納得していると、ハスフェル達が揃って手を挙げた。

「俺達も鳥の従魔が欲しいです！」

その言葉に堪える間もなく吹き出す。

「おう、構わないぞ。テイムの上限以内なら好きなのをテイムしてやるぞ」

さすがにもう一回心臓が止まりかけるのは勘弁してもらいたい。

腕を組んでそう言い、全員揃って大爆笑になったのだった。

相談の結果、今日は鳥達のいる場所へ向かう事にした。

相談が済んだところで、ハスフェル達はテントを片付ける為にそれぞれのテントへ戻って行った。

俺は寄って来た従魔達を順番に撫でたり揉んだりしてやる。

「じゃあ、俺もテントを片付けて出発だな。さて、今日はどんな子が仲間になるんだろうな」

最後に、マックスの大きな首に抱きついてそう呟いたよ。

テントを撤収してかなり奥地まで進み、草地の先にある雑木林の横で一斉に止まった。

「ここがそうなのか?」

丁度止まった場所は、目の前の右半分が雑木林で、左半分は浅そうな池が広がっている。

「ランドルからの情報によると、ここで待っていれば雑木林から出現したジェムモンスター達が、枝沿いに出てくるそうだ。飛び立たれてしまっては手が出せないので、雑木林の中で待ち構えて、奥から枝沿いに出て来たところを叩き斬っていた。それで、そのうちの一匹をお前が言ったように叩き落として確保してみたところ、簡単にテイム出来たらしい」

「ああ、そうだったのか。上手くいって良かったよ」

笑って左肩に留まっているファルコを見上げる。

「じゃあ、上空の制圧は任せて良いか?」

「任せてくださいご主人!　プティラ、行きますよ!」

嬉しそうに甲高い声で一声鳴くと、巨大化したファルコとプティラは翼を広げて空に飛び上がった。

　その時、雑木林のあたりが一斉に騒めき出した。

　何やら賑やかな鳴き声と、ヒステリックにギャーギャーと叫ぶような鳴き声。緑だった雑木林がピンクに染まる。かなり大きくて、頭から尾羽の先まで50センチ以上ありそうだ。

「それならこっちかな」

　少し考えてミスリルの槍を取り出した。

　羽ばたく音と共に、モモイロインコが雑木林から上空へ飛び立つも、上空はファルコとプティラが制圧している。

　慌てたように塊のまま池の方に逃げる。

「よし、こいつにしよう！」

　俺の方に飛んできた巨大なモモイロインコを槍の石突で軽く叩き落とす。そのまま池に転がり落ちたモモイロインコの尻尾を摑んで引き上げる。もう全身びしょ濡れだよ。

　羽ばたいて逃げようとするので、翼の根本を引っ摑んで押さえ込み、大きな嘴を丸ごと左手で摑む。悲鳴のような鳴き声の後に大人しくなった。

　首の根本辺りを捕まえて、巨大なモモイロインコの顔を覗き込む。

「俺の仲間になるか？」

「はい、よろしくお願いします。ご主人！」

　甲高く可愛い声。またしても従魔の女子率上がったみたいだ。

　答えた直後に光を放ち、手を離してやるとさらに巨大化してファルコと変わらないサイズになった。

「お前の名前はローザだよ。よろしくな、ローザ」

ファルコ達と同じ胸の部分に手を当ててやると、また光って、今度は一気に小さくなった。

リアルモモイロインコサイズになり、腕に飛び上がって来たので冠羽の立った頭を撫でてやる。

「良いのをテイムしたね。その子も亜種だから強いよ」

「へえ、そうなんだ。よろしくな、ローザ」

シャムエル様の言葉に嬉しくなって、背中も撫でてやった。ああ、これも良きもふもふ……。


「お疲れさん、そろそろ次が出るぞ」

笑ったハスフェルの声に慌てて振り返ると、転がる中サイズのジェムと、巨大なピンクやグレーの羽を見て吹き出した。

「あはは、ごめんよ。参加しないうちに一面クリアーしたみたいだな」

笑って誤魔化すと、ハスフェル達も振り返って笑った。

「まあ、目的の子はテイム出来て良かったじゃないか。次は俺のを頼むよ」

「俺達も待ってるぞ～！」

ギイとオンハルトの爺さんの声に皆で笑い合った。

飛び立ったローザも上空制圧に参加。俺はにぎやかな鳴き声が聞こえてきた雑木林を見た。

「また違うのが出た。あれって、海賊が肩に乗せているやつだ！」

三人が揃って不審そうに振り返る。

「何だって？」

あ、このネタはさすがに通じなかったか。

「独り言だから気にしないでくれ。それより、あれで良いか？」

「もちろん！」

「じゃあ、確保は自分でやれよな！」

嬉しそうに大きく頷くハスフェルに俺も笑って言い返してやり、ミスリルの槍を持ち直した。

出て来たのは真っ赤な羽色（はいろ）の大きな鳥で、翼の先の部分が黄色と青になっていて真っ赤な尾羽も長い。

「ええと、なんて名前だっけ……あ、そうそうコンゴウインコだ！」

「あれはカメレオンマコー、あるいはパロット。特にあれは様々な色があって、レッドパロットとかブルーパロットと呼ばれている。しかし、ここまで大きいのは初めて見たぞ」

妙に嬉しそうにハスフェルがそう言うと、気配を消してゆっくりと雑木林に近寄っていき、ある一羽に狙いを定めて、一気に手を伸ばして飛びついた。

驚いた真っ赤な鳥達が一斉に羽ばたいて逃げる。しかし、ハスフェルの大きな手は目的の鳥をしっかりと掴んでいて離さない。

暴れるコンゴウインコは、羽ばたきながらハスフェルの手を嚙もうとしていたが、嘴を押さえつけられて抵抗を封じられてしまった。

「もう大丈夫みたいだな。じゃあ頼むよ」

大人しくなったところで、ハスフェルがそう言って振り返る。

「おう、それじゃあ、俺の仲間になるか？」

手を伸ばして首元を押さえ、声に力を込めてそう言うと、それを見たハスフェルが嘴を離す。

「はい、よろしくお願いします！　ご主人！」

嬉しそうに返事をする。どうやら雄だったみたいだ。

そして返事をしたその瞬間、ピカッと光ってそのままぐんぐん大きくなる。

「おお、これまたデカくなったぞ」

真っ赤で尾羽も長い鳥が巨大化すると、ちょっと恐竜っぽい。多分、大鷲より尾羽が長い分こっちの方が大きそうだ。

「名前は？」

ハスフェルを振り返ると、嬉しそうに口を開いた。

「では、アンタレスで頼むよ」

おお、やっぱり星の名前シリーズ。

「よし、お前の名前はアンタレスだよ、よろしくアンタレス。だけど、お前は俺じゃあなくて、別の凄い人の所へ行くんだからな」

他の子達と同じ胸の部分に右手を置いて、そう言ってやる。

またピカッと光った後、今度はぐんぐんと小さくなった。鳩の体を細くして尾羽を長くした感じだ。

小さくなったアンタレスを右手に乗せてやる。

「ほらおいで、この人がお前の新しいご主人だよ」

そう言ってハスフェルの目の前まで持っていってやる。

「新しいご主人ですか？」

「ああ、よろしく。ハスフェルダイルキッシュだ。ハスフェルって呼ばれているよ」

ハスフェルの差し出した大きな腕に、嬉しそうにアンタレスが乗る。

「よろしくお願いします！　新しいご主人！」

軽く羽ばたいて、ハスフェルの太くて長い指に頬擦りする。

「おお、これはまたふわふわだな。よろしくな。アンタレス」

笑顔のハスフェルがそう言い、自分の左肩に乗せる。

「上手くいって何よりだな。で、こっちはそろそろ次が出るんだがな」

苦笑いするギイとオンハルトの爺さんの声に振り返ると、またしても散らばるジェムとカラフルな羽根。どうやら、今回は従魔達が大張り切りしてくれたらしい。

ハスフェルの肩にいたアンタレスが、一声鳴いて大きく羽ばたいて空へ舞い上がる。

そのまま巨大化してファルコ達に合流する。三羽の鳴き声にアンタレスの豪快な鳴き声が重なる。

「挨拶しているみたいだな」

呆気に取られて舞い上がるその姿を見送った俺達は、顔を見合わせて同時に吹き出した。

「じゃあ、上空の戦力も強化された事だし、次はギイか？」

「ああ、頼むよ」

嬉々として進み出るギイを見て、俺も今度は少しくらい参加出来るかと思って槍を構えた。

次に出て来たのは、背中側が青、腹側が黄色のルリコンゴウインコだった。

ギイが捕まえて俺がテイムする。名前はギイの希望でカストルと命名。雄。

その次は、全身濃い青のスミレコンゴウインコが出た。

オンハルトの爺さんが捕まえた子にはポルックスと命名。これも雄。

青の色違い二羽が双子座の星の名前になった。ぴったりのネーミングだな。

「これは可愛い。青と黄色の羽が綺麗だな」

「全くだ。これも素晴らしい青い色だな」

ギイとオンハルトの爺さんは、そう言っては嬉しそうに互いの鳥を自慢し合ってる。

こうやって並べると、確かにどの子も綺麗だよ。

水筒から水を飲みながら、空を見上げる。

上空を制圧してもらうなら、数がいた方が良いし、空を飛ぶ時のファルコの負担も軽くなるだろう。もう少しテイムしても良いかと考えて、雑木林を見る。

よし、綺麗な色の鳥だったら、もうちょっと頑張ってテイムしよう。

しばらくして、また雑木林が騒めき出す。そしてものすごい雄叫びが聞こえてきた。
「うわあ、これまた賑やかな鳥だな。どんな鳥だ？」
苦笑いしながら出てきた鳥を見た俺は、思わず拳を握りしめてガッツポーズを取った。

「よしよし、やっぱりオウムと言えばこれだよな」

そう呟いて前に進み出る。

出てきた鳥は、全身真っ白で大きな嘴、そして頭の上には黄色い冠羽と呼ばれるやや細長い羽根が立ち上がった大きな鳥だった。

「あれは、カメレオンコッカトゥ。良いじゃないか。あれの羽根も高く売れるぞ」

ハスフェルの言葉に、大きく頷く。

「確かキバタンって名前のオウムだよな。よし！　俺は一羽テイムするぞ！」

槍を手に進み出る。

雑木林から飛び出したキバタンが一斉に羽ばたいて舞い上がり、上空のファルコ達に気付いて逃げる。しかし、降りてきたところを猫族軍団達が一斉に飛び上がってキバタンを叩き落として、次々にジェムに変えていった。何、あのジャンプ力。凄い。

その時、ファルコが上空に逃げた一羽のキバタンを両脚で確保して降りてきた。

「はい、どうぞ。大きめのを捕まえましたよ」

そう言って、まるで荷物を渡すように勢いよく俺の手元に真っ白なその鳥を落とす。

慌てて槍を収納して手を差し出して受け止めた。これもかなり大きい。

しかし、仰向けに落ちてきたキバタンは、恐怖に硬直している。

ひっくり返して左の手首に留まらせてやってから、右手で頭を掴んで顔を覗き込む。

「俺の仲間になるか？」

ようやく我に返ったらしいキバタンが、大きく身震いする。

「はい、よろしくお願いします！　ご主人！」

答えと同時に羽を広げて地面に降り立ち、また光って一気に大きくなる。おお、これまたデカい。

そしてその声で分かった。またしても従魔達の女子率が上がったみたいだ。

右手の手袋を外して、皆と同じ胸元を軽く押さえる。

「お前の名前はブランシュ。ブランって呼ぶ事にするよ」

フランス語で白って意味だ。そのままだね。

また光った後、小さくなってハトサイズになった。尻尾が短めなのでやや小さい印象だ。

「よろしくな、ブラン」

「はい、よろしくお願いします。ご主人」

嬉しそうにそう言うと、大きな嘴で俺の右手の指を甘噛みした。

「テイムおめでとう。その子も亜種だから強いよ」

シャムエル様の声に、もう一度笑って思い切りブランを撫で回してやった。

「じゃあ、俺達のも頼むよ」

笑ったハスフェルの声に驚いて振り返ると、なんと三人とも白いキバタンを確保していた。って事で、確保した子達を順番にテイムしてやる。

ハスフェルの子は、名前はカノープス。雄。ギイの子は、レグルス。これは雌だったよ。オンハルトの爺さんの子はアリオト、これも雌だったね。

またしても星の名前で統一。でも、もうそろそろネタ切れかも。

それぞれの子達を腕に乗せて大喜びする三人を見て、水筒の水を飲んだ俺は静かになった雑木林を見つめた。

「もう終わりかな？」

「どうだろうな。ランドルの話では、かなりの種類が出たと言っていたが？」

顔を上げたその言葉が合図だったかのように、またしても雑木林が騒めく。

「次は何かなっと」

雑木林から飛び出してきた鳥は、多分ペットでは一番メジャーな鳥、セキセイインコだった。だけどやっぱり、俺の知るセキセイインコよりかなりデカい。尾羽の先まで50センチは余裕でありそうだ。

しかも鳴き声は可愛くて、ちょっと癒されたよ。

またしてもファルコが確保してくれたので、俺は楽にテイムする事が出来たよ。

色は、緑色と黄色の混じった定番の色っぽい子だ。

名前はメイプル。特に理由はないけど、何となくこの子を見た瞬間に思いついた名前だ。

メイプルも雌で、巨大化すると他の子達と変わらない大きさだ。デカいセキセイインコって、ちょっと恐竜っぽい。テイムラッシュはここで終了した。

「いやあ、なかなか良い子達をテイムしたんじゃない？　どの子も亜種だからかなり強いよ」

シャムエル様の言葉に顔を上げる。

「へえそうなんだ。あいつらってそんなに強いのか？」

俺的には、アヴィと同じ非戦闘員のつもりで集めたんだけどな。

「まあ、その辺は実際に見てもらった方が早そうだね」

何やら含みのある言い方に首を傾げて雑木林を振り返る。しばらく黙って見ていたが、風にざわめくだけで次が出る様子はない。

「どうやら今日はもう終わりみたいだな。どうする、かなり時間を取ったけど、このまま次へ行くか？」

正直ちょっと疲れているので、出来ればもう今日は休みにしたい。相談の結果、結局今日はもう終わりにして石の河原へ戻る事にした。

「おおい、一旦戻るから降りてきてくれるか」

上空にいる鳥達に呼びかけて、大きく深呼吸をした。

「さて、じゃあ戻ったら夕食だな。疲れたし、元気が出るように肉でも焼くか」

小さく呟いただけなのに全員に聞こえていたらしく、三人が揃って大喜びしていた。


河原まで戻りテントを張る。俺のテントを河原側に建て、ハスフェル達のテントは俺のテントを囲む様にして建ててくれる。この配置は、飛び地での定番の形になりつつある。

「さてと、それじゃあ準備するか」

作り置きの玉ねぎと醤油の和風ソースと、前回作って好評だったヨーグルトソースもまだあったテトだ。

パンの盛り合わせと簡易オーブンは並べておく。今日の付け合わせは、温野菜色々とフライドポ
ので出しておく。

「味噌汁の作り置きも減ってきたな。また作っておかないと」

そんな事を呟きながら、とりあえず小鍋に人数分の味噌汁を取り分けて火にかけておく。

「自分の分は自分で準備してくれよな」

テントへ来た三人の返事が聞こえたところで、味噌汁の火を止めてメインの肉を用意する。

「じゃあ今日の肉は、グラスランドブラウンブルの肉だぞ」

サクラに四枚分を分厚く切ってもらう。

軽く叩いて筋を切ってから肉料理用のスパイスをしっかり振り、強火力のコンロに一番大きなフ
ライパンをのせ、牛脂を入れてから肉を投入。

強火で、まずは表面を一気に焼いていく。

既にお皿を出して待ち構えているシャムエル様は、ハスフェルが用意してくれた俺のお皿のフラ
イドポテトに目が釘付けだ。

もう一度肉をひっくり返し、蓋をして一旦火を止める。余熱で火を通す間に自分の分の味噌汁と
ご飯を用意する。

「よし、肉が焼けたぞ」

四つ並んだお皿に分厚い肉を並べていく。俺の好みで、しっかりめに焼いた肉だ。

サクラが準備してくれたいつもの簡易祭壇に俺の分を一通り並べる。それから、二種類のソース

も器ごと並べて置く。

「グラスランドブラウンブルのステーキだよ。付け合わせは温野菜とフライドポテト、わかめと豆腐の味噌汁です。少しだけど、どうぞ」

小さくそう呟いて、手を合わせると、俺の頭を撫でた収めの手が料理を順番に撫でてから消えていった。

「よし、届いたな。じゃあ俺も食おうっと」

ステーキソースの器を先に机に戻し、自分のお皿も順番に持ってくる。座って改めて手を合わせると、待ってくれていた三人も同じ様に手を合わせてから食べ始めた。

「あ、じ、み！　あ、じ、み！　あ〜〜〜〜〜〜〜〜〜〜っじみ！　ジャジャン！」

タップダンスみたいなステップの後、くるっと回って最後は片足でキメのポーズだ。

「はいはい、今日も格好良いぞ」

笑ってもふもふの尻尾を突っついてから、ステーキを大きく一切れ切ってやる。

「あ、玉ねぎのソースかけちゃったけど、これで良いか？」

切ってから、前回作ったヨーグルトソースを気に入っていた事を思い出す。

「もちろん構わないよ、それも美味しいもん」

笑って頷き、お皿に切った肉と温野菜、フライドポテトは大きめのを一本。しかし、それを見たシャムエル様がまたタップダンスを踏み始めた。

「何、まだいるの？」

頷くので、苦笑いした俺はフライドポテトを全部で五本並べてやった。蕎麦ちょこには味噌汁を、ご飯はステーキの横に盛り合わせてやれば完成だ。

ううん、最初の頃の数倍のボリュームになっているぞ、これ。

「うわあい、美味しそう！　いっただっきま～す！」

相変わらず妙なリズムのいただきますの後、お皿を両手で持ってやっぱり顔面から突っ込んでいった。

「ケンの焼いてくれるステーキは、本当に最高だね！」

肉を半分くらい食べたところで嬉しそうにそう言ってくれたので、笑ってもう一度ふかふかの尻尾を突っついてやった。


最後の締めに、フライパンに残っていた油に切り落とし肉を追加して、肉だけ炒飯を作る。今回はかなり多めに作ったよ。

空になったお皿に炒飯を取り分けてやり、自分の分を食べようとしたところで不意に誰かに髪を引っ張られた。

「あれ、シャムエル様……は、そこにいるよな？」

シャムエル様かと思ったが、目の前の机に座って炒飯に顔面からダイブしている真っ最中だ。

不思議に思って振り返ると、収めの手が遠慮がちに俺の後頭部の髪を引っ張っていた。

「何やってるんだよ。シルヴァ達」

小さく吹き出した俺は、まだそのままにしてあった簡易祭壇に俺のお皿をのせる。

「肉だけ炒飯、少しだけですがどうぞ」

笑いながら手を合わせてそう言ってやると、スルッと出てきた収めの手が炒飯を撫でてからOKマークを作って消えて行った。

「相変わらずフリーダムだなあ」

捧げていたお皿を回収して自分の席に座ると、今度こそ自分の分の肉だけ炒飯を楽しんだのだった。

第73話　モーニングコールチームの増員と後半戦！

大満足の食事を終えて、デザートに果物を出してやった時に気がついた。

「ええと、お前らって何を食うんだ？」

テントの梁と椅子の背に分かれて留まっている、新しく仲間になった鳥達を振り返る。

「そうですね。果物やナッツ類、それから葉物の野菜や穀物ですね。ある程度は自力でも確保出来るけど、ご主人が持っているその果物を少し貰えたら嬉しいです」

代表してモモイロインコのローザが答えてくれる。

「じゃあちょっと待ってくれよな。ベリー達も食べるだろう？」

振り返ってそう聞くと、嬉しそうに机の横にベリーとフランマが寄って来る。

大きな箱を一つ出してやり、寄って来た草食チームにも食べさせてやる。

羽ばたいた鳥達が、ベリーの肩や背中に留まって果物を出してもらっている。

「草食チームと、猫族軍団、翼のある子達も良い感じに増えてきたな。何て呼ぶかな。空挺団、翼部隊……あ、お空部隊！　よし、呼び名はこれでいこう！　それに、今度街へ行ったら止まり木になりそうなハンガーを探してやろう」

良い思い付きに嬉しくなって側にいたローザを撫でてやった。

「それじゃあもう休むか。ご馳走さん。今日の飯も美味かったよ」

三人がそう言って、それぞれのテントに戻って行く。

見送った俺は、テントの垂れ幕を全部下ろして机の上を片付けた。

お空部隊は、夜は椅子の背に並んで留まってくっついて眠るみたいだ。ううん、これまたもふもふで気持ち良さそう。

「じゃあ、止まり木が見つかるまではここで寝てくれよな」

順番に一羽ずつ撫でてやり、猫族軍団とは違う羽毛の手触りを満喫した。

それぞれに、大きな嘴で俺の指を甘噛みしてくれたよ。

「ううん、だけどあの嘴で本気噛みされたらシャレにならない事になるだろうな。頼むから、俺は噛まないでくれよな」

冗談半分でそう言ってやると、ローザ達は揃って羽を膨らませた。

「人間の皮膚はとても柔らかいんですよね。ちゃんと加減しますからご安心を」

得意気な言葉に笑ってまた撫でてやる。

「そっか、ありがとうな」

それから、マックスを先頭に順番待ちしていた他の子達も好きなだけ撫でたり揉んだりしてやる。

最後にサクラにいつもの様に全身綺麗にしてもらえば、もう寝る準備完了だよ。

振り返ると、一瞬でスライムウォーターベッドになってくれた。

マックスとニニが勢いよく飛び上がって跳ねているのを見て、笑った俺も二匹の隙間に飛び込んだ。

「もふもふパラダイス空間到着～！」

それぞれの従魔達がいつもの定位置につき、最後にタロンが勢い良く俺の腕の中に滑り込んで来る。

「よろしくな。俺の抱き枕さん」

鼻先にキスして、ふわふわの額の辺りに顔を寄せる。

「ああ、最高だね、このもふもふパラダイス空間……」

小さくそう呟いて目を閉じた後の記憶は無い。

いやあ、いつもながら気持ち良いくらいの墜落睡眠だよな。

ぺしぺしぺし……。

ふみふみふみ……。

カリカリカリ……。

つんつんつん……。

チクチクチク……。

ショリショリショリ……。

ショリショリショリ……。

・・・

「うん、起きるよ……」

いつもの様にモーニングコールチームに起こされた俺は、半ば無意識で返事をしながら、違和感を覚えた。

あれ？　何だかいつもよりメンバーが多いぞ？

寝ぼけた頭で考えていると、話し声が聞こえてきた。

「ほら、また寝ちゃったでしょう」

「本当ですね」

「聞いた通りね」

「まあ、気持ちよさそうだ事」

「しばらくして起きてこなければ、いつもは私達が舐めて起こしてあげるの」

「だけど今日は新人さん達に譲るから、頑張って起こしてあげてごらん」

「分かりました！」

これはもしかしてもしかしなくても、最終モーニングコール担当のソレイユとフォールがお空部隊の新人達に俺の起こし方を伝授しているのか？

嫌な予感に起きようとしたのだが、残念ながら俺の寝汚さは筋金入り。そのまま二度寝の海に垂直落下していたのだった。


ぺしぺしぺしぺし……。

ふみふみふみふみ……。

カリカリカリ……。

つんつんつん……。

チクチクチク……。

ショリショリショリ……。

ショリショリショリ……。

「うん、起きる……」

やっぱり担当が増えている二度目のモーニングコールにぼんやり返事をしながら、俺は内心で慌てていた。

何だか凄く嫌な予感がする。頼むから起きろ俺！

何とか起きようとしたその時、こめかみと額の生え際の辺り、それから耳たぶをちょっとずつ摘まれたのだ。

爪の先でちょっとだけ肉を摘んだみたいな、はっきり言ってめっちゃ痛い、あれ。

「ふぎゃ～！」

あまりの痛さに悲鳴を上げて横に転がると、一斉に羽ばたく音がして痛みが無くなる。

「お前らか！　めっちゃ痛かったぞ」

笑いながらそう言って、飛び起きて額のあたりを押さえる。一応出血はないみたいだ。

「そうだよ～！　完璧な力加減だったでしょう?」

ドヤ顔のお空部隊の新入り達を見て諦めのため息を吐く。うん、俺が起きれば良いんだよな。

「そう言えば、普段の鳥達が留まる場所はどうするかな。ここはファルコ一羽だしなあ」

左の肩当てに付けてもらった止まり木。無理しても二羽が限界だと思う。

ニニの背中はもう満員御礼。

「なあ、お前達、移動の時はどうする」

ローザを見ながら相談すると、三羽は揃って俺を振り返った。

「ファルコの横に小さくなったメイプルなら留まれるから、私達は、マックスで移動する時は空を、それ以外の時はこんな感じね」

そう言って、軽々と羽ばたくと俺の左上腕部に二羽並んでしがみ付いた。しかも、ちゃんと服の部分に爪を立てているので俺の腕は痛くない。

「苦しくないか?」

「大丈夫だよ」

二羽が声を揃えてそう言ってくれたので、お空部隊の新人達の定位置は決まった。


「おおい、開けるぞ」

その時、外からハスフェルの声が聞こえてテントの垂れ幕を巻き上げる音が聞こえた。

「おはよう」

身支度を整えた三人が入って来る。

「ああ、おはよう。待って、すぐ準備するよ」

机を出していなかったのを思い出して慌てたが、振り返ってみるといつの間にかスライム達が机と椅子をセットして朝食の準備をしてくれていた。ううん、スライム達最高!

食事が終われば、撤収して出発だ。

先頭を走るギイの乗るデネブのすぐ後ろをオンハルトの爺さんの乗るエラフィが続き、俺の乗るマックスとハスフェルの乗るシリウスがその後ろに並ぶ。

巨大化したお空部隊が賑やかに鳴き交す声を聞きつつ、俺達はスピードを上げて一気に草原を駆け抜けて行ったのだった。

エアーズロックもどきを見ながら走り、岩場の中にある川に到着した。

ここで戦ったのが、カメレオンソルティ。ソルティって何だろうなってのんびり考えていた俺は、マジでドン引いたよ。

だって、10メートルクラスのワニだぞ。正直言って、俺は戦力外だったのをここに白状しておく。

昼食の後、遠くに見えるエアーズロックもどきを右手に見ながら、俺達一行は草原を駆け抜けていた。

「なあ、ここって閉鎖空間なんだよな？　それなら、ある意味創り放題なんじゃね？」

走りながら、マックスの頭に座っているシャムエル様の後ろ姿に向かって話しかける。

「あれ、気づかれちゃったね。そうだよ。ここは言ってみれば元の世界とは別の空間だからね。確かに作ろうと思えばいくらでも出来るよ。特にここは作り直したばかりだから、手直しの要素がまだまだあって楽しいんだよね」

「ええ、それってつまり、多重世界（パラレルワールド）の、別の世界をこの世界にくっつけているのか？」

俺の言葉にシャムエル様が目を輝かせて振り返る。

「おお、さすがだね。多重世界（パラレルワールド）だけじゃなく、空間構築の理論を理解しているんだ！」

「いきなり意味不明ワードを出すんじゃねえよ。多重世界（パラレルワールド）の概念は、俺の世界にもあったから解るだけだよ。神様視線を俺に求めるなって」

「ええ、違うの。残念」

俺の言葉に、シャムエル様は明らかにがっかりしてそう言うと、俺の右肩にワープしてきた。

「あのね、この今いる場所は確かに無限空間だけど、元の世界にくっついた空間なの。だからこの世界の概念は、元の世界の状態を引き継いでいるんだ。鳥は空を飛ぶし、ジェムモンスターもいる。ケンのいた世界にはジェムモンスターや魔法なんて無かったでしょう？」

「ああ、そういう意味か。成る程。ここは言ってみれば元の世界から膨らんではみ出した泡の中みたいなものか」

「いい喩えだねそれ。ここは泡と違って弾（はじ）けたりしないけどね」

最後の言葉に、俺はマックスの背中からもう少しで落ちるところだった。


しばらく走って到着したのは、エアーズロックもどきが少し遠くに見えている赤茶けた草原だ。

全体に木がポツリポツリと植わっていて、俺達から少し離れた場所には巨大な木々の茂る林が一箇所だけある。それ以外は、かなり遠くまでひたすら草原が続いていて高低差はあまりないみたいだ。

「へえ、これってオーストラリアとアフリカのサバンナを足したみたいな感じだぞ」

明らかに、エアーズロックもどきの辺りとは環境が違うように感じる。

「ここは区切りの境界線近くだからね。このまま進めば明らかに環境は変わっていくよ」

「つまりこの空間は、場所によって色々な環境があるって事？」

「そうそう、特に今回は面白いジェムモンスター達がいっぱい出ているから、是非ともたくさん集めてください！」

得意気なシャムエル様の言葉に不安がどんどん大きくなっていき、ちょっと泣きそうになった俺だったよ。

巨大な木々が生い茂る林に向かう三人の後ろをついて行きながら、俺は必死になって周囲に目を凝らしていた。

大丈夫だ。俺にはシャムエル様から貰った鑑識眼があるんだから、たとえ茂みの中に隠れていようとも見つけ出す事が……きっと、きっと出来るはず！　かなりの希望的観測を胸に、草原を見回していた俺は、肝心の目の前の林に対する警戒を怠っていた。

不意にガサガサと賑やかな音がすぐ近くで聞こえて、マックスの背の上で飛び上がった俺は慌てて林を振り返った。

その瞬間、謎の巨大な塊がいきなり林から飛び出して来て、俺達に向かって真っ直ぐに突っ込んで来たのだ。

「どっへぇ～～～！」

情けない悲鳴を上げ、マックスの背の上から落ちそうになって慌てて両手両足を使ってしがみ付く。

声と同時にそのまま大きく跳ね上がるマックス。

「ご主人、しっかり掴まっていて下さい！」

突然の加重力からの無重力状態にまた情けない悲鳴を上げる俺。

「ほげぇ～～～～～！」

地響きを立てて、跳ね上がったマックスの下を走り抜ける謎の集団。

「カメレオンエミューだけじゃなく、カメレオンオーストリッチまで出たぞ！」

嬉々としたハスフェルとギイの声に、マックスにしがみついたままの俺は納得した。

「おお、これは凄い！」

エミューってオーストラリアにいたダチョウみたいなやつか。でもってオーストリッチってもろダチョウだよ。生息域が違うけど、ここは区切りの境界線近くだから良いんだよな。それにここ異世界だし。

諦めの感情とともにそう考えて、着地の衝撃をやり過ごして何とか体を起こす。

ダチョウとエミューと戦うのなら槍かな？　などと呑気に考えていたら、巨大化した猫族軍団がエミューとダチョウの群れに一気に襲い掛かった。

「ご主人、行きますよ！　槍を出してください！」

大興奮した声と同時に、マックスは俺を乗せたままエミューとダチョウの群れに突っ込んで行った。

「無理無理無理〜〜〜！」

槍を出す間もなく、マックスの背にしがみ付いたまま半泣きになって叫ぶ俺。

「ご主人、しっかり〜！」

「頑張ってね！」

「マックス、ご主人の事よろしくね〜！」

笑った猫族軍団に何故か励まされ、それを聞いたハスフェル達までが戦いながら笑っている。

走り回るマックスの背の上で、俺は文句を言う余裕もなく、必死になってただただマックスの背にしがみついていたのだった。


俺の周りでは、エミューやダチョウの素材である大量の羽根が舞い飛んで、もう大変な状態だ。

スライム達が、総出で触手を伸ばして舞い飛ぶ大量の羽根を確保していた。

ようやくマックスの暴れっぷりが少し落ち着き鞍に座れた俺は、今更だがミスリルの槍を取り出して戦闘に参加したよ。

マックスの背中に乗っていれば、あのダチョウやエミューの大きな脚に蹴られる心配もない。

だって、あの最強猫族軍団が、ダチョウやエミューの蹴り攻撃を相当警戒しながら戦っている様子や、ハスフェル達でさえ全員従魔に乗ったまま戦っているのを見て、うっかりマックスの背から落ちなくて良かったと心の底から安堵したんだよな。

なんとなく降りたら危険なような気がしたから必死でマックスの背にしがみ付いていたんだけど、これって実はナイス判断、俺……だった？


ようやく辺りが静かになり、従魔達が自分の毛をグルーミングし始めたのを見て、深呼吸をした俺は恐る恐る地面に降り立った。

ハスフェルを乗せたまま、シリウスがマックスのすぐ横に来て労うようにお互いの体を舐め合うのを見て、俺はニニのところへ行った。

「お疲れさん、もう終わりかな？」

大きな舌に思いっきり舐められて、悲鳴を上げた俺はニニの大きな顔に抱きついた。

この、猫の眉間のジョリジョリの向きが不明の短い毛も好きなんだよな。それから超長い頬の毛！

しばらく、ニニのもふもふを堪能してから辺りを見回す。

俺の足元に、丁度風で吹かれて飛んできた大きな羽根を拾ってみる。

多分1メートルくらいは余裕であり、芯の部分はかなりしっかりした羽根だが全体にふわふわしていて凄く手触りが良い。

「へえ、綺麗な羽根だな。確かに装飾品として使えそうだ」

感心して手に持ったそれをクルクルと回してみる。

カメレオンの名が示す通り、不思議な事に、元は黒いそれは時折背景に溶け込むように色が変わって見える。

感心した俺は、クルクルと手にしたそれを無意識に回しながら眺めていた。

「ご主人、それはわざとなの？」

ニニの声が聞こえて驚いて振り返った俺は、目を爛々と輝かせて今にも飛びかかりそうな猫族軍団達と目が合ってしまった。

「はあ？　何の事……あ、これか！」

猫族軍団の前で1メートルクラスの鳥の羽を振り回したら、そりゃあ皆釣れるよな。

完全に猫じゃらしと化したそれを手に、にんまりと笑う。

「やるか？　だけど俺も死にたくないから爪と噛み技は禁止だからな！」

一斉に頷く猫族軍団を見て笑った俺は、もう一本拾って、両手に羽根を持って構えた。

「行くぞ！」

そう言って、手旗信号のように左右に持った羽根を右に左に上下にと一気に動かしては止める。

猫族軍団の顔が、面白いくらいに俺の手の動きとリンクする。次第に全員が体を低くして身構え、目が一気に真っ黒になる。

「とりゃあ～！」

手にした羽根を思いっきり遠くへ投げると、それを追いかけて猫族軍団が一斉に走り出した。

ハスフェル達の吹き出す音が聞こえて得意げに振り返る。

　その時、近くにあった茂みがガサガサと音を立て、いきなり巨大なダチョウの顔が飛び出したのだ。

「ええ、もう一面クリアーしたんじゃないのかよ？」

　出てきたダチョウとの距離は5メートル程しかない。本気で走られたら一瞬の距離だ。

　しかもこれがまた、あり得ないくらいにデカい。頭の高さは5メートルクラスだ。

　ハスフェル達が何か叫ぶ声が聞こえたが、目が合ってしまった俺は動けない。しかも槍は収納しているから、今の俺は剣しか装備していない。

「またかよ。もう勘弁してくれって……」

　本気の命の危機に情けない声で小さく呟き、せめて目を逸らすまいと俺を見下ろす巨大なダチョウを睨み返す。

『絶対に動くなよ！』

　冷静なハスフェルの念話が届き、小さく唾を飲み込んだ俺はダチョウから視線を逸らさずに念話で短く応えた。

『了解』と。

　視界の隅を何か白い物がゆっくりと動くのが分かったが、顔は動かせないので何なのか分からない。

　剣で戦う覚悟を決めたその時、俺は吹っ飛んできた何かに力一杯蹴っ飛ばされた。

「げふぅ！」

いきなりの衝撃に空気が抜けるみたいな悲鳴が漏れて、そのまま真横に吹っ飛ばされる。

その直後に聞こえたマックスの吠える声と猫族軍団の唸り声。

一瞬で合体したスライムウォーターベッドにぶち当たった俺は、そのまま大きく上に跳ねて落っこちる。

「ご主人確保〜！」

得意げなスライム達の声の後、ぐるっと一回転して起こされた。

「何だかよく分からないけど、ありがとうな」

慌てて手をついて起き上がった俺が見たのは、地面に転がる大きなジェムと素材の大量の羽根の山、そしてドヤ顔のマックスと猫族軍団だった。

「あはは。助けてくれてありがとうな。俺……またしても命拾いしたみたいだな」

恐怖のあまり笑いながらそう言った俺の言葉にハスフェル達が揃って吹き出し、俺達は全員揃って大爆笑になったのだった。

· ·

「いやあ、ここでもやはり禍（わざわい）を呼ぶ男は健在だったみたいだな」

「全くだ。しかも最後に出たはぐれが、今まで出た中でも最大だとは」

「本当に次から次へとやらかしてくれるなあ。いや、見ていて飽きん男だよ」

面白がる様な三人の会話に文句を言おうとしたけど、どこにも文句を言える要素が無くて遠い目になる。

「でもまあこれで、相当量のカメレオンエミューとオーストリッチの貴重な羽根とジェムを確保出来たな」

「そうだな。まだ時間はあるしどこへ行くかな」

三人とシャムエル様が顔を寄せて相談を始める。まあ、行き先は三人に任せておいていいからな。

スライムウォーターベッドはまだそのままでいてくれたので、俺は大きなため息を吐いてプルンプルンのそこに倒れ込んだ。

「うあああ、今更だけど怖くなってきたよ」

転がりながらそう叫び、もう一度大きなため息を吐く。

「なあ、さっきの俺を吹っ飛ばしてくれたのって誰だったんだ?」

ベリーとフランマは、別の場所に向かっていて今ここにはいない。猫族軍団は違うし、マックスやシリウスも見える位置にいたから違う。そこまで考えて白くて大きかった事と、蹴られた瞬間の衝撃を思い出して考える。

「あ!　ラパン、コニー、もしかしてお前らか?」

白かったから、多分コニーだと思ってそう尋ねると、予想取り巨大化したコニーが得意げにドヤ顔になった。

「はい、お役に立てて嬉しいです!」

「おう、おかげで怪我も無いぞ。ありがとうな」

笑って大きな毛玉をもふもふさせてもらう。

「おお、この柔らかい毛も堪らないな」

抱きついて、もふもふを堪能してから立ち上がった。

「お前らもありがとうな。おかげで怪我も無く無事だよ」

まだくっついていたスライムウォーターベッドをそっと撫でてやる。

「任してね～！」

「戦うのは得意じゃないけど、守るのは得意だからね！」

バレーボールサイズになってポンポンと跳ね回るスライム達を笑って眺めていると、どうやら相談がまとまったみたいでハスフェル達が俺を振り返った。

「それじゃあ、次の場所に移動するぞ」

早めの夕食にするのかと思っていたけどまだ一働きするみたいだ。

返事をして側に来てくれたマックスの背に飛び乗り、それを見た従魔達が次々と定位置に収まる。

「それじゃあ行くとするか」

笑ってそう言い、駆け出したハスフェルの乗るシリウスのすぐ後ろを走りながら、次は出来れば、あんまり危険じゃない相手がいいなあ。なんて呑気に考えていたのだった。

第74話　昆虫採集！

「それで次は何が出るんだ？」

速足のマックスの背の上で、最近の定位置になっているマックスの頭に座ったシャムエル様に尋ねる。

「蝶が出るよ。綺麗な翅(はね)だし、せっかくだから集めてもらおうと思ってさ」

振り返ったシャムエル様は目を細めてそう教えてくれる。

「へえ、蝶か。それなら大丈夫そうだな」

「だよね。多分、大丈夫だと思うよ」

小さな声でそう呟いたシャムエル様は、素知らぬ顔で前を向いてしまった。

ん？　今、何か不穏な呟きが聞こえたけど……俺の気のせいか？

「なあ、今何か……」

「はい到着したよ！　降りた降りた！」

俺の質問を明らかに遮ったシャムエル様に、またしても不安が沸き上がってくる。

「おおメタルブルーユリシスか、これは確保しないとな」

ハスフェルの嬉しそうな声が聞こえて、俺も慌てて辺りを見回す。

目の前にあるのはかなり背の高い木々が生い茂り、奥は薄暗くなっている鬱蒼とした森。

森の中には……特に何も見えない。ならば森の外か？

そう思って辺りを見回したが、ジェムモンスターらしき姿は無い。

しかし、ハスフェルはシリウスに乗ったままギイの所へ走って行った。

勢いよくシリウスの背から飛び降り、同じく従魔達から飛び降りた二人と顔を突き合わせて、何やら相談を始めた。

「ギイ、網の予備があればケンに貸してやってくれ。俺もこのサイズは自分の分しか無い」

「任せろ。大小合わせて幾つもあるぞ。オンハルトは？」

「大きいのなら持っているから大丈夫だ。これは頑張らねばな」

何やら大興奮の三人を見て、俺は首を傾げる。

「なあ、何処にいるんだよ。そのメタルブルーユリシスって」

マックスに乗ったまま三人に近寄り声をかける。

すると三人揃って勢いよく振り返られた。何そのシンクロ率。

「ほら、ケンは持ってないだろうからな。これを使え」

ギイがそう言って何やら巨大な物を取り出して渡してくれた。

「はあ、虫取り網〜？」

マックスの背から降りて受け取ったそれを見て、思わずそう叫ぶ。

渡された網の直径は約1メートル、深さは1・5メートルくらいは確実にある。めっちゃ巨大な虫取り網だったのだ。

「ええと……それで、これを使って何を採るんだ?」

「何って、目の前にいるだろうが?」

ハスフェルの言葉にもう一度森を振り返る。

「違うそっちじゃない。草原の方だよ」

笑ったギイが指差す森の横に広がる草原には、ちらほらと小さな蝶が飛んでいる。

目を凝らしてよく見ると、飛んでいる蝶の色がなんだか変だ。かなり遠いのに、不自然なほどにキラキラと揺らめくように光って見える。

「マックス、追えるな?」

「もちろんです!」

何故かハスフェルが、俺じゃなくてマックスにそう言っていきなりシリウスに飛び乗った。いつの間にか彼の右手にも大きな虫取り網がある。

「行くぞ!」

ハスフェルの号令で、同じく右手に大きな虫取り網を持ったギイとオンハルトの爺さんも、ほぼ同時にデネブとエラフィに飛び乗り駆け出して行く。

呆気にとられる俺をそのままに、三人は蝶の飛んでいる草原へ向かって勢いよく駆け出して行ってしまった。

「うわあ、待ってくれって。俺を置いて行くなって!」

置いて行かれた俺は、我に返って慌ててそう叫んでマックスの背に飛び乗る。右手には渡された巨大な網を持ったままだ。

・・・

「しっかり捕まっていてくださいよ、ご主人！」

俺が背中に乗るなり大声でそう叫んだマックスが、物凄い勢いで草原目掛けて走り出した。

「うわあ、待てって！　落ちる落ちる！」

必死になって左手で手綱を摑んだが、体が完全に後ろに倒れて仰向け状態。今の俺の目の前は、完全に太陽の無い空だ。マジで怖いって！

「ご主人確保〜！」

俺の頭の上にいたアクアゴールドが、瞬時に大きく伸びて俺の下半身をしっかりとホールドしてくれた。

「おお、ありがとうな」

おかげで落ちる心配はしなくてすみ、なんとか腹筋に力を入れて体を起こして体勢を立て直せた。

そして草原を見渡した俺は、目の前に繰り広げられている光景に堪えきれずに吹き出した。

「あはは、マジで虫取りなのかよ」

俺を置いて先に行った三人は、従魔達に乗ったまま本当に蝶を追いかけて網を振り回していたのだ。楽しそうな三人を見て、俺は笑いが止まらない。

「楽しそうじゃないか。ぜひとも参加させてもらうぞ！」

そう叫んだ俺は、改めて虫取り網を持ち直してマックスの首を叩いた。

「よし、じゃあ行こうぜ！」

「もちろんです！　じゃあ行きますよ！」

嬉しそうに一声吠えたマックスは、一気に走り出した。

「ええ、あんな小さいの捕まえられるかな?」

近寄ると目標である蝶の大きさが分かって、思わず叫ぶ。

ヒラヒラとやや不規則な動きで飛ぶ光る蝶は、この世界のジェムモンスターからすれば極小サイズだろう。まあ、俺の常識から言えばこれでも桁違いの大きさなんだけどな。

大きく羽を広げた状態で約50センチ。胴体の長さが15センチ程で、細い針金みたいな触角も10センチくらいしかない。

俺の体より大きな蝶ばかり見てきたので、50センチの蝶を見て逆に小さいと思ってしまった自分がおかしかったよ。

早足のマックスが蝶に迫る。

右手に持った虫取り網を大きく振って、捕まえようとしたが残念ながら一度目は空振り。

「マックス、もう少し近づいてくれるか」

下半身をアクアゴールドがホールドしてくれているので、左手も手綱から離して両手でしっかりと虫取り網を持つ。

棒の部分の長さは3メートルくらいだから、マックスの上にいるとかなり近付かないと蝶に手が届かない。

ゆっくりと足音と気配を消して近づいてくれたので、思いっきり腕を伸ばして網を振った。

「よし、入ったぞ!」

どんな蝶か見てみたくて、網を引き寄せて覗き込む。

「あれ、もうジェムになってる。うわあ、すっげえ綺麗!」

網の中にあったのは、10センチほどの大きさだけど超キラキラしたジェムと、裏面は真っ黒で、表面は黒の縁取りにメタルブルーの輝きを放つ大小四枚の蝶の翅だった。

「この蝶の名前はメタルブルーユリシス。なるほど、これは確かにメタルブルーだな」

手にした大きな羽の表面は、見事なまでのメタリックな青い輝きを放っていた。そして不思議な事に、まるで薄い金属板の様な硬さと冷たさを持っていた。

「メタルブルーユリシスは、衝撃を受けるとその瞬間にジェム化するんだ。だけどジェム化する前に全体を確保しないと、その貴重な翅はそのまま滑空して遠くへ飛んで行っちゃうんだよね。ニニちゃん達みたいに、丸ごと確保出来れば良いけど、剣や槍では丸ごと確保するのは無理でしょう？」

右肩にワープして来たシャムエル様の解説に納得して頷く。

確かに、この軽い翅が滑空したら、遥か先まで飛んで行くだろう。いちいち追いかけていたら、体がいくつあっても足りないって。

「成る程ね。それでこの巨大な虫取り網だったってわけか。だけど数が少ないな」

草原にちらほら見える程度だったから、もうあっという間に一面クリアーされていなくなってしまった。

「ちょっとタイミングが悪かったみたいで、今日の出現はほぼ終了しちゃったみたいだね。本格的な採取は明日の朝だね」

残念そうなシャムエル様の言葉に、ハスフェル達を振り返る。

「なあ、もう今日はもう終わりらしいけど、どうするんだ？」

「その様だな。だけどせっかくの貴重なジェムモンスターだからこれは絶対に集めたい。バイゼンへ持って行ってやればドワーフ達が狂喜乱舞するぞ」

「それなら今夜はここで夜営だな。ふむ、あそこが良かろう」

オンハルトの爺さんが指差したのは、森から少し離れた段差になった岩のある部分だ。

頷いたハスフェル達もそこへ向かったので、俺もその後を追った。

「じゃあ今夜もテントは無しで、見張りは皆に頼むんだな」

「そうだな。これだけ見晴らしの良い場所なら、下手にテントで視界を遮る方が危険だ、今夜は野宿だな」

笑ったハスフェルの言葉に、俺も苦笑いして頷く。

「よろしく頼むよ」

「任せてね！」

「見張りは私達にお任せよ！」

頼もしい従魔達が揃ってそう言ってくれたので笑って頷いた俺は、マックスの背から飛び降りて順番に従魔達を撫で回してやった。


「さてと、それじゃあ今夜はもう作り置きで済ませるか」

マギラスさんの店で貰った満漢全席はまだまだある。だけどそれ以外の作り置きはかなり少なくなっていて、どれも一食分にはちょっと足りないらしい。

「あ、それなら残り物バイキングにしよう。俺はお好み焼きが食べたい。サクラ、数が少なめの揚げ物中心にして、おからサラダとマカロニサラダ、それから味噌汁、ご飯とパン色々。あとは野菜も色々出してくれ。それで俺にはお好み焼きを出してくれるか。マヨネーズとソース、鰹節もよろしく！」

「種類は？　色々あるよ」

マヨとソースの横に鰹節の入った瓶を置きながら、サクラが俺を見る。

「ええと、じゃあモダン焼きと豚玉をお願い」

「はい、これだね」

受け取った俺がソースとマヨネーズをかけるのを見て、揚げ物を取ろうとしていたハスフェル達が驚いたようにこっちを見た。

「おいおい、パンケーキに何をかけているんだ」

「はあ、パンケーキ？」

こっちも驚いて、トンカツソースとマヨネーズがかかったお好み焼きを見る。

「パンケーキじゃなくて、これはお好み焼き。溶いた小麦粉と山芋が入っている生地にキャベツとかネギとか、他にも色んな具がたっぷり入ってる。こっちは焼きそばも入っているぞ」

「へえ、それは初めて見るな。まだあるか？」

「もちろん、サクラ、じゃあお好み焼きも一通り出してくれ」

「はい、どうぞ」

「これが定番の豚肉入り、こっちは刻んだ牛肉が入っている。これは豚肉とチーズで、こっちが豚肉と焼きそば入りだよ」

トッピングの説明をしながら、俺の分に鰹節と青のりを振りかけた途端、三人揃って目を見開いてお好み焼きをガン見してから後退りしたのだ。

「おい、それは何だ！」

「動いてるぞ！」

「食い物に一体何をかけたんだ！」

あんまりの反応に、俺とシャムエル様は同時に吹き出した。

「違うって、これは薄く削った鰹節がお好み焼きの湯気に揺らめいてるだけだから、別に害なんて無いよ」

「本当に？」

今にも腰の剣を抜きそうになっているハスフェル達に、俺は笑いを堪えて解説してやる。

眉間にシワを寄せる三人を見て、もう一度笑った俺は椅子に座って手を合わせると、自分のモダン焼きを食べてみせた。

「食、べ、たい！　食、べ、たい！　食べたいよったら食べたいよ！」

小皿を手にシャムエル様がダンスを踊っている。

「はいはい、これで良いか？」

両方とも大きく切ってお皿に並べてやる。

「わあい、いっただっきま～す！」

大喜びで、お好み焼きに顔面ダイブするシャムエル様。それを見て無言で顔を見合わせた三人は、小さく首を振って解散した。

オンハルトの爺さんはお好み焼きはスルーする事にしたらしく、揚げ物コーナーに戻って行く。

ハスフェルはモダン焼きを、ギイは牛ミンチが入ったのを取ったので、残りは冷めないうちにサクラに収納してもらう。

ソースの説明もしてから改めて鰹節をかけてやると、それを見て何故か今度は大喜びしている。

子供か！

「ふむ、これはなかなか美味いな。濃いソースの味がまた良い」

「確かに美味い。ちょっと変わっているが、小腹が空いた時に良さそうだな」

「ああ確かにそうだな。これだけではちょっと物足りないが、小腹が空いた時には良さそうだ」

あっという間に一枚食べ終えた二人は、笑顔でそう言っておかわりの揚げ物とパンを取りに立ち上がった。

そうだよな。お前らの腹なら、これは確かに軽食扱いだろうさ。

ちょっと遠い目になった俺は、二枚目の豚玉を箸でちぎって口に入れたのだった。

その夜、巨大化した従魔達に囲まれて野宿した俺は、ニニとラパンとコニーにくっついてスライムベッドで寝たのだった。

翌朝、いつものモーニングコールチーム総出で起こされた俺は、何とか起きて眠い目をこすりつつ揃って朝食を食べた。

少し休憩して机と椅子を片付けたら、もうそのまま出発だ。

鞍を装着したマックスの背に飛び乗り、昨日の草原へ向かって揃って走って向かった。

「うわあ、めちゃめちゃいっぱいいいる！」

到着した草原は、青い蝶で埋め尽くされていた。

「よし、それじゃあ頑張って集めるとするか！」

三人が嬉々として虫取り網を取り出すのを見て、俺も収納していた大きな虫取り網を取り出した。

「では行きますよ、ご主人！」

マックスの声に、ばらけたスライム達があちこちに転がって行く。

「そっか、従魔達が集めたジェムや翅も確保しないとな」

残っていたアクアとアルファが昨日のようにビヨンと伸びて俺の下半身を確保してくれる。

「ご主人は、とにかく網を振り回してメタルブルーユリシスを捕まえてください。網の中に入ったジェムと素材はアクアが貰いま～す」

右足を確保してくれているアクアの声に、俺は笑って頷く。

「おう、それじゃあよろしくな」

マックスの首を軽く叩いてやると、一声吠えたマックスは勢いよく駆け出して行った。

そしてそのまま青い塊の中に突っ込んでいく。

「ぶわあ、おい！　ちょっといくらなんでも無茶が過ぎるって！」

目の前が一気に青と黒だけの世界になる。

はっきり言って闇雲に振り回している俺の網の中に入る蝶より、俺達の体に直接当たってジェム化する蝶達の方が多い気がする。

しかも、翅がまるで金属みたいなので、生身の顔に当たると結構痛い。

あっという間に、虫取り網が満杯になる。

満杯になると、アクアの伸びた触手が一瞬で虫取り網の中を収納してくれるので、そのまま走り回るマックスの背の上で必死になって網を振り回し続けた。

あちこちを跳ね回っているスライム達は、従魔達が叩き落として飛んでいきそうな蝶の翅も、目にもとまらぬ早技で確保している。

なので、いつもと違って足元に落ちているのはジェムばかりで、素材の翅は一枚も無い。

ようやく一面クリアーされた頃には、俺の両腕はもう上がらないくらいにヘトヘトに疲れ切っていた。

「おかしい。虫取りって、こんなにハードだったたっけ？」

水筒の蓋も開けられないくらいにヘロヘロになった俺は、サクラが出してくれた美味しい水を飲みながらそう言わずにはいられなかった。

「まあそうだよな。ここでの虫取りならこうなるよな。うん、虫取りなんて久し振り〜って、呑気に考えていた、昨日の俺が間違っていたんだよな」

そう呟いて、大きなため息を吐いた俺だったよ。

「うわあ、また出た！」

また森から吹き出してきた青い蝶の群れを見て悲鳴を上げた俺だったが、俺以外の全員がそれを見た瞬間、嬉々として立ち上がって従魔に飛び乗り、猫族軍団をはじめとした従魔達も勢いよく走って行ってしまった。

「ご主人、何をしているんですか！　ほら、早く乗ってください！」

尻尾大興奮状態のマックスと一緒に、俺のホールド担当のアクアとアルファまでがポンポンと跳ね飛んで俺を急かしている。

「分かったって、行くからちょっと待って」

そう言って何とか立ち上がり、大きく伸びをして強張った体を解す。

「はあ、仕方ない。もうちょい頑張るとするか」

そう呟いてマックスの背中に飛び乗る。アクアとアルファが跳ね飛んできて俺の下半身をしっかりとホールドしてくれた瞬間、元気よく一声吠えたマックスは文字通り放たれた矢のように一気に青い蝶達の群れに向かって飛び込んでいった。

「待て待て！　まだ網を出してねえって！」

叫びながら慌てて収納してあった虫取り網を取り出す。

勢いよく駆け回るマックスや俺の体にも、飛んでいる蝶達が当たってジェム化して転がり落ちる。

「これって、アクア達が回収してくれるのなら、それこそ虫取り網じゃなくて平たくて大きな面積の金網かなんかを掲げて走り回るのが一番効率よさそうじゃね？」

　虫取り網の中に詰まったジェムと素材をアクアに回収してもらいながら、もっと普通の長閑(のどか)な虫取りがしたいと心底願う俺だった。

　結局、二面どころか三面クリアーしてようやく昼食タイムとなった。
　ハスフェル達やシャムエル様の腹時計はかなり正確みたいだから、ここでの時間管理は基本的にハスフェル達に任せている。
　小さく笑った俺は、取り出した机の上に、昼食用の作り置きを取り出して並べた。

「それで、午後からどうするんだ？」

　昼食を終えて後片付けをしながらそう尋ねると、ハスフェル達は満面の笑みでさっきの森を指差した。

「まだメタルブルーユリシスが出るらしいから、ありったけ集めて行こう。バイゼンへ持って行ってやれば間違いなく大喜びされるからな」

「確かに綺麗な翅だよな。あれならクーヘンのところにも持って行けるな」

　装飾品の素材としてもあの色は使えそうだ。だが、俺の言葉を聞いた三人が揃って振り返る。

「いや、あの翅は装飾品には使わないぞ」

オンハルトの爺さんの言葉に驚く。

「ええ、あんなに綺麗なのに？」

「あれは、バイゼンで作られている記録用の道具作りに欠かせない素材なんだ。以前バイゼンの近くにはこの蝶の出現場所が数箇所あって、相当数の翅の確保が容易だったんだが、最近は出現場所そのものが壊滅して、素材集めに苦労しているんだ」

ハスフェルの説明に、俺は首を傾げて手にした翅を見る。

「あれ、それって例の地脈が弱ってジェムモンスターが激減したって言うアレだろう？　それならもう出現率は元に戻っているんじゃないのか？」

しかし、俺の質問にハスフェルは苦笑いして首を振る。

「この間、貴重なオレンジヒカリゴケを台無しにしてくれたモンスターの苔食いがいただろう。あれと同じようなモンスターが、数年前にバイゼンの近くにも出現して大騒ぎになった。あれは人の手で駆逐するのは本当に大変なんだ。しかもその時発生した場所が、バイゼンの鉱山からで、この蝶の出現する森は、その鉱山のすぐ側にあった」

ハスフェルの説明に俺は目を見開く。

「人の街の近くであれが出るって、かなり不味いんじゃないのかよ」

ハスフェルとギイは顔を見合わせて大きなため息を吐いた。

「しかも最悪な事に、苔食いの発生が人目につく場所だった為に、内密に対処する暇が無かったんだよ。当然発見されて大騒ぎになった。ドワーフ達による駆逐作戦で、その貴重な森が甚大な被害を受けたんだよ。あのオレンジヒカリゴケの群生地のようにな」

「それもいわゆる大発生？　何で、そんな恐ろしいモンスターを作ったんだよ」

俺の悲鳴のような言葉に、シャムエル様がガックリと肩を落として首を振った。

「違うよ。あれは様々なこの多重世界（パラレルワールド）そのものにいる揺らぎの存在なんだ。私にもどうする事も出来ない。父上と違って、まだ私にはあれの存在自体を消滅させる程の安定度は出す事が出来ないんだよ。これは私の力不足なんだ。本当に申し訳ない」

「力不足な訳があるか。揺らぎがあの程度で済んでいるのは、間違いなくお前の力のなせる技だよ。揺らぎに食い尽くされた幾つもの世界を見てきた俺達が断言してやる。お前は充分頑張っているよ」

ハスフェルの真剣な言葉に驚いて見ていると、しょんぼりしていたシャムエル様が嬉しそうに顔を上げて、ハスフェル達とハイタッチをしていた。

なるほど、つまりあれはこの世界を作った際に出るバグみたいなもんなんだな。だから出現の予測は不可能。うん、多分この考え方で間違っていないだろう。

「ふむふむ、つまりあの苔食いはこの世界にいるけれど、シャムエル様の手で作られた存在じゃないって事か。勝手に湧いてきて世界のどこかに不具合を発生させる。だけどその出現の予測は不可能であり、出てきたら素早くやっつける方法でしか対応出来ない。だけど、場合によってはその際に周りに甚大な被害を与えるって事だよな」

「凄い、今の説明だけで理解したぞ！」

揃って感心した三人とシャムエル様の視線を集めて、俺はなんだか照れ臭くなって首を振った。

「それで、その貴重な蝶の出現場所の森が壊滅的な被害を受けたわけか。それなら確かに、集められるだけ集めていくべきだな」

納得した俺の言葉に、三人も笑顔になる。

「この世界の安定のためにも、この素材は必要なんだよ。悪いが協力してくれるか」

ハスフェルの言葉に、俺は大きく頷いた。

「当たり前だろう。それならもう一日くらいここで頑張って集めようぜ。それでその後、例のリンゴとブドウを収穫してから苗木を受け取ればいいんだな」

「感謝するよ、じゃあ悪いが明日もここで集めるとしよう」

「構わないよ、これも楽しいって」

笑った俺達は、拳をぶつけ合った。


「話がまとまったところで、ちょうど時間になったみたいだよ。じゃあ頑張って集めてください！」

シャムエル様の言葉に振り返ると、またしても森から青い塊になった蝶の群れが吹き出してくるところだった。

「よっしゃ！　それじゃあ、ありったけ集めて行こうぜ！」

叫んだ俺は、マックスに駆け寄り一気にその背に飛び乗った。

虫取り網を取り出して構える。

アクアとアルファが跳ね飛んで来て俺の足をホールドしてくれた。

「よし、そう来なくちゃな！」

嬉しそうな三人の声が揃い、全員一気に従魔に飛び乗る。

「皆、行くわよ～！」

ニニの嬉しそうな声に、従魔達も一斉に応えて蝶に向かって駆け出し、それを見た俺達も大きな声を上げ虫取り網を振り回しながら蝶の群れに突っ込んで行った。

よし、こうなったらありったけ集めまくってやるぞ！

「いやあ、取りも取ったりって感じだな」

一旦石の河原のキャンプ地へ戻った俺達は、昨日と今日の二日間で集めたメタルブルーユリシスのジェムの数を数えて苦笑いしていた。

俺が考えた、金網で蝶を叩き落とせ作戦は、話してみたところ三人に大受けして、ぜひやろうって事になり、ギイが持っていた焼肉用の大きな金網で試しにやってみたところ、これがもう面白いくらいに集まったんだよ。

しかも、どうやらメタルブルーユリシスは金属の大きなものに集まる習性があったらしく、両手で金網を立てて持って、マックスの背中に乗って走り回ったら、周り中の蝶達が一斉に集まって来たんだよ。

その結果、虫取り網の比じゃないくらいにジェムと素材は集まったんだが、俺の顔はちょっと可哀想な事になってしまい、何度もハスフェルに癒しの術をかけてもらう羽目になったのだった。

途中から三人は、フルフェイスのヘルメットみたいな兜を被っていたんだ。ずるいぞ！

そんなの持っていなかった俺だけが、酷い目に遭ったんだよ。

うん、バイゼンへ行ったら俺もあんなフルフェイスタイプの兜も作ってもらおう。素材なら腐る程ある。備えあれば憂いなしだよな。

飛び地での狩りは今日で終わりにして、明日、激うまリンゴとブドウをありったけ収穫してから苗木を預かって外の世界へ移植。それから、秋の早駆け祭りに参加する為にハンプールへ行く事になった。

よし、目指せ早駆け祭り二連覇だ！

第75話　ランドルさんの従魔と新たなるチーム

大満足の夕食を終えて片付けた俺は、サングリアを取り出して少しだけ飲んで一息ついていた。

自分で作って言うのも何だが、これは美味い。もっと作っておこう。

ハスフェル達も最初はサングリアを飲んでいたんだが、途中からウイスキーを飲んでいたよ。

のんびり寛いでいると、不意に茂みがガサガサと音を立てた。

「うわあ、また何か出たな！」

慌ててグラスを置き、腰に装備したままだった剣を抜く。大丈夫だ、サングリア程度ではほとんど酔ってない……はず。

ハスフェル達は全く酔っている様子もなく、一動作で全員が武器を手にしていた。

「あ、ダチョウ！」

草地から、にょっきりとダチョウの首が突き出しているのに気付いた俺は、慌てて机から離れてテントの外へ出る。三人も俺に続いて外に出て来た。

その瞬間、それぞれの主人のところにいたゴールドスライム達が一斉にばらけて地面に転がった。

当然アクアゴールドもばらけて転がる。

しかし従魔達は、何やら揃って戸惑った様子だ。

「うん？　どうしたんだ？」

普通なら、このまま一斉に襲い掛かりそうなのに、何故だか戸惑って動こうとしないニニを見る。

「どうしたんだよ。行かないのか？」

「だって、ご主人。あれは襲っちゃあ駄目でしょう？」

ニニの視線の先を見た俺は、思わず叫んでいた。

「ええ、ランドルさん。それ、もしかしてテイムしたのか！」

驚く俺の声に、茂みから出て来たダチョウに乗ったランドルさんは、嬉しそうに笑って頷いた。

「ええ、そうなんです。まさか、こんな強いジェムモンスターをテイム出来るとは思っていなかったので感激です。従魔達が見事な連携で協力してくれましたよ。もう一羽、バッカスにテイムしてやろうとしたんだけど、そんなおっかないのには乗りたくないと言われてしまって、結局、野郎の二人乗りになりました」

「俺は元々、馬に乗るのだって得意じゃないんだよ。後ろに乗せてもらえるならそれで充分だよ！」

ランドルさんの後ろにしがみ付くみたいにして乗っているバッカスさんの笑った声に、俺達も笑って納得した。

バッカスさんはドワーフだから、確かに体格は良いけど人間に比べたら手足も短くて背も低いから、馬に乗るのは大変そうだ。

大きなダチョウは、大人二人を乗せても平然としている。

ゆっくりと茂みから出て来たダチョウ、じゃなくてカメレオンオーストリッチはキョロキョロと辺りを見回して、俺達のテントから少し離れた、最初に草地を刈り取った場所へ向かった。

「カメレオンオーストリッチは、非常に危険なジェムモンスターだ。一体どうやって確保したんだ？」

感心したようなハスフェルの質問に、ダチョウの背から先に降りてバッカスさんが降りるのを手伝っていたランドルさんは、嬉しそうに両肩にいるスライムのキャンディとモモイロインコを撫でた。

「確かに、俺はテイムなんて絶対無理だと思っていたんですけれどね。出来れば足になるジェムモンスターが欲しいと言っていたのをこいつらが聞いていたらしく、それなら自分達が確保するからテイムすれば良いと言って、素晴らしい働きをしてくれたんですよ」

ギイとオンハルトの爺さんも興味津々だ。俺も、ハスフェル達でさえ危険と判断したジェムモンスターをどうやってテイムしたのか知りたくて、ランドルさんと従魔達を見つめていた。

「どうやったんだ？」

「まずキャンディが、カメレオンオーストリッチの顔に張り付き目隠しをしたんです。そうして動きを封じたところで、巨大化したこいつが背中を足で掴んで上空へ持ち上げたんです。そのまま空中で二回、落としては途中で掴むという攻撃をしてから地面に下ろしたんですが、その時にはもうすっかり怯えていて、簡単にテイム出来たんですよ」

「成る程。オーストリッチは鳥の仲間だが、走る事に特化しているので空は飛べない。そのオーストリッチを上空へ連れていき落としたとすれば、確かに怯えて抵抗しなくなるだろうから、簡単に

確保出来るだろうな」

「そりゃあ凄い、従魔達の見事な連携に感謝だな」

頷くギイの呟きに、オンハルトの爺さんも感心したようにそう言い笑って頷いている。

「ええ、従魔のありがたみを実感しましたね。それにどの子も本当に可愛いんです。ケンさん。本当にありがとうございました」

「いやいや、俺はテイムの仕方をちょっと教えただけだから、そう思ってくれるのならテイムした従魔達と仲良くな」

笑った俺は、ダチョウの側へ駆け寄りランドルさんを振り返った。

「それで、この子達の名前は何てつけたんですか？」

そっと手を伸ばして、カメレオン系特有の微妙に色の変わる羽を撫でてやった。

「この子はビスケット、こいつはマカロンです」

ダチョウを撫でながらビスケット、そしてモモイロインコを撫でながらマカロンだと言うランドルさんは、また照れて困ったような顔をしている。

実は彼、可愛いもの好きなだけじゃなくて、甘いものも好きと見た。

「良い名前じゃないか。良かったな」

手を伸ばしてもう一度ダチョウのビスケットを撫でてやる。

「ええ、凄く可愛がってくれるし彼はとても優しいの。バッカスさんも嫌だとか言いつつ嬉しそうに乗ってくれているわ」

おお、この子も雌だったみたいだ。

「そうなのか。良かったな、良い人にテイムしてもらえて。二人の事しっかり守ってやるんだぞ」

「ええ、もちろんよ。何があっても絶対に守るわ」

得意気なその答えに、もう一度笑って胸元のもふもふの羽を何度も撫でさせてもらった。

「おお、これまた良い手触りだな」

人の従魔と平然と話をする俺を、ランドルさんは驚きの目で見ていた。

「あの、ケンさんは他人の従魔とも話が出来るんですか？」

「あ、ああ。実は俺達は全員樹海出身で特殊能力持ちなんだ。だけど俺のそれは更に特殊で、一応念話の能力なんだけど、同じ樹海出身者同士でしか使えなかったんだよ。それが、テイムされていれば自分の従魔じゃなくても話が出来るんだよ。魔獣使い的には有り難い能力だな」

俺の説明に、ランドルさんだけでなくバッカスさんまでが感心したように何度も頷く。

「樹海出身だったんですか。それならばその高い能力も必然ですね」

感心したようなバッカスさんの呟きに俺が笑うと、ランドルさんがいきなり俺の腕にすがるようにして頭を下げた。

「あの、世話になりついでにもう一つお聞きしたいのですが、よろしいでしょうか！」

「何、改まって。俺に分かる事なら何でも教えるよ？」

慌ててランドルさんに向き直ると、顔を上げた彼は少し恥ずかしそうにビスケットを撫でた。

「今の三匹の従魔達は俺の事を……その、どう思っているんでしょうかね？　簡単な言葉は何となく分かるんですが、あまり詳しい会話は出来なくて。その、その……」

大柄なおっさんに、消えそうな小さな声でそう尋ねられて、俺はちょっと遠い目になった。

自分で見て分かるだろうに、こいつらが自分にどれだけ懐いているかくらいさあ！

でもまあ、十年も全然テイム出来ずにスライム一匹だけ、ようやくテイム出来るようになったんだから、確かに自信が無いのも頷けるけどさあ。

苦笑いした俺は、まずはスライムのキャンディに手を伸ばして撫でてやった。

「じゃあ順番に質問するぞ。キャンディは、自分のご主人の事をどう思っているんだ？」

慌てるランドルさんを無視して、スライムに話しかける。

「大好きだよ。いつも優しいし撫でてくれるの。一緒にくっついて寝るのも好きです！」

そのままの言葉を通訳してやると、真っ赤になったランドルさんがしゃがみ込んで顔を覆った。

おお、耳まで赤くなってやんの。

「じゃあ次はマカロンだな。まだテイムされて少しだけど、お前は自分のご主人をどう思っている？」

「大好きよ。もっと気軽に命令してくれて良いのに。私の翼は強いから、皆を乗せていくらでも飛べるのよ。もっと頼ってくださいって伝えてくれますか？」

「ああ、もちろん伝えておくからな」

どうやらこのモモイロインコも雌だったみたいで、しかも既にランドルさんに完全に懐いている。

当然この返事もそのまま伝えてやったから、もうランドルさんはこれ以上ないくらいに真っ赤になっている。

ついでに、さっきのビスケットから聞いた言葉もそのまま伝えてやると、バッカスさんまで一緒に真っ赤になって撃沈した。

「嫌がりもせずに乗せてくれてありがとう。改めて、これからもよろしくお願いします」

ビスケットの言葉を聞いたバッカスさんは気を取り直して立ち上がり、真剣にビスケットに向かって頭を下げていたよ。

そんな彼らを、俺達は笑いながら見つめていた。

うん、良い人達と知り合えたな。

「俺達は、一泊したらもうここを出る事にしました」

最初に俺達がテントを張っていた場所に背負った鞄から畳んだテントを取り出しながら、ランドルさんはそう言って笑っている。

おお、あんな小さな鞄からテントが出てきたって事は、あの鞄も収納袋な訳か。

一瞬、彼も収納の能力持ちかと思ったんだが、同じ鞄からバッカスさんも手を突っ込んでテントを取り出しているのを見て納得した。それはつまり、鞄に収納の能力があるって事だよな。

「それにしても、ここの飛び地は本当に素晴らしいところでしたね。もっと収納袋を手に入れて、近いうちに必ずまた来ますよ。何しろ今回は、持っていた収納袋を予備の分まで含めてありったけ使って、入れられる限り詰め込みましたからね。街で売ったら幾らになるかとても楽しみですよ」

嬉しそうなランドルさんの言葉に、何となく状況を察した。

要するに、予想以上のジェムモンスターの出現率に、手持ちの収納袋だけでは足りなくなったのだろう。まあ、ここのジェムモンスターの出現数を考えたらそれも納得だよ。

なので一時撤退して、売上金で新しい収納袋を追加で買ってまた来るつもりのようだ。

まあ、収納の能力持ちでない限り、それが一番正しいやり方なんだろう。

「それに、せっかく強い従魔を手に入れたのだから、早駆け祭りに参加してみるつもりですよ。ここを出てそのままハンプールへ行けば、丁度秋の早駆け祭りに間に合うでしょうからね。ビスケットも早駆け祭りの話をすると大興奮していましたから、期待出来そうです」

ランドルさんが目を輝かせていきなりそんな事を言うものだから、俺達は揃って目を見開いた。

おお、いきなりの強力なライバル登場。しかもダチョウの脚ってかなり速いんじゃなかったっけ？

焦る俺を無視して、目を輝かせたオンハルトの爺さんがいきなりランドルさんの背中を叩いた。

「なあ、ちょっと聞くがお前さん。どのレースに参加するつもりだ？」

「そんなの、三周戦に決まっていますよ！　こいつの脚の速さは馬なんかの比じゃないですよ。文字通り桁違いなんですから」

「だよな。やっぱりそうだよな！」

満面の笑みになったオンハルトの爺さんは、そう言ってランドルさんの腕を取った。

「それならお前さん、俺とチームを組んでくれんか。こいつらは金銀コンビ。ケンはまたクーヘンと組むだろうから、俺だけチーム戦で組む相方がいなくて困っておったんだよ。ここで知り合ったのも何かの縁だ。どうだ。受けてくれんか」

「おお、それは願ってもない事です。喜んでお受けしますよ。チーム戦は無理でも個人戦で参加出来ればいいと思っていたのですが、そういう事ならもっとやる気が出ますからね」

がっしりと握手を交わした二人は揃って俺を振り返った。

「連覇はさせませんよ。個人戦も、チーム戦も！」

「おお、出来るもんならやってみろって。喜んで受けて立つよ！」

ランドルさんの言葉に勢いでそう答えた俺を見て、ハスフェル達は笑っている。

「こらそこ、笑わない！」

悔しくなって、大きな声で笑っているハスフェルとギイの背中を叩いてやった。

「お前ら、やっぱり硬すぎ！　手が痛ってえよ！」

まるで石の壁を叩いたみたいで、そう叫んだ俺を見てまた皆が笑った。

「それじゃあ、お休み」

「ああ、おやすみ」

先にテントに入って行ったランドルさん達を見送り、俺達も片付けてもう休む事にした。

「じゃあ俺達は、明日はあの激うまリンゴとブドウをありったけ収穫して、最後にウェルミスさんから苗木を預かって、西アポン近くの果樹園へ持って行って埋めてくれれば良いんだよな」

「そうだな。それでその後に俺達もハンプールへ行こう。秋の早駆け祭りの受付がそろそろ始まっている頃だからな」

「おう、新しいチームメイトも出来たみたいだし、楽しみだな」

俺の言葉に、オンハルトの爺さんも嬉しそうだ。

「絶対二連覇だぞ！」

マックスの大きな頭に抱きついてそう言ってやると、尻尾を千切れんばかりに振り回しながらマックスは俺に力一杯頬擦りしてきた。

「こらこら、そんなに押したら俺が倒れるって。分かったからちょっと落ち着け」

興奮するマックスに押されて後ろ向きに倒れそうになって慌てていると、背中側をニニがさりげなく擦り寄ってきて支えてくれた。

「ああ、やっぱりニニは頼りになるよな」

こちらも大きいとはいえ、マックスよりは小さな頭に腕を伸ばして抱きしめてやる。

「ああ、やっぱりこのもふもふが最高の俺の癒しだよ。ああ、たまらん」

この、ふわふわの頬の辺りの毛が俺は最高に好きだ。

特に、この世界へ来て巨大化して以降、最高過ぎて尊いって言葉の意味を日々実感してるよ。

「さてと、それじゃあもう休むか」

机を片付けて広くなったテントの真ん中には、いつものスライムウォーターベッドが設置されている。

「ご主人、綺麗にするね～」

サクラの触手が伸びてきて、一瞬で俺を包む。

解放された時には、もうサラサラさっぱりだ。

「いつもありがとうな」

スライムウォーターベッドを撫でて、従魔達を順番に撫でてやる。

お空部隊は、満足するまで撫でてやると、出したままにしてある椅子の背もたれに飛んで行き並んでぎゅうぎゅう詰めになって留まった。

「巨大化した鳥達に挟まれて寝るなんてのも、良いかもな」

羽毛のふわふわっぷりを思い出してそう呟くと、ニニとマックスが慌てたように俺の腕の隙間に頭を突っ込んできた。

「ほら、ご主人。早く休まないと！」

「そうですよ。明日も早いんだからもう寝ないと」

二匹が必死になって俺を引っ張る。

「あはは。そんな心配しなくても大丈夫だって。俺はお前達の側が一番だよ」

笑って二匹を撫でてやり、一緒にスライムウォーターベッドに飛び乗る。

「それじゃあ、今夜もよろしくお願いします！」

そう言っていつものようにニニの腹毛に潜り込むと、すぐ隣にマックスが横になって俺を挟む。

背中側には、ラパンとコニーが巨大化して並び、俺の胸元にはタッチの差でフランマが飛び込んで来た。

「それでは、おやすみなさい」

笑ったベリーの優しい声が聞こえた。

「うん、おやすみベリー」

小さく応えて横になったままフランマを抱きしめる。

まあ外は昼間と変わらない明るさなんだけど、もふもふに埋もれて目を閉じた瞬間から後の記憶は無い。

相変わらず、我ながら感心するくらいの墜落睡眠だね。

ぺしぺしぺし……。

ふみふみふみ……。

カリカリカリ……。

つんつんつん……。

チクチクチク……。

こしょこしょこしょ……。

「うん、起きるよ……」

いつもの如く、無意識で返事をしながら寝ぼけた頭の中で違和感を覚えて考える。

「あれ？　今なんか、最後が違っていなかったっけ……？」

しかし、ふわふわのニニの腹毛に子猫のように潜り込んだ俺は、気持ち良く二度寝の海へ垂直降下して行ったのだった。

ぺしぺしぺし……。

ふみふみふみ……。

カリカリカリ……。

つんつんつん……。

チクチクチク……。

こしょこしょこしょ……。

「うん、起きてるよ……」

そしていつもの二度目のモーニングコール。


ザリザリザリ！

ジョリジョリジョリ！

「うわあ！　起きます起きます！」

久々のやすりがけに悲鳴を上げて飛び起きたら、隣に寝ていたはずのマックスがいなくて、俺はそのまま横に転がって一回転して止まった。

「……おはよう。久々のスリル満点のモーニングコールだったな」

辛うじてスライムウォーターベッドから転がり落ちる寸前でうさぎコンビに止められた俺は、苦笑いしながら腹筋だけで起き上がった。

「そっか、さっきの最後のモーニングコールはお空部隊だったか」

軽い羽ばたく音と共に飛んで来たモモイロインコのローザと真っ白なキバタンのブランが、俺の手首の辺りに留まって甘えるように指を甘噛みする。セキセイインコのメイプルは、右肩に止まって俺の耳を甘噛みした。

「くすぐったいからやめてください。ほら、もう起きるから退いてくれって」

小さくなったウサギコンビが俺の膝にすり寄ってきてそのまま収まりそうだったので、俺は鳥達を乗せたままウサギコンビを順番におにぎりの刑に処した。

「おお、このもふもふの毛玉達よ」

擦り寄ってくる他の子達も順番に撫でてやり、まだ眠いのを誤魔化すように大きな伸びをしてから起き上がってサクラに綺麗にしてもらった。


「おはよう。もう起きてるか？」

テントの外からハスフェルの声が聞こえて、机を出していた俺は返事をしながら振り返った。

「おう、おはようさん」

テントの垂れ幕を巻き上げた三人が入ってきて、他の垂れ幕も巻き上げてくれると、爽やかな風が一気に通り抜けていく。

「あれ？　ランドルさん達は？」

外を見ると、テントを張ってあった場所はもう空っぽになっている。

「二人なら、少し前に先に出発したよ。ハンプールで待っているってさ」

「うん、楽しみが増えたな」

サンドイッチを取り出して並べながら、顔を見合わせて満面の笑みで頷き合うのだった。

食事を終えて少し休憩をしたら、テントを撤収して奥地にある激うまリンゴとブドウの場所へ向かう。

「おお、相変わらず凄い事になっているなあ」

到着したそこは、鈴なりのリンゴとブドウであふれていた。

「じゃあ、ありったけ収穫するとしようか」

顔を見合わせて笑った俺達は、昼食を挟んでその日は一日中、延々と増え続ける果物を収穫し続けたのだった。

もういいだろうと思うまで収穫したところで、マギラス師匠の満漢全席の残りで早めの夕食を食べ、待ち構えていたウェルミスさんから肝心の苗木を受け取って、飛び地をあとにした。

「何だかここへ来るまでトラブル続きだったから、飛び地では特に問題が無くて安心したよ」

俺の言葉に三人も苦笑いしていたので、気持ちは同じだったんだろう。

飛び地を出て森を抜けたところですっかり日が暮れてしまったので、そこで大鷲を呼び、増えたお空部隊にも分かれて乗り込み、空路で西アポンへ向かったのだった。

「鳥のジェムモンスターは、ファルコもそうだけど夜でも見えるんだな」

かなりの高度を飛んでいるファルコの背の上で、満天の星を見上げて思わず呟いた。

「そうですね。我々は夜目も利きますから、必要なら月の無い夜であっても飛べますよ」

ファルコの言葉に納得して周りを見る。

俺とマックスとニニが一番大きなファルコに乗り、ベリーとフランマがモモイロインコのローザに、タロンとソレイユとフォールがキバタンのブランに、草食チームはセキセイインコのメイプルに乗せてもらって、それぞればらけたスライム達が落ちないようにホールドしてくれている。

ハスフェルとギイとオンハルトの爺さんは呼び出した大鷲達に乗せてもらい、大鷲が摑んで運ぶエラフィとヒルシュ以外は巨大化した鳥達が彼らの従魔達を背中に乗せて飛んでいる。

ちなみにベリーは自力でも飛べるのに、最近ではほとんど従魔達と一緒に乗っている。

あれって絶対、ふかふかの羽毛を楽しんでいるんだと俺は思っているけど、多分間違っていないと思うぞ。

しかし、大鷲達だけでなく、新しくテイムした鳥達まで全員巨大化して飛んでいるものだから、ちょっとした団体飛行状態だ。

「しかし増えたな。これって地上から見ると本気で驚かれる数だと思うな」

「まあ、別に悪い事してる訳じゃないんだから、構わないさ。堂々としていろ」

笑ったハスフェルの声に俺も笑って頷き、もう一度空を見上げる。

遮るもののない頭上は、大小様々な星で埋め尽くされている。

「それにしても綺麗だな。だけど、夜空を見るのが久し振りって、冷静に考えたら何だかおかしいよな」

俺の呟きに、ハスフェル達も笑っている。

「確かに、暗闇を見て安心すると言うのも、なかなかに貴重な経験だな」

オンハルトの爺さんの声に、全員揃って苦笑いしたよ。

それにしてもやっぱり気になる飛び地へ行く前の、あのモンスターの出現と各地の群生地の壊滅事件。

落ち着いて考えれば単なる偶然だったのかもしれないけど、あそこまで重なると絶対何かあるって思うよ。普通。

だけど、飛び地では別段事件らしい事も……まあ、俺の不幸体質的な事件は色々とあったけど、地下迷宮と違って血塗れで死にかけたり穴に落ちたりする事もなかったし、飛び地自体が襲ってくるなんて事もなく普通に出て来られたんだよ。

大きな事件も事故もなく出て来られたんだから喜んでいいはずなのに、何もなくて逆に不安になるって何だか納得出来ないよ。

「でもまあ、何もないに越した事はないよな。うん、平和がいいって」

自分に言い聞かせるように、ごく小さな声でそう呟く。

「ん、何か言ったか？」

小さな呟きだった為、今の俺の言葉はハスフェル達には聞こえなかったみたいだ。

「何でもない」

誤魔化すように笑って肩を竦めて、気分を変えるようにゆっくりと深呼吸をしてすっかり秋の気配になった吹き抜ける風を楽しんだよ。

…………………………………………………………………………

「あ、街が見えて来た」

真っ暗な地上の先に光が集まっている場所がある。東西アポンの街だ。

街へ続く街道にもランタンを持った人がいるみたいで、所々光る点で上空から見ると街道が線になって見える。

今回は転移の扉を使わずに久々の夜の星空をのんびり楽しむ夜間飛行での移動だったので、そのまま西アポンの郊外にある草原に着地してもらった。

「では我らはここまでだな。良い旅を。またいつなりと呼んでくれたまえ」

そう言って、大鷲達はそのまま真っ暗な空に飛び去ってすぐに見えなくなってしまった。

「じゃあ、とにかく街まで行こう」

小さくなった鳥達を腕や肩に留まらせ、従魔達もいつもの定位置につく。マックスの背中に飛び乗った俺は、腕に留まっている鳥達を見て小さく笑った。

「街に着いたら、真っ先にギルドへ行って従魔登録をしないとな」

ハスフェルの呟きに、全員揃って大真面目に頷いたのだった。

うん、新しい従魔達の登録は忘れずにやろうな。

「あの双子の大木まで競争！」

全員がそれぞれの従魔に乗り、さあ出発だと思った瞬間、突然のシャムエル様の宣言。

それを聞いたマックスは弾かれたように一気に走り出した。体を低くして一気に駆け出す俺達の腕から驚いた鳥達が一斉に飛び立つ。

マックスのすぐ隣をハスフェルの乗るシリウスがピタリとついて来る。その左右にはギイの乗るブラックラプトルのデネブとオンハルトの爺さんの乗るエルクのエラフィがこれまたピタリと並ぶ。

「行け〜！」

ほぼ全員の叫ぶ声と同時に、俺達は目標の大木の横を一気に駆け抜けた。

「ほぼ同着だったけど私には見えたよ！　では発表します！　一番はハスフェルの乗るシリウス！　二位はオンハルトの乗るエラフィ、三位と四位は同着でケンの乗るマックスとギイの乗るデネブ！　いやあ、これまた僅差の凄い接戦だったね。うん、これは本番の早駆け祭りが楽しみだよ」

尻尾をぶんぶんと振り回して、マックスの頭の上に座っていたシャムエル様が着順を知らせてくれる。

「よし！　一位取ったぞ！」

ハスフェルの喜ぶ声がして、ため息を吐いた俺は拍手をしてから興奮して跳ね回るマックスの首を叩いた。

「ほら落ち着けって。悔しいけどほぼ同着の接戦だったんだから、時の運だって」

慰めるつもりでそう言ったんだが、振り返ったマックスは、悔しそうに大きな声で吠えた。

「何を言っているんですか、ご主人！　その時の運を無理矢理にでも自分のもとに引き寄せるのが勝者なんですよ。負けても仕方がないなんて言ってはいけません！」

おお、マックスに叱られたよ。

「うん、確かにその通りだな。じゃあ、次は絶対に勝つぞ」

「そうですよ。そう来なくちゃ！」

興奮して跳ねたマックスは、嬉しそうにそう言ってまた大きく跳ねる。

「相変わらず、無駄に走るわねえ」

「本当にね」

「疲れるだけなのにねえ」

猫族軍団の呆れたような声を置いて、俺達はまた、街道目指して一気に走り出したのだった。

番外編　初心者テイマーの飛び地攻略と様々な出会い

俺の名前はランドル。隣にいるドワーフは、俺の仲間のバッカスだ。

二人とも住む所を定めない、いわゆる流れの冒険者ってのをやっている。

ドワーフの例にもれずバッカスもかなり頑固で気難しいところがあるが、冒険者としては相当に腕も立つし度胸もある。

何があろうとも安心して背中を預けられる程に信頼している、とても頼りになる大切な相棒だよ。

彼とはもう十年来の長い付き合いで、一応こう見えて二人とも冒険者ギルドから上位冒険者に任命されている。

まあ、頑張って働いてギルドにはそれなりに貢献しているつもりだ。

実は相棒のバッカスは、冒険者の間では索敵やサーチと呼ばれる特殊能力がある。

半径三百メートルくらいとやや小さいが、付近一帯の地脈の流れが少しだが分かるもので、これは本当に冒険者にとっては本気で羨ましくなるくらいに、もの凄く有効な能力なんだよ。

特に、地脈の吹き出し自体が何故か非常に弱ってしまい、ジェムモンスターの出現率が年々下がっていく中でも俺達が二人揃って上位冒険者になれたのは、この能力のおかげであるところが大きいと思う。

俺達はこのバッカスの特殊能力に従い、とにかく人のいない森の深部や渓谷などにあえて分け入り、未発見の地脈の吹き出し口や飛び地、あるいは大小の地下洞窟などを今までに幾つも発見している。

特に、辺境で、人のいない場所で見つけた地脈の吹き出し口の場合、どういう仕組みかは知らないが、ジェムモンスターの出現率が一気に跳ね上がる。何故かは分からないが毎回そうなんだよ。

おかげで、出現数が減っている中であってもそれなりに稼ぐ事が出来ていたんだ。

それが最近、何故か唐突に地脈の吹き出しがもの凄い勢いで回復して、出現率は以前の何倍にも跳ね上がった。

廃業寸前だった冒険者達は、皆、大喜びで出動してジェムの採取に勤(いそ)しんでいる。

もちろん俺達も、俺達だけが知る幾つもの出現個所を回っては、せっせとジェムや素材を集めていた。回復したとは言っても、何処の街でもまだまだジェムは不足しているからな。

そんなある日、俺達はとんでもない発見をした。それは、カルーシュ山脈のふもとの森の中で見つけた飛び地と思しき場所だ。

バッカス曰く、真っ白から虹色に光り輝いていて直視出来ないくらいの強い地脈の流れを感じたらしい。しかもこの真っ白な中にも虹色に輝いている部分があるのは、間違いなく飛び地の、それもかなり大きな飛び地の気配なんだとか。それが本当なら大発見だ。

早速、俺達は周囲の場所を確認して正確な現在位置を割り出し、手持ちの地図にそれを記入していった。

後日ここへ戻ってくる為には、この作業は絶対に欠かせないからな。

元々はギルドで購入した簡単な地図だが、ここにはバッカスが発見して二人で攻略した様々な地脈の吹き出し口や地下洞窟、そして飛び地、それらの周囲の地形の状況などが全て克明に記されている。文字通り、俺達にとっての宝の地図であり全財産だ。

一通り場所の確認が済んだところで、とにかくその飛び地と思しき場所に行ってみる事にした。

何しろ地下洞窟などと違って飛び地の場合は、まず中に入るのがとにかく大変なんだよ。

たいていの場合何らかの条件付けがされていて、中に入るにはその条件を満たしていなければならない。

この条件付けで一番多いのが、希少鉱石であるミスリルの原石を持っている事だ。

その為バッカスは、ドワーフギルドから買い取った小さなミスリル鉱石の原石を常に収納袋の中に入れて携帯している程だ。

しかし、その目的地である飛び地へと入る為の条件は、そんな簡単なものではなかった。

まず、周囲一帯が相当に深い森で、徒歩だった俺達は、肝心の現地へ行くまでに相当な苦労を強いられる事になった。

ちなみに俺達が何故馬を使わないのかと言うと、ドワーフのバッカスが馬に乗るのが苦手だからだ。

まあ人間の俺よりも背が低く手足も短いので、馬の高い背に乗るのが苦手だというのは分かる。

かと言って彼でも乗れる小型のポニーでは、逆にここのような森の深部にまで来るのがそもそも無理なんだよ。

結局、毎回自力で鉈や斧を片手に二人並んで藪の中を強行軍で進む事になるんだよな。

そして必死の思いで到着した飛び地の入口と思しきその場所は、何と、とんでもなく硬いイバラの茂みが頭上をはるかに超える高さにまでびっしりと覆いつくしていたのだ。

要するに、ここを越えないと飛び地の中へ入れないという事だ。

何とか切り開けないかと色々やってみたのだが、収納袋に入れていた手持ちの予備の武器である鋼の剣や鉄の斧などではその硬いイバラに到底歯が立たず、俺達は途方に暮れてしまった。

「ううん。まさかここまで硬いとは予想外だな」

困ったように唸って腕を組んだバッカスの呟きに、俺も頷きつつ大きなため息を吐く。

飛び地は、中に入りさえすれば比較的簡単に相当な量の貴重なジェムや素材の入手が可能な場所だ。ここで諦めるにはあまりにも惜しい。

何とか他に入る場所はないかと、一縷（いちる）の望みをかけて周囲をくまなく調べてみたが、手掛かりは皆無だった。どうやら何があってもこのイバラを越えて中に入る以外に攻略法は無いみたいだ。

「仕方がない。一旦諦めて街へ戻ろう。丁度ここから一番近いカルーシュの街の冒険者ギルドには、俺の手持ちの道具を収めた収納袋を預けてある。その中のミスリル製の斧、あるいはミスリル製の鋸（のこぎり）なら、恐らくだがこのイバラであっても何とかなるだろう。まあ、一本ずつ切り倒していくとなると、かなりの時間はかかるだろうが仕方あるまい」

バッカスのため息とともに吐き出された言葉に頷く。

飛び地の中に入るまで、どれくらいのイバラの茂みが続いているのかはここから見る限り全く分からない。だが、やらないという選択肢は無かった。

飛び地へ入るにはかなりの長期戦になるのを覚悟した俺達は、とにかく一旦カルーシュの街へ戻った。

もちろん、戻るのも相当に大変だった事は言うまでもない。


かなりの時間をかけてカルーシュの街へ戻った俺達は、急いで冒険者ギルドへ直行して、預けていたバッカスの収納袋を受け取った。

中を確認してイバラの対策に使えそうな物を取り出して別の収納袋へ入れる。残りの道具は、全部取り出して用意していた布の袋に詰め直す。

空になった収納袋は手元に残して、布の袋に入れた道具だけを改めてギルドへ預けた。飛び地へ行くのなら、予備の収納袋は一つでも多い方が良いからな。

街へ出た俺達は、手分けして食料の確保と追加の収納袋を予算の許す限り買った。

思いつく限りの準備を整えたところで、改めて飛び地へ向かって出発したのだった。

当然だが、目的の場所まで徒歩での移動だからそれなりに時間がかかる。そうは言っても、森の奥へ分け入るのはまあ慣れたものだ。

どんなジェムモンスターが出るのか楽しみだ。どれくらい儲かるだろうかと、そう言ってはお互いを励ますように大きな声で笑いながら、ひたすら藪漕ぎを続けていた俺達だった。


ところが、途中まで進んだところで異変に気付いた。俺達以外の誰かが、ごく最近ここにやって来ている気配がある。

深い森の中を貫くようにして、明らかに騎獣と思しき複数の大小の足跡が延々と続いていたのだ。

しかもその足跡は、どれもこれもあの森の奥にある飛び地へと向かって、一直線に迷う事無く進んでいる。

恐らくだがこの足跡の主達も、バッカスと同じように索敵やサーチの能力持ちなのだろう。

真っ直ぐに飛び地の入口であるあの硬いイバラのある場所へと続いている幾つもの足跡を見て、俺達は顔を見合わせた。

ここまで来ているという事は、恐らくだが足跡の相手は上位冒険者。

しかも、その足跡が馬のそれではない事を考えると、一行の中に相当に強い魔獣使いがいるであろう事は容易に想像がついた。

しばし無言で地面に残る足跡を見ていた俺達は、ほぼ同時に口を開いた。

「まさかとは思うが、この足跡の主は……ハンプールの英雄か？」

「有り得るな。時期的に見ても、その可能性はかなり高いと思うぞ。いや、ハンプールの英雄以外にこれほどの従魔を従えた魔獣使いがいたら、逆にそっちの方が驚きだよ」

戸惑うような俺の呟きにバッカスも困ったようにそう言って、また地面を見つめながら腕を組んで考えこんでしまった。

何しろ、こういった特殊な場所での冒険者同士の不意の遭遇は、いろいろと問題が起こる可能性が高いので細心の注意が必要だ。

攻略の優先権を主張されたり、そもそも同時期に複数の冒険者が飛び地に入るのを嫌がったりする冒険者は多い。まあ、俺達はそんなの気にしないけれどな。

ここは俺達が先に見つけたのにと、今更文句を言っても無駄だ。

飛び地や地脈の吹き出し口などの攻略は、文字通り早い者勝ちなのだ。ここを見つけても入れなかったのは俺達の力不足だから、先を越されたと文句を言う権利は無い。

「……どう思う？」

「ううん、これは困った。正直に言うと、俺達を見てどういう反応をされるか全く分からん。早駆け祭りでの噂を聞く限り、かなり優秀な冒険者ではあるようだが……」

「確かに。だけど、だからこそプライドが高い可能性もある。飛び地の中に入る前に、イバラの場所で鉢合わせたら、攻略の優先権を主張されて揉める可能性は高いな」

もう一度顔を見合わせて、お互いの言葉に頷き合ってから揃ってため息を吐く。

「だが、逆に考えればあれだけの従魔を引き連れているんだから、あの硬いイバラであっても何とか出来る可能性も高い」

「となると……」

少し考えてからまた顔を見合わせた俺とバッカスは、お互いに考えている事が同じであるのを確信して、にんまりと笑って頷き合った。

「よし。今夜は森の近くで一泊して、明日の朝、夜明け前から行ってみるか」

「そうだな。万一彼らもあのイバラに手出しが出来なかったとしたら、諦めて戻って来るだろうから、その場合は、彼らがいなくなってから改めて行ってみよう」

「そうだな。それが良いだろう」

もう一回顔を見合わせて頷き合った俺達は、少し下がって森の途切れた場所にあった広い草地にテントを張って、とにかくその日はそこで野営する事にした。

一応、彼らが戻って来る可能性も考えて残っている足跡のすぐ近くにテントを張ったんだが、結局、戻って来る事は無かった。

翌朝、夜明け前に起き出した俺達は、テントを撤収して食事もそこそこに、大急ぎでイバラの茂みへ向かった。

その時、俺の懐からスライムのキャンディがするりと出て来て俺の肩の上に収まった。

「ああ、そうだな。ここでなら少しくらい自由にしてやれるな。無事に中に入れたら、ここのジェムと素材集めを手伝ってくれよな」

笑ってそう言いながらそっと透明な体を指先で突っついてやると、キャンディは返事をする代わりに、まるで甘えるみたいに俺の指先に一瞬だけ絡みついてすぐに戻った。

俺の言っている言葉は通じているものの、自分からは言葉を話せないキャンディのけなげなその様子に、思わず笑みがこぼれる。

きっとハンプールの英雄ほどの強い魔獣使いならば、テイムした何匹もの従魔達とも自然に人と話すように会話が出来るのだろう。

だが残念ながら、俺にはこのスライムのキャンディ一匹だけしかテイム出来なかったし、この透明なスライムのキャンディとは、人のように言葉を使った会話は出来ない。それどころか、実を言うとこいつをテイムしたのはもう十年以上前だし、そもそもどうやってテイムしたのかが全く記憶にないのだ。

気が付いたら何故かテイムが出来ていて、ジェムモンスターであるスライムに勝手について来られて最初は戸惑った記憶がある。

だけどまあ、受け入れてしまえばこんな小さなスライムでも可愛いもんだ。

それに、倒したジェムモンスターのジェムや素材集めに、こいつは大活躍してくれている。

見通しの悪い草地や手の届かないような深い水の中、木の根の下なんかに入り込んだ、小さなジェムも見逃さずに綺麗に集めてくれるおかげで、ジェムや素材の取りこぼしの心配はほとんどない。

バッカスの持つ索敵の特殊能力と、俺が連れているこのスライムのキャンディの活躍で、俺達は苦労して集めたジェムや素材を取りこぼす事なく換金出来ているのだから、感謝しないとな。

大急ぎであのイバラの入口へ向かった俺達は、目に飛び込んできたその光景に驚きのあまり目を見開いて無言になった。
何しろ、あのとんでもなく硬かったイバラの茂みが見事なまでに切り開かれていて、まるで洞窟のようにぽっかりと大きな口を開けていたのだ。
「い、一体……何をどうすれば、こんな事が出来るんだ？」

しばらくして、バッカスがうめき声をあげながらそう言ってしゃがみこんだ。

足元は、まるで硬い何かで踏み固められたかのようにほぼ平らになっていて、多少の段差はあるものの徒歩の俺達でもさほどの苦労無く歩けるだろう。

「いやあ、ここまで見事に切り倒されると、もう感心するしかないなあ。だが、せっかく開けてくれたのだから俺達も遠慮なく入らせてもらおう。万一遭遇して何か言われたら……まあ、その時はその時だ」

笑って立ち上がったバッカスの言葉に俺も頷き、揃って飛び地の中へゆっくりと入って行った。


「ほう、緩衝地帯は水の涸れた石の河原か。なかなかの光景だな」

飛び地特有の入口にある緩衝地帯は、中から出てくる貴重なジェムモンスターを外の世界へ弾く為のものだと言われている。

まあ人には無害だし、ここはジェムモンスターの出ない安全地帯なので、飛び地内部で野営する時は緩衝地帯まで戻って来るのが定番だ。

そして、予想通りにここに先客がいた。石の河原横の草地に張られた大きなテントが、全部で四張り。

しばらく様子を見ていたが、まだ早朝な事もあって休んでいるらしくどのテントにも動きはない。

だが、俺達の視線はテントの横でじっとしているそれらにくぎ付けになった。

そこには、ブラックラプトルと二頭の大きな角をもつエルクがいたのだ。

「なあ、あれってやっぱりハンプールの英雄か？」

目を輝かせるバッカスの言葉に、俺も目を輝かせながら頷いたよ。

さすがにあの恐竜やエルクを前にしたら、興奮しても仕方がないだろう。

一応声は潜めていたが、つい夢中になって格好良いと言って騒いでいたら、ブラックラプトルの主人である、確かギイって名前の人がテントから出てきた。

休んでいたのに騒いだ事を慌てて謝り、イバラを切り倒してくれたお礼を言った。長期戦になるのを覚悟していたのに、彼らのおかげですぐに中に入れたんだからな。

そしてここで、俺は早駆け祭りの優勝者である最強の魔獣使いのケンさんと話をする事が出来た。

彼は、目ざとく俺の肩の上にいたスライムのキャンディに気が付き、俺が十年以上前からテイマーである事やそれ以降何もテイム出来なかった事情を聞いた上で、テイムする際のアドバイスをくれた。

何と、テイムする前に目的のジェムモンスターや魔獣と一旦戦って、ある程度動けなくなるまで弱らせるか動きを封じなくてはならないらしい。

何だ、そんな簡単な事でよかったのか。

長年の疑問だったテイムのやり方があっけなく分かって、安堵のあまり力が抜けそうになるのを必死で我慢して何とか笑顔でお礼を言った。ちょっと涙目になっていたが、ケンさんは見なかった振りをしてくれたよ。

先客である彼らと無事に挨拶を済ませて友好を結べたので、ここからは遠慮なく飛び地の攻略を始めた。

その結果分かった事だが、この飛び地は、本当にとんでもなく素晴らしい場所だった。何しろ、高額で売れるジェムモンスターが次から次へと水が湧き出すように出て来る。

途中、とても綺麗なピンクとグレーの羽色の鳥のジェムモンスターが出てきた際、一目見て従魔に欲しいと思った。

ケンさんに教えてもらった通りに頑張って捕まえてみたら、驚くくらいに簡単にテイムする事が出来た。嬉しくて嬉しくて、ちょっと涙が出たのは内緒だ。

そのあとマカロンと名付けたその子は、スライムのキャンディと協力して、何と俺の為に大きなカメレオンオーストリッチを確保してくれた。喜んでテイムしたのは言うまでもない。

ビスケットと名付けた巨大なカメレオンオーストリッチに、バッカスは乗るのをかなり怖がっていたようだが、最後は諦めて大人しく俺の後ろにしがみついていた。

野郎の二人乗りは……まあ言いたい事は多々あるが、ここは諦めよう。

ビスケットのおかげで一気に機動力が上がり、その後の飛び地攻略は本当に楽になったよ。

手持ちの収納袋すべてが満杯になるまでジェムと素材を集めたところで、一旦撤収する事にした。

その際、石の河原にテントを張っていたケンさん達一行とまた再会して、新しい従魔を紹介して改めてケンさんにお礼を言った。

そして、ビスケットと一緒に次の早駆け祭りに参加したいと思っていると話すと、何と彼の仲間のエルクに乗ったオンハルトさんとチームを組む事になった。まさかの強力なチームメイトだ。

ソロ参加出来るだけでも面白そうだと思っていたのに、こうなったらちょっと本気で優勝目指して張り切ってしまいそうだよ。

オンハルトさんと満面の笑みで握手を交わして、その夜は俺達も石の河原にテントを張って休んだ。

翌朝、早々に撤収して飛び地をあとにした俺達は、本当に良い方々と知り合えて良かったと、ビスケットの背の上で何度もそう言っては笑顔で頷き合っていたのだった。

そして、いまだかつてない早さで街へ到着してしまい、従魔の有り難さを思い知る事になったのだった。


新しく俺の従魔になってくれた、綺麗なピンクとグレーの羽を持つカメレオンガラーのマカロンと、素晴らしく長い脚で俺達をどこまでも運んでくれるカメレオンオーストリッチのビスケット。

そして先輩従魔のスライムのキャンディ。

これからもずっと俺と一緒にいてくれよな。どうかよろしくな。

冒険者ギルドで新しい子達の従魔登録をしている間中、俺はずっと三匹を交互に撫でてやりながら何度も何度もそう呟いていたのだった。

あとがき

この度は「もふもふとむくむくと異世界漂流生活」をお読みいただき、誠にありがとうございます。作者のしまねこです。

はい、今回も何とか無事にこの第六巻を皆様にお届けする事が出来ました。

前回の第五巻に続き、今回も大幅改稿でかなり苦労しました。

改稿中は、もうこんなん絶対終わらへん～～！　と、割と本気で泣きが入っておりましたが、少しずつでもやっていればいつかは終わるものですね。


そして、現在なろうの最新話でも一緒にいる、サブキャラのランドルさんが遂に本編に登場です。

そうそう、まさにこんなイメージです～～！　と、送られてきたキャラ設定のラフ画を見て叫びましたよ。

いつもながらまるで魔法のように私のイメージにピッタリのイラストを描いてくださる、れんた様の素晴らしさに、ただただ感心するしかない作者です。

も、もしかして……れんた様って、作者の私よりキャラ達の事を知っていたりします……？

それから、前回の五巻の発売と同時に、このもふむくのコミカライズの第一巻が発売されましたが、おかげさまで好評だったようで、早速重版していただいたと聞きました。

素晴らしい原稿を描いてくださるエイタツ様、そしてお買い上げくださった読者の皆様！　本当にありがとうございます。

もちろんまだまだコミカライズの連載もコミックアース・スター様のＨＰにて続いており、間もなく第二巻が発売される予定ですので、こちらも引き続き、どうぞよろしくお願いいたします。

エイタツ様の描く、マックスやニニのあまりにもキュートでプリティな後ろ姿（特にお尻！）に、毎回癒されまくっている作者です。


ところで最近のマイブーム、部屋の模様替えがまだまだ続いており、腰痛持ちのくせに重い家具を思い付きで色々と動かしたり、本棚の中身を入れ替えたりと、若干無茶な事をしております。

前回のあとがきに書いた救出されたソファーは姉の部屋に移動して、私の仕事部屋には某〇印良品の、人を駄目にすると噂に名高いビーズソファーを新たに購入しました。

あれってお店で見るとそれ程の大きさではなかったのに、家で見ると案外大きいんですよね。届いた巨大な箱を見て、マジで大笑いしましたよ。

結局、大きすぎて箱ごとでは階段を持って上がれず、玄関先で箱を開けて中身だけ担いで部屋へ持って上がりました。

大きかったとは言っても、一応サイズを測って用意していた場所には余裕で置けたんですが……噂は本当でしたね。あれは駄目だ（誉め言葉です）。あれは、冗談抜きで人を駄目にするソファーです。

ちょっとだけ……と横になったら、もう起き上がれません（物理的に）。

中でさらさらと動く細かいビーズのせいで、全然踏ん張れないんですよ。起き上がる為に、壁に手すりが欲しいと本気で思いましたね。

ちなみに簡単には起き上がれませんが、逆に言うと一旦座ってしまえば座り心地が良いものだから、まあいいか。と思って、無理に立つのをあきらめてそのまま延々と寛いでしまうという、非常に危険なソファー（誉め言葉）です。


しかも、人間だけではなくにゃんこ達までもが、この人を駄目にするソファーに魅了されてしまったらしく、気が付けば人とにゃんこの間で毎回ソファーの取り合いになっています。

執筆作業の合間に振り返ると、たいてい人を駄目にするソファーの上で、どちらかのにゃんこが寝ていますからね。

その為我が家では、人も猫も駄目にするソファーと、密かに呼ばれています。

特に最近では、一気に気温が下がったこともあり、うっかりひざ掛け毛布をたたんでソファーの上に置いていたりしたら、冗談抜きで何処かにセンサーでも付いているのかと、聞きたくなるくらいに一瞬でにゃんこがやってきます。

でも、ご機嫌でたたんだ毛布の上に座ってふみふみしているにゃんこ達を見たら、毛布が毛だらけになるけど……まあ良いか。と思ってしまう猫の下僕です。

それからもう一つ、片手でも持てるくらいの軽い一人用のソファーを某○オンの店舗で購入しました。その名もマジかるソファ……何その、おじさんのダジャレみたいなネーミング……。

このソファー、軽いんだけどしっかりとした硬さがあり、座ると背筋が伸びるので、ゆったり脱力して寛ぐにはちょっと不向きですが、座り心地はなかなか良いです。

対照的な二つのソファー、どちらも気に入ってその時の気分に応じて使い分けています。


最後になりましたが改めて、お忙しい中、いつもながら最高に可愛くて素敵なイラストを描いてくださる、れんた様に心からの感謝を捧げます！

本当にありがとうございます！

ではまた、次巻にてお会いしましょう！

もふもふとむくむくと異世界漂流生活 ⑥

発行 ―――――――――― 2023年12月15日　初版第1刷発行

著者 ―――――――――― しまねこ

イラストレーター ―――― れんた

装丁デザイン ――――― AFTERGLOW

地図デザイン ――――― おぐし篤

発行者 ――――――――― 幕内和博

編集 ―――――――――― 佐藤大祐

発行所 ――――――――― 株式会社アース・スター エンターテイメント
〒141-0021　東京都品川区上大崎3-1-1
目黒セントラルスクエア　7F
TEL ：03-5561-7630
FAX：03-5561-7632

印刷・製本 ―――――― 中央精版印刷株式会社

ISBN 978-4-8030-1881-3